文芸社セレクション

それぞれの純愛

栗文 雄田

JN106977

文芸社

目次

これは一九七七年八月六日土曜日の夜、銀座で出会った二人の男女の物語である。

第一部　カナの純愛

思いがけぬ出会い

「ねぇ、迷惑じゃなかったら、お茶しない？」

銀座四丁目交差点に面した高級宝飾店の洋光の前で、黒のスラックスに白いワイシャツ姿の若い男に声をかけられた。またナンパかしらと思いつつその男を見ると、どこか見覚えのある顔だ。

「もしかして、嶋岡《しまおか》君……。だよね」

私は中学一年の時のクラスメイトだった男子に違いないと思い聞いてみた。

「えっ、僕のこと知ってるの？」と言って、その男は目を丸くして私を凝視する。やはり思った通りだ。でも、私が誰だか分からない様子が見て取れる。

「君、誰だっけ」としばしの沈黙の後、降参したらしく聞いてきた。

「中一の時同じクラスだった依田加奈子《よだかなこ》だよ。思い出してくれるのを待っていたのに」

「えぇー、あのカナッペなの？」

「その前菜みたいな呼び方はやめてよ」

確かに中学時代そういうあだ名で親しい友達から呼ばれていた。でも、そのあだ名は田舎者の〈かっぺ〉を連想させ、私はとても嫌だったのだ。

「でも、依田さんってこんなに美人だったっけ」

今度は目をパチクリさせて驚いている。

「その言い方、失礼だよ」と言って、私は少し頬を膨らませた。

「全然イメージが違うから分かんないよ。昔はオカッパにメガネだったよね」

「オカッパとは何よ。クレオパトラカットって言うのよ」


中学を卒業して四年数ヶ月経っているので、同級の彼の歳は一九か二〇だ。嶋岡章《あき》裕《ひろ》君とは中学一年の一年間だけ同じクラスだったが、あまり話をした記憶はない。二年進級時のクラス替えで別々のクラスになってしまったので、その後の接点はない。高校は私の住む学区で一番グレードの高い五二群の都立高校に合格し進学したのは噂に聞いている。だから、嶋岡君は私と違って頭はいいのだ。

彼が驚いていたように、私の外見は中学時代とは全然違う。確かにオカッパ頭でメガネをかけていたし、内向的な性格で傍目《はため》には暗い印象を抱かせた。加えて血流障害の持病があり、顔色も黒っぽかった。そんな私は自他共に認める冴えない女の子だったのだ。それが嫌でたまらず、死にたいと思ったことも幾度かあった。そんなことだから、学校の成績も良いわけがない。

しかし、豊島区にある私立の女子高校へ進むと健康状態は著しく改善し、色白の体に変身した。それを機にイメージチェンジに努めた。メガネをコンタクトレンズに変え化粧も覚え、放課後は制服から流行《はやり》のファッションに着替え親しい友達と池袋の街を遊び歩いた。そうすると今までの自分から解き放たれ、別人格を手に入れたように感じられた。表情や言動の全てが明るく快活になり、はっきりと変わった自分が存在することが分かった。

外見は大人びて派手に装っても、家では少女マンガを愛する乙女チックな女の子でもあった。当時友達の間でマーガレット派と少女コミック派に分かれていたが、私は筋金入りの少コミストだった。特に高橋亮子先生の作品には感情移入し何ども泣かされた。〈恋に恋する〉とはよく言ったもので、マンガの主人公になりきってしまう夢見る少女だった。

高校卒業後、銀座の松越百貨店に就職した。数ヶ月の売場研修を終えると、女子社員にとっては花形のエレベーターガールに抜擢された。その時欠員が出て私が選ばれたのだが、来店するお客様が最初に接するデパートの顔として振る舞わねばならず、一挙手一投足に気を配らなければならない難しい仕事であった。それでも自分なりに奮闘努力し一年間続けてこられた。

「迷惑じゃなかったら」と声をかけられた時、「迷惑です」と答えないまでも、いつもの私なら「予定がありますので」とか言って婉曲に断っている。自慢じゃないけど、仕事帰りに銀座の街を歩いている時、何度か見知らぬ男の人に声をかけられたことがある。だから、またかという思いがよぎったが、顔を見ると中一の時のクラスメイトだった。

一見派手な私だけど、実は恋愛にはとても臆病になっている。男性不信を通り越し男性恐怖症と言ってもいいくらい。半年ほど前には付き合っていた人とひどい別れを経験し、また高校時代にはたまたま出会った大学生の男の子とのつらい思い出もある。そんな私だが、そろそろ立ち直ってまともな恋愛がしたいと思い始めた今日この頃だったのだ。

私は優等生だった嶋岡君に興味が湧いた。ストレートで大学に進学していたら、今は二回生のはずだ。今まで私に声をかけてきた男たちは下心見え見えだったが、彼の目は厭《いや》らしさを感じさせず、言動からは人畜無害な雰囲気を醸《かも》し出している。これまでの男たちとは確かに異なり、私に誘いのモーションをかけているにもかかわらず、最初に目があった瞬間から嫌悪感を全く覚えなかった。

「嶋岡君はよくこんなところできれいなお姉さんに声をかけてるの？」と聞いてみた。

「不快に思ったのなら、許して。魔が差したんだ」と言って彼は素直に謝った。

私は〈魔が差した〉という言い訳がどこかおかしくもあり新鮮に感じた。

「よくここで暇そうな外人さんに声をかけて、英会話の実践トレーニングをしているんだ。ここ外人さん多いでしょ」

「そうね」

「それでさっきまで若いアメリカ人の男の人と話してたんだけど、日本の女の子と友達になりたいんで間を取り持ってくれと頼まれたんだ」

「つまり、外人さんのガールハントのお先棒を担がされたわけね」

「そうなんだ。その人、背も高く金髪で顔もイカしていたんで、軽そうな若い女の子に声をかけたら一発で釣れちゃってね」

「あらやだ～」

「しばらく間に入って通訳していたんだけど、だんだん女の子の目がギラギラ光りだして、なんか僕がオジャマ虫になっちゃった感じ。その後二人はどこかへ行っちゃった」

「その子、英語しゃべれるの？」

「いや、全然ダメみたいよ。でも、途中からテレパシーみたいな日本語とジェスチャーで会話していたみたい」

「本当に軽い子ね」

「確かに。それでさぁ、そのアメリカ人が何だか羨《うらや》ましくなってきちゃって……。それと、こんなに簡単に女の子って引っかかるものなのかなぁと思っていた矢先、君が青信号を渡ってきたので、つい……」

嶋岡君も軽いなぁと思ったが、事情は何となく分かった。

「私も軽そうな女に見えたの？」と私は意地悪く聞いてみた。

「そういうわけじゃないけど……。きれいな人だなぁと心奪われたっていうか、瞬殺された感じっていうか……。だから、嫌な思いをさせたなら許してよ」

「それって、私がきれいだって褒《ほ》めてくれているのよね。それなら、許し……」と言った後しばらく間を置いて、それにもっと彼と話をしたくなったから、「迷惑じゃないわよ」と私は彼の誘いに乗っていた。

嶋岡君はこの辺りに詳しくなかったようなので、職場の同僚と時々行っている四丁目交差点から徒歩で五分ほどの『ザナドゥ』というＤＪ喫茶に入った。スピーカーから離れたところに席を取り、私はアイレティー、嶋岡君はオレンジスカッシュを頼んだ。案外子供っぽい飲み物が好みのようだ。ＤＪのおしゃべりは少し邪魔だったが、最近お気に入りの石川セリや丸山圭子のニューミュージック系の歌を流していた。

最初は近況を報告し合った。彼は高校卒業後一浪し私立の名門、西北大学の文学部英文科に入学。だから、今は一回生だ。この夏休みは神谷町にあるホテル・ベルエポックの宴会部門の実務を行う配膳会社でアルバイトをしているそうだ。主に結婚披露宴のウェイターをしているとのこと。そのホテルの披露宴は一〇人掛けの丸テーブルが基準で、一つのテーブルを一人のウェイターが担当し全てのサービスを提供する。ひな壇や主賓席はベテランの人が担当し、キャリアが浅くなるにつれ任されるテーブルは入口の近くになる。だから、彼はいつも入口近くの友人席などのテーブルを受け持つことが多いとか。メニューはほとんどがフレンチのフルコースで、料理は皿にのったものを運ぶのではなく、厨房から各ウェイターが自分の担当テーブル分の料理をワゴンにのせ客席まで運び、お客様の前で盛り付ける。それも右手に大きなスプーンとフォークのようなもの（サーヴァーと言うらしい）を持ち均等に盛り分ける。それが慣れるまでは難しく、研修でみっちり練習させられたそうだ。それでも実際の現場ではミスをしてしまうこともある。デザートのメロンのスライスを皿の上に立ててのせられず倒れてしまい、サーヴァーで起こそうとするもうまくいかず、その悪戦苦闘ぶりをお客様に見られ、「そのままでいいですよ」と言われた時には顔から火が出るほど恥ずかしかったそうだ。

嶋岡君の仕事の話は臨場感があり面白かった。まるで私が彼のサービスを受けているように感じられた。頭がいいからこんなに上手く話せるのかしら。

　私もデパートでの一見華やかな仕事の裏にはどんな世界があるか、差し障りのない程度のことを話した。他の会社でも似たような事情はあるのかもしれないが、デパートという職場は結構閉鎖的な世界で男女社員の愛憎が渦巻いている。半年前、私もそれに悩まされたことがある。社内恋愛は日常茶飯事で結婚に至るケースも多い。でもその場合、やんわりとどちらかが退社を迫られているようだ。そのため稀に結婚を周りに隠し二人で働き続けるカップルもいるそうだが。また、部外者には見られない休憩室の様子も話した。女子社員はみんな鏡と睨《にら》めっこで化粧直しに集中している。特に、何人もの女の子が並んで、ビューラーでまつ毛のカーブを直している光景には笑える。意外と喫煙する子も多く、灰皿はフィルターが口紅で赤く染まった吸殻で山になっている。

　銀座のデパートとなれば常にお客様であふれているため、従業員同士で通じる隠語を使っている。例えば、「遠方に行ってきます」は「お手洗いに行きます」、「別館に行ってきます」は「休憩いただきます」といった感じ。いつどこでお客様が聞いているか分からないので、ストレートな言い回しは避けているのだ。その他にも、店内アナウンスを利用して社員同士が色々な情報交換をしていることも話した。そんな私の仕事場の話を彼は興味深げに聞いてくれた。

　私たちは電話番号を教えあった。私も彼も自宅で家族との同居なので、実際に電話はしづらいのだが……。でも、またこんなふうに嶋岡君と話がしたいなと思っていると、「依田さんのエレベーターガールの制服姿を見にいってもいいかな」と聞いてきた。私は咄嗟に「困るわ」と答えてしまった。「変な噂が立つのは嫌だし、他のお客様の手前、話もできないから」と理由付けしたが、「本当は来て欲しい」と心の中では思っていた。「分かった」という嶋岡君の表情はどこか寂しげだった。そんなやり取りで最後は気まずい雰囲気になってしまった。

帰りの電車も嶋岡君と一緒に乗った。私の降りる駅の方が一つ手前だったけど、一人で乗る時と違い、いつもと同じ乗車時間が短く感じられた。途中から席が空いたので並んで座ったが、二の腕が触れる度に彼が私を意識しているのが分かった。「クラス会はやってるの」と彼は聞いた。昨年の一〇月に二回目の旧三年六組のクラス会をやってはいるが、仕事柄土曜日は休めなかったので私は欠席した。でも、親友のリサから出席者たちの現況報告は受けていたので、嶋岡君から聞かれたことの大半には答えられた。次から次へと「アイツはどうした」、「あの子は何してる」と聞かれたのだ。私も同じように、彼がいた三年四組の私が知っている子たちの現況を聞いたが、半分も答えられなかった。あまり中学時代の友達と付き合いがないのだろう。そんな話題をおしゃべりしている間に私の降りる駅に着いてしまった。

　帰宅後お風呂に入りながら嶋岡君のことを考えた。彼は中一の頃の面影を残し大人になったような印象だった。当時は私の方が背は高かったが、今は逆転し彼の方が十数センチ高いだろうか。喫茶店でも、電車の中でもたくさんおしゃべりした。普段の接客の際のやり取りとは違い、あんなに楽しくおしゃべりしたのはいつ以来だろう。普段できることなら彼にまた会いたいけど、彼は私のことをどう思っただろうか。

　そんなことを考えている時、私の体の上を通り過ぎた二人の男の顔がちらついた。あら、やだ。また思い出しちゃった。嶋岡君もあの二人と同類なのかしら。来月私は二〇歳《はたち》になり、来年の一月は成人式だ。それまでにリセットしたい。過去は消せないけれど。自分を自己分析すると、見た目は多分大人になれたかもしれないが、心はまだまだ大人になりきれていないのだろう。仕事はそつなくこなせるようになったと思うが、傍から見てはどうなのだろう。男性を再び愛せるようになれるのかしら。その男性に大学生という選択肢が入るのかどうか……。

　湯船に浸かりながら色々考えているうちにかなりの時間が経過していたようだ。遠くに母の声が聞こえた。

「加奈子、いつまで入っているの。のぼせるわよ」

忘れてしまいたい過去

そんな私のロストヴァージンは高二の夏休みで、それは突然の避けられない事故のようなものだった。否、私の意志がもう少し強ければ避けられたことだったかもしれない。

当時私の一番の親友だった上條麗華《かみじょうれいか》にはその年の四月から付き合っている恋人がいた。奥平《おくだいら》君という城東商科大学の二回生で、彼が自分の友人と麗華の友人を引き合わせて、四人で海水浴を兼ねたドライブに行く計画を立ててた。そうなると麗華は当然私に話を持ってくる。彼女から誘いを受けた時、恋に夢見る年頃だった私は舞い上がってしまったのだろう。彼女が使った〈ダブルデート〉という殺し文句が私の心《ハート》に突き刺さり、「もちろん。行くに決まってんじゃん」と即答した。

麗華は高二の時によく連《つる》んでいた仲良し六人組の中でも特にベッタリとした付き合いで、お互いをレイ、カナと呼び合い、いつも行動を共にしていた。しかし、学校を出ると帰り道は真逆、彼女は山の手、私は下町だった。つまり、彼女は世田谷区の尾《お》山台《やまだい》、私は足立区の五反野《ごたんの》に住んでいる。この生活環境の差は天と地、天国と地獄ほどのギャップがある。しかし、私たちの付き合いは対等だった。その時までは。

　彼女はドライブの後、夜遅くなると思うから彼女の家に泊まっていきなよとの提案を加えたのだ。そして、私は親からその外泊許可を、親しい友達六人で海水浴に行き、その後麗華の家にみんなで泊まると嘘をついて得た。

　当日私と麗華は九時半に自由が丘駅前で待ち合わせた。事前に話していた通り、デニム地のホットパンツに黄色のＴシャツ、ウェッジソールのサンダルと全て同じような物を身につけていた。そこへ奥平君の運転するシルバーの１１７クーペが滑り込んできた。助手席には奥平君の友達が座っていた。ブルー＆グリーンのチェックのバミューダにワニのマークの付いた白のポロシャツ、黒いビーチサンダル。向こうの二人も同じような格好だ。奥平君は友達の降旗朝人《ふりはたあさと》君を私たちに、麗華は私を二人に紹介した。麗華と降旗君も初対面だった。奥平君は麗華が言っていたような、背が高く濃いめの整った顔立ちの男の子だった。いかにもプレイボーイといった印象。降旗君も同じようなサーファーカットで、私好みの仲雅美風の顔をしていた。第一印象がよかったので、ちょっと胸がときめいた。

　私と麗華を後部座席に座らせると、奥平君は車を出した。四人の会話は最初ぎこちなかったが、第三京浜に乗ったあたりから、どうでもいいような話題を屈託なく話せるようになった。カーステレオからは山口百恵、五輪真弓、エルトン・ジョン、ミッシェル・ポルナレフなどが流れ、音楽の趣味はバラバラなんだと思ったが、車は順調に逗子を目指した。

逗子海岸に着くと、海の家で昼食を取り水着に着替えた。この日のために麗華と一緒に買ったサイケ調の初めてのセパレートは、お腹の露出度が高いので少し恥ずかしかったが、奥平君と降旗君に「かわいいね」と言われるとそのうち慣れてしまった。あー、単純な私。最初は四人でキャッキャ言いながら海水浴を楽しんだ。麗華は奥平君のことをユウヤ君と呼んでいたので（奥平君の名前は侑也）、その頃には私も降旗君をアサト君と呼んでいた。

午後三時を回った頃からだったろうか、ペアで過ごす時間が多くなった。パラソルの下でアサト君と二人寝転びながら色々おしゃべりしたが、彼の話には深みがないことが気になりだした。引き出しが少ないというか、すぐに話題も尽きてしまうのだ。

「大学生活ってどんなですか」とアサト君に聞いてみた。

「楽しいよ、それなりに。でも、あんまり大学には行ってないけどね」

「サークルとかには入っていないんですか」

「いや、サークル活動はやってない。今はバイトで忙しいから」

「何か目的があってお金を貯めているんですか」

「大体が遊びか飲み代で消えちゃうかな」

この人は遊ぶために働いているのだろうか。何のために大学生をやっているのかしら。アサト君から軽薄感が漂ってきたので、私は話題を変えた。

「どんな本を読まれますか」

「君は？　本読むの？」と質問に質問で聞き返される。

「そうですね……。森村桂さんが好きです。森村さんの本なら全部読みました」

「知らないな。その人どんな本書いてるの」

「女学生や若いOLを主人公に、作者の経験を題材にした今時女子《いまどきじょし》を描いた作品が多いかな。『天国に一番近い島』っていう小説は結構話題になりましたけど」

「へー、すごいんだねー。俺が欠かさず読む本と言ったら、少年マガジンとジャンプくらいかなぁ」

何がすごいんだか……。それを聞いた時、この人バカなんだ、と確信した。私も少女マンガを読んでいるが、〈本〉には違いないけど、そういうのを本とは言わないことは私でも分かる。三流女子高生の私の方が三流大学生のアサト君よりマシな人間のように思えてきた。こんなおしゃべりを繰り返しているうちに、会話も途切れがちになった。

逗子海岸での海水浴を終えた後、由比ヶ浜から七里ヶ浜に沿って江の島までドライブし、海の見えるレストランで夕食を取った。夕方の海は美しかったが、食事が終わる頃には暗くなり何も見えなくなっていた。私は食後奥平君たちが私たちを麗華の家まで送ってくれるのだと思っていた。でも、奥平君の運転する車はどこかのラブホテルに入ってしまった。その時麗華は「私に恥をかかさないでね」と耳打ちしてきた。「それ、どういう意味よ」と言い返したかったが、その場の雰囲気で私を除く三人にとっては、ラブホテルに寄ることも既定路線だったのだと知った。

私は麗華に裏切られたのかと訝《いぶか》ったが、そこで言い争いしても仕方ないので、ひとまず彼女の面子《めんつ》を潰《つぶ》さぬよう行動を共にせざるを得なかった。四人は車を降りると、チェックインを済ませ二つのカップルに分かれそれぞれの客室に入った。

アサト君は部屋に入るとすぐに冷蔵庫からビールを取り出し、「君も何か飲む」と聞いてきた。私が首を横に振ると、彼は一人でビールを飲み始め、「先にシャワーしてきていいから」と言った。

私はチャンスは今しかないと思い、「ちょっと気分が悪くなったから、外の空気を吸ってくるね」と言って部屋を出ようとした。その刹那《せつな》、アサト君に手首を強く握られた。

「今お風呂にお湯を張ってあげるから、それまでベッドで横になっていていいよ」と彼は言ったが、「今さら逃げるんじゃないよ。その気があるから来たんだろう」という彼の心の声を聞いたような気がした。私はもうどうすることもできないと観念した。

そのホテルのバスタブは底が浅くとても広さがあった。入浴以外にここで何をするのかしらと、卑猥《ひわい》なことを想像してしまった自分が恥ずかしい。ビールを飲み終わったアサト君は服を脱ぎ始め、「カナちゃんも脱いで。一緒に入ろう」と言ってきた。私は仕方なく彼に従ったが、その時にはどうにでもなれという捨て鉢な気持ちになっていたようだ。

バスタブ内で彼は私の体に触れようとしたが、バスタブの広さが幸いし、「自分で洗えますから」と言って逃れられた。第一印象は良かったんだけど、今は泣きたい気分だ。彼にはもう嫌悪感しか湧かない。私はさっさと石鹸の泡を流し、風呂場から出て体を拭きタオルを巻いた。問題はこれからだ。

アサト君も風呂から出て体を拭いた後タオルをソファの上に投げつけ、素っ裸のままでベッドにダイブした。そして、片肘を立てて頭を支えた格好で、「こっちへおいで」と言った。私は恐る恐る近づきアサト君を背にベッドの端に座ると、彼は飢えたハイエナのごとくすぐに後ろから抱きついてきた。思わず身震いすると、「もしかして、初めてなの」と聞いてきた。その問いに答えないでいると、「心配しないで。優しくするから」と言って、タオルを剝ぎ取り私の体をベッドに横たえた。私の心は体から離れ、斜め上からその情景を見ているような錯覚に陥っていた。

「じゃあ行くよ」と言って彼は私の体に覆いかぶさってきた。そして、彼の唇が私の唇を求めてきた。唇同士が触れた瞬間、私は顔を横に向けていた。彼は私の唇を追おうとせず、目の前の首筋を舐め強く吸った。次の彼のターゲットは両の乳房《ちぶさ》だった。散々彼の両手で揉みしだかれ舐め回された。やがて右手が私の下半身の薄い茂みをまさぐり、泉の湿り具合を確認すると、怒張した彼の男性自身が私の泉に入ってきた。その時私の体に激痛が走り、「イタッ」と枕の中に叫んだ。

アサト君は腰を振りだした。その動きが速くなるにつれ、体を貫く痛みが酷くなる。私は歯をくいしばって激痛に耐えていたが、だんだん気が遠のいていくのが分かる。目から涙がとめどなく流れていた。このままだと気を失ってしまうと思い、「お願いだから、もうやめて」と懇願した。

アサト君は尋常ならざる私の表情に驚き動きを止め、ゆっくり腰を上げた。その時私は薄明かりの中で悲惨な光景を目の当《ま》たりにした。彼の男性自身は血まみれでいきり立っていた。それを見た彼は何とも言えぬ奇声を発し、風呂場に走りシャワーで洗い流していた。

私はアンネが来ちゃったことを悟った。ホテル備え付けの白いタオルを股に強く押し当てると見る見るうちに赤く染まっていく。出血は止まらず、痛みもなかなか引かない。風呂場からもどったアサト君には何とも情けない姿を見られた。彼は心配そうな目で私を見た。

「カナちゃん、大丈夫。変な病気じゃないよね」

「安心して。生理が来ちゃっただけだから」と答えると、明るさが差したような顔に変わるのを私は見逃さなかった。分かり易い奴。変な病気とは何よ。彼に対する怒りがどんどんと込み上げてきたが、今の格好悪い姿ではその怒りを表に出せない。彼が心配していたのは私ではなく彼自身だったのだ。

　その後もしばらく出血が止まらなかったため、予定の二時間の休憩を一時間延長した。理由を言わず電話で麗華たちに伝えたため、変な誤解を抱かせてしまっただろう。ベッドのシーツには大きな血のシミができていた。多分下のマットまで汚しちゃったんだろうなと横目で見ていると、アサト君はそんなことはどこ吹く風、いつの間にか服を着てテレビを見始めていた。一方裸で股にタオルを押し当て座り込んでいる私。なんて惨めな姿だろう。こんな時にテレビかよ、少しは私を気遣えよ……と思ったが、怒りが増すばかりなので、こういう奴なんだと思うことにした。

　出血は三、四〇分で収まったが、その後は血染めのタオルを洗うのに時間を費やさねばならなかった。石鹸で何度も洗って、何とか分からない状態にもどすのに苦労した。そんな時にもアサト君はテレビを見続けていた。これが何ともトホホな私の初体験だった。

　ホテルを出た後、奥平君の車で麗華の家の近くまで送ってもらった。途中生理痛が酷かったので鎮痛剤を飲み寝たフリをしていた。麗華の「カナったら、よっぽど頑張ったのね」とつぶやく声が耳に残った。別れ際、アサト君は「カナちゃん、また会ってくれるよね」と言ってきたので、麗華の手前「うん、考えとくね」と答えておいたが、「お前なんかともう絶対会わなねーよ」と言いたい心境だった。

本当は自宅に帰りたかったが、電車がもうなくなっていたので、麗華の家に泊まらざるを得なかった。前にも何度か来たことがある大きなお屋敷だ。山の手のお嬢様にしては、彼女の家は意外と放任主義だった。だから、気兼ねなく何度も来てしまう。今日の麗華の言動には腹の立つこともあったけど、今まで仲良くしてくれたことも考え、取り敢えずは許すことにした。でも、その夜はあまり話したくはなかった。

自分の部屋に入るなり「ねえねえ、カナ、どうだった」と聞いてきた。麗華は私が初めての体験であることを知っている。

「うん、まあまあだったかなぁ」と私は曖昧に答えていた。

「ねぇ、もっと詳しく聞かせてよ」と興味津々で突っ込んでくる。

「それより、レイは奥平君とよくあんなところへ行くの」と私は話を麗華に振る。

「そうね、月に二回か三回くらいかなぁ」

「気持ちいいの？」

「最初の頃はそうでもなかったけど、だんだん気持ちよくなってきているよ。それより、降旗君って、どんな人だった」と麗華は話をもどそうとする。

「ティッシュみたいに軽い人だったよ」

「えっ、なによ、それ」

「教養ないし、デリカシーの欠片《かけら》もなし、ないない尽くしの人よ」

「教養なら私たちもないでしょ」

そうかもしれないが、麗華には言われたくない。

「優しそうで格好いい人だったじゃない」

「今日、男は見てくれじゃないってことがよーく分かったわ」

「ブサイクよりはいいでしょ。ねぇ、それより何か食べる」

「お腹すいてないし」

「じゃ、何か飲む」

「いらない。今日は疲れたからもう寝る」

「じゃあ、この続きは明日聞かせてよね」

麗華は紹介した手前責任があると言って、世話焼きおばさんよろしく、色々聞き出そうとしたが、私は身も心も疲弊しきっていたので休ませてもらうことにした。

翌朝目覚めると、目の前にしげしげと私の様子を窺う麗華の顔があった。

「おはよう」と言うと、彼女はそれに答えずニコニコしている。えっ、何？　気色悪っ。

「それにしても、見事なキスマークね」と言って、彼女は感心していた。手鏡を渡され首筋を見ると、赤黒い内出血跡が映っていた。

「わっ、やだ。何これ！」と私は大声を上げた。アサト君のキスを躱《かわ》した時、首筋を吸われた跡だということが見て取れた。

「昨日は相当激しくやったのね。時間も延長していたし」

「違うのよ」とは言ったが、その後の言い訳が続かない。何があったのかの事実は恥ずかしくて話せない。本当の親友だったら、話してもいいかもしれない。一昨日までの麗華にだったら、恐らく話していただろう。昨日のダブルデートの計画に一枚嚙んでいた麗華に話したら、どんな噂を流されるやら……。でも事実を隠した場合は〈好き者〉と見なされてしまうかも。どっちもどっちだが、私は事実を伏せることにした。どうせ麗華も好き者だから、私も好き者でいいやという簡単な論理だった。

「ははは、色々あってね」と笑ってごまかした。麗華に大きめのバンドエイドをもらい、キスマークの上に貼った。それにしても、夏休みでよかった。クラスの子たちにこんなのを見られたら学校中の噂になっちゃう。

　麗華の家でお母さんの作った美味しい洋風の朝食をご馳走になった。麗華とお母さんとの会話から、娘への溺愛ぶりが窺い知れた。帰り際、お母さんから「いつまでも麗華のいいお友達でいてね」と言われた。

　あの悲惨な初体験のオマケのキスマークは一日毎に小さく色も薄くなっていった。完全に消えるまでには一週間くらいかかった。


　新学期が始まると、麗華は学校を退学していた。先生の説明では急にアメリカ留学が決まったそうで、現地で英語の準備コース受講のためすぐに旅立たねばならなかったとか。

　高三に進級した頃、麗華を見かけたという噂を何度も耳にした。実は留学ではなく、別の女子高校に転校していたらしい。更に妊娠が発覚し堕胎手術を受けたことも。妊娠したとすれば、奥平君との子だろうか。その噂を聞いた時、私を騙《だま》したバチが当たったのよと少しは気分も晴れたが、よくよく考えると彼女がかわいそうに思えてならなかった。そこで意を決し彼女の家へ電話してみた。電話にはお母さんが出たが、私が麗華を呼び出してもらうべく名乗るとそのままガチャ切りされてしまった。避けられていることが分かったので、私も深追いは止めた。

　今思い返すと、麗華の悲劇には悪者が必要で、お母さんの態度から私がその悪者に仕立て上げられたのだろう。こっちこそ被害者だったというのに……。

二人目の男は松越本店外商部に所属する八歳年上の二郷大輔《にごうだいすけ》さんだった。彼とは社内の合同コンパで知り合い、三ヶ月付き合った。今思い返すと、私は何でこんな人と付き合ったんだろうというところに行き着く。付き合っていた時は、お互いに好意を抱き愛が芽生え始めたと思っていたのに。なぜ男の人って同時に複数の女性を愛せるのだろう。

昨年一〇月の定休日の夕方、四年先輩の前川《まえかわ》さんがテレビ番組の人気コーナー『フィーリングカップル5vs5』形式のコンパを新宿のレストランで開くことを計画した。メンバーの員数合わせで、私は前川さんに強引に誘われた。事前の申し合わせ通り服装は全員カジュアルで集まった。相手は本店外商部のエリート社員たち。私は新人だったので銀座店のエレベーターガール五人組の四番に指名され、あまり喋らなくていいからと言われた。

外商部は既婚者の年配社員が多いのだが、今回のメンバーは外商部の独身五人組《クインテット》と呼ばれる人たちで、それぞれ結構な売上を記録するセールスマンたちだ。外商部の売上ランキングの一～七位は既婚者だが、八番目の売上高を残している平山《ひらやま》さんがリーダーで、他の四人も皆ベスト三〇位内に入っている。

ルールは男女五名ずつが向かい合って座り、自己紹介後の一時間四五分の時間制限の間に食事をしながら一〇分毎くらいに質問し合う。質問は男性チーム、女性チーム双方が交互に行い、質問を受けたチームは一番から五番まで順番に答えていく。会の進行は男女チームのリーダーが行い、質問タイムの合間はフリートーク。そして、制限時間終了時に意中の人の番号を紙に書き一斉に見せ合い、同じ番号を書いた男女はカップル成立となり、一週間以内に夕食デートをしなければならない。そのデートの費用の全ては男性持ちで。

三年先輩の清水《しみず》さんが天然キャラを生かし五番席に座り会を盛り上げた。リーダーの前川さんの進行もうまく、さすが接待部の顔の面目躍如ぶりだ。いや、単にこういう場に慣れているだけかもしれないが。二番席には二年先輩の真面目キャラの長谷《はせ》さん、三番席にはブリッ子キャラの同じく二年先輩の山田《やまだ》さんが座った。

男性側は一番席の平山さんはリーダーらしく明るくよくしゃべる人だった。二番席の中澤《なかざわ》さんは二枚目キャラを地でいく人だが、質問の答えに面白さはなかった。三番席の二郷さんは苦みばしった濃い顔系で、面白い答えを言おうとするが結果スベってしまう人。四番席の戸崎《とざき》さんは童顔だが最年長の三二歳で、常に計算された完璧な答えを言う人でスキがないと感じた。五番席の古田《ふるた》さんは垂れ下がった目尻が優しい印象を与える大阪人で、必ずオチを入れて話していた。この人がこのメンバーの中で売上ランキングでは平山さんに次ぐらしい。

開始一時間一五分経ったところで、双方五分間の作戦タイムを迎えた。男性グループはテーブル席で、女性チームは化粧室で話し合った。これは女性チームの場合、一人の人への集中を防ぐためのもので、なるべく多くのカップルを誕生させるための意図を持っている。人数合わせの私はどうせ私を選ぶ人はいないだろうというお気楽な気分だったので、正直誰でもよかったが、他の四人の目は結構真剣だった。「今回はレベルが高いわ」と四人は言い合い、私が口を挟める余地はなかった。前川さんが集計したところ平山さんが二票、古田さんが二票だった（私の票は端《はな》からカウントされていない）。ただし、こういう場合のプライオリティーは先輩社員にあるようだ。そこで、最終調整として、前川さん（①）が平山さん（①）、長谷さん（②）が中澤さん（②）、山田さん（③）が戸崎さん（④）、私（④）が二郷さん（③）、清水さん（⑤）が古田さん（⑤）という結論に達した。前川さんが見事にかぶらないように振り分けた。あと二五分残っており、建前上最終的に変えても恨みっこなしだが、変えたりすると先輩方に睨《にら》まれるらしい。先輩方の話では、こういう場では男性陣は若い子を選ぶ傾向があるので、あまり目立つような発言はしないよう私は釘を刺された。それなら何で私なんか呼んだのだろうと思ったが、そんなことは口が裂けても言えない。今回の合同コンパのメンバー集めに際し、私の一年先輩たちも誘われたそうだが、全員断ったため私にお鉢が回ってきた。その先輩たちが断った原因は何だったのか、この時よく分かった。何人かは私のような経験をし、コンパに参加しなかった人も参加した人から話を聞いていたのだろう。

私は前半戦の一時間の回答はなるべく短く簡潔に、フリートークでは余計なことを言わないようにしたので目立たなかった。しかし、後半戦の残りの二五分になった頃から、質問へはそっけない回答を繰り返しているものの、フリートークではやたらに男性陣から私へ話を振ってくるケースが多くなった。そうなると私のしゃべりも自然と多くなり、先輩方の冷たい視線を感じた。

そして、最後の気になる相手番号の発表の段になった。女性チームは作戦タイムに前川さんが決めた通りに書いた。しかし、なんということだろう、男性チームから私に三人の票が集まってしまった。つまり、二郷さん（③）、戸崎さん（④）、古田さん（⑤）の三人が④と書いていた。平山さん（①）は長谷さん（②）、中澤さん（②）は山田さん（③）だった。こうして、二郷さんと私のカップルが成立した。

会がお開きになった時の先輩四人の落胆ぶりは痛々しく私は申し訳なく思った。翌日から冷たくされたり意地悪をされたりするかもと心配したが、それは全くの杞憂に終わった。先輩方は一晩で立ち直り、翌日からも私に対しては普段通りに接してくれた。彼女たちに大人の女の強さを感じた。

このゲームのようなコンパを機に私と二郷さんのお付き合いは始まった。ルールに従い、翌週の定休の月曜日に二郷さんから夕食に誘われた。六時半国鉄の御茶ノ水駅聖橋《ひじりばし》口改札で待ち合わせ、近くの洋風居酒屋に連れていかれた。二郷さんが通った大学が近くにあり、思い切り地元なんだとか。

プロシュート&メロン、ラタトゥイユ、クラムチャウダー、チキンパイ、ペスカトーレなどをご馳走になった。どれも普段食べ慣れていないものばかりで、本当に美味しく感じた。先週のコンパでは二人だけでの会話はほとんどなかったが、プライベートなことも含め二郷さんとおしゃべりした。彼の年齢は二七歳、私より八歳年上だ。明知大学商学部卒業後松越百貨店に入社し、本店総務部、新宿店の売場でそれぞれ一年間経験し、外商部に配属となって三年目になる。出身は福島県の会津若松市、実家は九代続く造り酒屋で、彼はそこの三男坊。東京では京王線の笹塚に住んでいる。スポーツなら何でもござれの彼の趣味は、夏はサーフィン冬にはスキーで、それに加え競馬観戦だそうだ。馬券は大きなレースのみ買うとのこと。

今の時期は彼の実家から約一時間のドライブで行ける裏磐梯の紅葉が素晴らしく、是非私に見せたいと誘ってきた。そんな遠くまで行くには宿泊を伴うだろうから、じゃあ来年あたりに是非とやんわりと逃げておいた。コンパの時には何の感情も湧かなかった人だが、二人で話してみると細やかな気配りができる人だと感じた。明るく爽やかで清潔感もある。私の中で大分好感度が上がり、付き合ってみてもいいかなと思えるようになった。

　それから二週間置きの月曜日が二郷さんとのデートの日となった。一一月の第二、第四月曜日、私は二郷さんに会った。それが二回目、三回目のデートで、両日とも午後三時頃に有楽町で待ち合わせ、映画を見て夕食という流れだった。回を重ねる度、彼への想いが増していくのが分かる。会話の話題選びから食事のメニュー選びまで、常に優しくリードしてくれるので心地よい。小さい頃からそうなのだが、レストランではいつもメニューとにらめっこしてしまう。これを食べるぞとスパッと決めればいいものを、これもいいけどあれもいいなと堂々巡りとなり、その結果なかなか決まらない。彼はそんな私をかわいいと言って全部決めてくれる。まるで子供扱いだ。でも、そんな彼だから、私は無意識のうちに甘えちゃうのかもしれない。

　四回目のデートは一二月の第二月曜日の夕方新宿駅で待ち合わせ、三友ビル最上階のレストランで夕食を取った。吸い込まれそうな光り輝く夜景に見惚《みと》れ、レストラン全体が生み出す雰囲気に酔い、時間を忘れくつろいで過ごせた。二時間あまり費やした食事なんて初めてだった。食後の散歩がてら、私たちは腕を組んで繁華街を歩いた。ワインの白と赤をフルボトルで二本飲んだので、丁度よい酔い覚ましにもなった。

　二郷さんが次に私を連れていったのは『スーパームーン』というディスコだった。

彼に勧められるまま、口当たりのいいカクテルを飲んではミラーボールの下で踊った。時間の感覚も忘れ身も心もフワフワな状態で踊っていると、場内が急に暗くなりスローナンバーの曲が流れてきた。チークタイムだ。二郷さんは右手を私の背中に回し、左手で私の右手を取り体を密着させてきた。そして、私は彼のリードに身を任せ曲に合わせ体を揺らせた。二曲目に入る頃彼の右手は腰の位置まで下りてきて、左手は背中に回り私は抱きしめられた。暗さに慣れた目で周りを見ると、ダンスフロアにいるほとんどのカップルは抱き合っていた。二郷さんは顔を右に傾け私に口づけ、私は逃げずにそれを受け止めた。私が二郷さんを愛していると錯覚した瞬間だった。

チークタイムが終わると、私たちは席にもどった。踊り疲れて喉がカラカラの私に二郷さんはさっきのとは違うカクテルを頼んでくれた。

「それはほとんどオレンジジュースみたいなものだから、一気に飲んでも大丈夫だよ」と言って彼は勧めた。

一口含むとオレンジジュースそのもののように思えたので、喉の渇きを潤すためグラスの半分くらいの量を一気に飲んだ。それから私の意識は徐々に曖昧になっていった。

気がつくと私はホテルのような宿泊施設のベッドに裸で寝ていた。頭がガンガンに痛い。こんなひどい二日酔いは初めてだった。起き上がり水差しの水をグラスに注ぎ二杯飲んだ。ナイトテーブルの上にホテルのレターヘッドに書かれたメッセージが目に留まった。手にとって見ると、ビジネスホテル『ダイヤモンド・イン』とあったので、それがこのホテルの名前らしい。住所は東新宿のようだ。灰皿に添えられたマッチにも同じロゴとホテル名が印刷されている。メッセージは二郷さんからだった。

カナちゃんへ
昨日は楽しい夜をありがとう。
今朝何度も起こそうとしたけど、
目を覚まさなかったので
先に仕事に行かせてもらいます。
部屋は夕方の六時まで使用できる
よう精算済みです。
体調が悪いようでしたら、
ゆっくり休んでいってください。
二郷大輔

時計を見ると一〇時を回っていた。会社に電話をしなければと思い受話器を取ると、突然嘔吐感に襲われた。バスルームに走り、胃の中のものを全て吐き出した。すると一気に不快感は消え失せ、激しい頭痛もいつの間にか治まっていた。さっきは欠勤を伝えようと思ったが、これなら午後から仕事ができそうだ。上司に電話を入れ体調不良で定時出勤ができずその連絡も遅れたことを謝罪した。そして、今は大分具合も良くなったので午後からなら出勤できる旨を伝えると、エレベーターオペレーションのスタッフィング調整はできているので、無理せずに休めと言われた。私が普段有給休暇をほとんど取っていないので、労組のリーダーの一人でもある上司は有休扱いにし少しでも消化率を上げたいのだろう。私はその言葉に甘えて休みをいただくことにした。無断外泊で心配しているだろう自宅にも連絡し、昨晩は同僚と飲み過ぎそのまま同僚宅に泊まり、今はひどい二日酔いで休ませてもらっていると伝えた。

バスタブにぬるめのお湯を張り、ゆっくり浸かりながら昨夜の記憶を整理した。ディスコからこのホテルまでどうやって来たかは全く思い出せない。その後のこの部屋での出来事は断片的にではあるが、かすかに記憶に残っている。服を脱がされている場面、一緒にこのお風呂に入っている場面、裸でベッドの上で抱き合っている場面などが曖昧に残っている。それらから判断すると、私が二郷さんに体を許してしまったのは確かなようだ。

自己責任でもあるのだが、ほとんど意識がないような私の体をもてあそぶなんて、二郷さんはひどい人だと思う。そう考えると、私をホテルに一人残して仕事に行ってしまうこともそうだ。逆の立場で考えると、愛する人が寝込んでいれば、私なら仕事を休みその人の傍《そば》を離れないだろう。それにディスコで最後に飲まされたものは何だろう。オレンジジュースみたいだったんで一気に飲んだけど、その数分後に目が回り意識が飛んだ。そうなることを知っていて、故意で飲ませたのならほとんど犯罪だ。

第四月曜日は年末のため営業日となったので、二郷さんとのレギュラーデートはなくなった。平日の終業後に食事をしようとの誘いも何度かあったが、立ち仕事で疲れているとの理由で断った。ホテルでの疑惑の一件でしばらく距離を置こうと思ったからだが、ふとした時に彼の優しい顔を思い浮かべていたり、会いたくなったりするのはなぜだろう。相反する思いが心の中に同居し、彼を信じようとの気持ちがだんだん強くなっていった。

年が明けた正月三日の初売り日、多くのお客様が福袋を求め来店した。買い物客で賑わっている銀座店内の私の乗務するエレベーターに二郷さんが乗り込んできた。仕事始めの日に私に会いに来たようだ。屋上でお客様が降りきり、待っていたお客様が乗り込んでくるわずかの間、彼は何かを拾うしぐさをし「落ちていました」と言ってメモを私に渡しエレベーターを降りた。メモには「お昼休憩は何時から」とあった。私は小声で「一二時半から」と伝えると、「その時間に社員食堂前で待っている」と言い残し去っていった。

業務申し送りのため一〇分遅れて社員食堂に着くと、入口付近で二郷さんは待っていた。お互いに「明けましておめでとう」と新年の挨拶を済ませ、特別メニューの雑煮を一緒に食べた。二郷さんは相変わらず爽やかな笑顔で接してくれた。彼が有馬記念や年末の宝くじにかなりつぎ込んだが成果がなかったことや（一九七六年の年末の宝くじは発売に際し死傷者が出たことで問題になった）、私の母がピンクレディーの『ペッパー警部』や『S・O・S』の振り付けをダイエット体操にしていて時々私も一緒に踊っていることなど、どうでもいいような話で盛り上がった。帰り際に第二月曜日のデートの約束をしたが、前回無断外泊をして親に心配をかけたことを理由に、昼間会うようにしてもらった。

そのデートは今までと趣向を変えたものだった。一〇時に水道橋駅で待ち合わせ、後楽園のスケートリンクで二時間ほどアイススケートを楽しんだ。二郷さんと手をつなぎ、いい感じで滑れた。その後昼食を取り、午後は遊園地で遊んだ。彼は高校生のデートみたいだねと言ったが、私は充分楽しめた。四時頃駅の近くの喫茶店でお茶した時、二郷さんは次回のデートではまたディスコに行こうと誘ってきたが、一二月のホテルへの連れ込み疑惑が晴れていなかったので、何とか昼間に会うようお願いした。彼はぶつぶつ文句を言ったが、最終的には受け入れてくれた。

一月の二度目のデートも昼間のはずだったが、結局は夜になった。何度目のデートの時か忘れたが、私が宝塚ファンであることを話したのを覚えていて、二郷さんが奮発して宝塚のS席チケットを用意してくれたのだ。宝塚歌劇団は私の子供の頃からの憧れでこの誘いは断れるはずもなく、この日の花組公演を数日前からワクワクして待っていた。

当日は早めの夕食を取ると日比谷の宝塚劇場に入場し開演を待った。テレビでは何度も見ているが、実際の舞台の前で見るのとは比べ物にならない。歌劇の歌や踊りは期待通り素晴らしく、私の目は舞台に釘付けになった。後半の豪華絢爛なレビューは私を酔わせ、一糸乱れぬラインダンスに感動し、そしてクライマックスのきらびやかなパレードへ。私はまるで夢の中にいるようだった。

しかし、宝塚観劇後感動の余韻に浸る私に二郷さんは冷や水を浴びせた。これからホテルに行こうと強引に誘うのだ。「一度愛し合った仲じゃないか」と言い、彼は私の手を引きタクシーの拾える場所に行こうとする。拒んでも力では負けてしまう。「お願いだから、もっとあなたを知ってからにして」とお願いすると、「もう三ヶ月も付き合ったじゃないか」と返してきた。三ヶ月と言っても、そんなに頻繁に会っているわけではない。彼は「もう」と言っているけど、私には「まだ」という認識だ。なおも拒もうとした拍子に私はつまずき、彼が左手を引っ張るものだから、右肘を地面に打ちつけ体を横たえてしまった。その瞬間あのディスコの後のホテルでの一部の記憶が突然よみがえった。ほんの一瞬のものであったが、ベッドの上で私の両腕を押さえ覆いかぶさるように体を合わせる二郷さんが現れた。その下で私は懸命に抗《あらが》っていた。無意識のうちに私はそんな自分の記憶を封印していたのだろうか。二郷さんは私を起こそうとしたが、私はその場に座り込み泣き出した。彼に対し急に芽生えた不信感と嫌悪感、こんな人に好意を寄せ愛しかけた自分への怒り、色々な感情が入り交じり、涙が止めどなくあふれ出た。

私を立たせようとする彼に対し、私はうつむいたまま「放っておいて」と差し伸べられた手を振り払った。「恥ずかしいから、とりあえず立とうよ」と言う彼に、「お願いだから、今日は帰って」と泣きながら請うた。私の意志が強いのを悟ったのか、「じゃあ、また連絡するから」と言って彼は去っていった。

一月末某日夕方、私が乗務するエレベーターに「屋上までお願いします」と言って若い女性が乗ってきた。他の乗客は八階まで上る間に既におりていたので、彼女一人となった。屋上のドアが開く寸前その女性が話し始めた。

「依田加奈子さんね。池袋店の伊藤雪子《いとうゆきこ》よ。あなたと話がしたいんだけど。閉店後、社員通用口で待っているから付き合って」と言い終わると屋上の扉が開いた。

「何のお話でしょうか」と私は聞き返した。

「会った時に話すから」と言い残して、彼女は屋上に消えていった。

何の話だろう。担当乗務の間中それがとても気になった。後ほど社員名簿を調べると、伊藤雪子、一九七三年入社、池袋店紳士服売場とあり、確かに松越社員だった。私の三年先輩だ。それにしても、伊藤さんとは今までに会ったこともない。高校時代は池袋で遊んでいたが、松越池袋店には数度しか行っていない。その頃私の知らないところで、何かあったのだろうか。色々考えてみるも、皆目見当がつかず終業時間を待つしかなかった。

仕事を終え社員通用口を出ると、伊藤さんが待ち構えていた。「ちょっと付き合って」と言って先に歩き出し、近くの裏路地の喫茶店に入った。近すぎて来たことのないお店だった。私も後に続き、彼女の向かいに座った。伊藤さんは何もしゃべらず、ただ私を睨《にら》んでいる。何か恨みでも買うようなことをしたのかしら。怒りの感情を抑え込んでいるようにも見える。ウェイトレスが注文を取りにきたので、彼女に合わせコーヒーを頼んだ。ウェイトレスが離れしばらくすると、伊藤さんはまくしたててきた。

「あんたのせいで、二郷さんに捨てられたわ。いつから付き合っているの」

「三ヶ月くらい前からです」

「私たちは一年半付き合っていたの。毎週のように会っては寝ていたわ。それがなによ、一二月半ばくらいから、私を避けるようになったわ。何度電話しても逃げられるんで、夜彼のアパートに押しかけたのよ。最初は涙まで見せて、お付き合いを続けてくださいってお願いしたわ。そしたらね、彼ったら、ここ数ヶ月売上を落としちゃったんで仕事に集中したいとか、大きな借金ができたんでとか、心の病を患っちゃってとか、理由にならない言い訳ばかりしちゃってね。こんな惨めな彼の姿は一年半の間見たことなかったわ。女の勘でね、新しい女ができたんだと思った。リビングのサイドボードにブランデーのボトルがあったんで、引っ張り出して飲んでやったわ。もうどうにでもなれって感じ。ラッパ飲みで飲んだから、胃の中が燃えるように熱かった」

そこまでしゃべったところで、注文したコーヒーが運ばれてきた。ブラックで一口飲むと再び話し始めた。

「たくさんブランデーを口に含むと、痺《しび》れるような感じがして、喉を通って体に入っていく量と同じくらい、口からだらしなく流れ落ち私の服を濡らしたわ。いたたまれなくなり、サイドボードからグラスを一つ手に取ると、思い切り彼に向かって投げつけたの。グラスは大きく外れ壁に当たって砕けたわ。それで私は悟ったわ。二郷さんの心もそのグラスと同じだって。砕け散ってもう修復不可能だってね。その時、ポツリポツリと彼は話し始めた。『ゴメン。本当にゴメン。好きな子ができたんだ。だから、俺と別れてくれ』ってね。自分勝手よね。だからね、『私はガムなの。散々嚙んで味がなくなれば捨てるのね。私には気持ちがあるんだよ』と言ってやったわ。そしたらね、『じゃあ、どうしろってんだぁ。僕の気持ちをもう知っちゃっただろう。気持ちを偽りながら付き合い続けるか』って開き直ったわ。私は手に持ってたボトルを、サイドボードのガラス扉めがけて投げつけた。扉はすごい音を立てて割れたわ。隣近所にも聞こえたでしょうね。私は『もういい。呪ってやる』って言って彼の部屋を飛び出した。それ以上そこにいると、彼を刺しちゃうかもしれないと怖くなってね」

伊藤さんの話は聞いていて痛々しかった。あの二郷さんにそんな一面があろうとは、にわかには信じられなかったが、彼女が作り話を語っているとも思えないので恐らくは事実なのだろう。私とのホテルでの一件の後だから、好きな子とは多分私のことだ。私も先日二郷さんとあんなことがあったので、彼とのお付き合いはこれ以上続けられないと思っていた。でもそれは私と二郷さんとの問題なので、伊藤さんには黙っておこう。

「これがあいつの正体よ。忠告しておくわ。あなたも遅かれ早かれ、私と同じような目に遭うかもしれないわ。それからもう一つ。あなたは第二、第四月曜日に二郷さんと会っているんでしょう。あなたの他に第一、第三月曜日に会っている女もいるわよ。日本橋本店受渡部《うけわたしぶ》の斉藤梢《さいとうこずえ》って子。その他にも月曜日以外の日に会っている女もいるみたい。名前は知らないけど」

「本当ですか。どうやって調べたんですか」

「知りたい。それにしても二郷さんって、女に関してはマメよね。よくやるわって感じ。彼の部屋から帰ったあの夜ね、絶対に復讐してやるって誓ったのよ。それでね、彼の親しい同僚二人と寝たのよ。女性関係を知るためにね。一人目の人は何も知らなかったから、やられ損だったわ。それで二人目と寝たのよ。私の友達が二郷さんに傷つけられたって寝物語で話すと、その人は二郷さんにライバル心をたぎらせているみたいで、知っている限りのことを話してくれたわ。それであなたの名前が分かったってこと。それにしても、あなたは冷静ね。斉藤さんはどうしようもないくらい泣きじゃくっていたわよ」

「その斉藤さんという方にはいつ」

「二日前に会って話したわ」

「私は伊藤さんにお礼を言うべきなんでしょうか」

「あなたと二郷さんの仲を壊そうとしている私にお礼だなんて。察するところ、あなたは傷が浅いっていうことなのね。あっ、そうそう、あなたたちの名前を教えてくれた人だけど、あなたのチームと合同コンパをしたって言っていたわ」

「その人の名前を教えていただけますか」

そうか、あの場にいた二郷さんを除く四人のうちの一人とこの人は寝たんだ。

「ごめんなさいね。ニュースソースは秘匿するのが仁義っていうから。今日は話せてスーッとしたわ」

そう言うと、伊藤さんは伝票を取り立ち上がり、会計を済ませて先に出ていった。

伊藤さんと会った次の日、エレベーターガールを卒業して食品売場で酒類を販売している先輩に休憩室で会った。洋酒、日本酒、ワインなどジャンルを問わず、全ての酒類の試飲が趣味というお酒博士なので、オレンジジュースのような味がするカクテルがあるか聞いてみた。すると先輩は「あるわよ」と言って、詳しく解説してくれた。

「無味無臭のウォッカをオレンジジュースで割ったもので、『スクリュードライバー』っていうの。〈レディーキラー〉っていう別名があるくらいで、男が女を落とす時に飲ませるカクテルよ。アルコール度数が高いけど、口当たりがいいからついグッと飲んじゃう。既に酔っている時に出されると、お酒っていう感覚がしないんで、一気に飲むとすぐにコロッといっちゃう。気をつけなさいよ」とのこと。

その日の夜、仕事帰りに近くの銀座西急ホテルのバーでスクリュードライバーを飲んでみた。見た目、テイストもあの晩飲まされたものと同じものであると分かった。

これであの人は確信犯だとはっきり分かった。あの時強いお酒で私をダウンさせ、ほとんど意識のない私をもてあそんだんだわ。最低なヤツ。

私の二郷さんへの思いは宝塚観劇後の件でも、〈愛〉から〈憎〉へ一八〇度転換していた。でも私には復讐してやろうなんて気持ちは湧かなかった。伊藤さんの言うように、傷が浅かったからなのかもしれない。今はただ二郷さんからきれいさっぱりと離れたいと願うのみだった。


一月末から二月初めにかけて、二郷さんから何度か家に電話があった。会って話し合いたいと言っていたが、私には話すことはないとはっきり伝え電話を切った。彼と面と向かうとひるんでしまうので、もう信頼が失せたのでお付き合いをこれ以上続けられないという旨の手紙を認《したた》めた。

手紙を送った一週間後くらいから、二郷さんは帰宅の途につく私をまちぶせつきまとうようになった。それが三日続くと怖くなり、次の日から一週間ほど休みを取った。夜ほとんど眠れなくなり、仕事にも影響を及ぼすようになったためだ。その一週間の休みの間、睡眠障害から食欲も失せ精神的に参ってしまった。眠ると二郷さんとの嫌な場面がよみがえりうなされて目覚めてしまう。もう男の人とのお付き合いはこりごりだ。二度と心を許すことはやめようと自分自身に言い聞かせることで、徐々に眠りを取りもどしていった。

私が休んでいる間に、伊藤さんと斉藤さんの告発を受け、二郷さんは急遽札幌店へ転勤となり東京を去った。私を悩ませる心配の種はなくなっていたので、すんなりと職場復帰できた。伊藤さんは告発に際し私の名前も挙げたようで、人事部の聞き取り調査を受けた。それからしばらくの間、私は近づいてくる男性に対し、警戒し身構えてしまうようになった。それでも同僚や友人たちが恋人やボーイフレンドの話をしているのを聞くと、羨ましく思ってしまうのはなぜだろう。私もいつかまた男性を愛せるようになれるのだろうか。

嶋岡君に会った日から、彼のことが気になりだした。また会いたいと思うことは、好きになったのかしら。仕事を終え帰宅する際今までは松越前にある地下鉄出入口から日比谷線ホームに下りていたが、彼に会った次の日から横断歩道を渡り洋光前の出入口を利用するようになった。英会話の練習相手を探している彼がいそうな気がしたからだ。

銀座で働くようになって仕事帰りに夜の街を歩くと、何度か見知らぬ男性から声をかけられたことがある。それが嫌で最寄りの地下鉄出入口を利用していたが、たまに理由もなく遠回りして銀座の雰囲気を味わいたい時もある。嶋岡君に会ったのは、そんな気分になった日だった。そして、一緒に電車で帰った別れ際、彼の目は私に何か訴えているようだった。説明できない女の直感とでも言うのか、彼が私に会いに来るような気がしたのだ。あらやだ、私ったら、何を期待しているんだろう。

突然の誘い

八月の旧盆が過ぎた頃のことだった。仕事から帰り入浴を済ませ浴室から出ると、母が「嶋岡さんっていう男の人から電話があったわよ」と言った。忘れないでいてくれたことが素直にうれしかったたし、喫茶店でお互い自宅だから電話はかけづらいねって言っていたのにかけてきてくれたのだ。

「嶋岡君は中学の時の同級生だよ」

「そういえば、今度のクラス会について確認したいことがあるって言ってたわよ」

「分かった。折り返しかければいいの」

「そう言ったんだけど、向こうから一五分後にかけ直すって。だからあと五分くらいでかかってくると思うわよ」

「それを早く言ってよ。ほら、お母さんは早くお風呂に入っちゃって」

なんでよとかブツブツ言いながら母が脱衣室に入るのを確認すると、私はリビングの電話台の前に座って電話が鳴るのを待った。

その三分後くらいに着信音が鳴った。私は電話が鳴っているのを知られたくなかったので、すぐに受話器を取った。

「はい、依田ですけど」

「嶋岡だけど、この前は無理にお茶に誘っちゃってゴメンね」

「いいえ、色んなこと話せて楽しかったわ」

「それと今日は夜遅くに、またまたゴメン」

「別に大丈夫よ」

「明日は仕事だよね」

「うん」

「仕事に影響がない範囲内で助けて欲しいことがあるんだけど」

「どういうこと」

「前に君をお茶に誘った経緯《いきさつ》は覚えてる？」

「魔が差したっていうあれね」

「あっ、そうだ。近くに家の人がいて答えづらいなら、適当な相槌を打ってるだけでいいからね」

「うん、分かった」

家電製造会社に勤める父は名古屋に単身赴任中で毎月初めに三日ほど帰ってくるだけ、八歳上の兄は既に結婚して家を出ており、高三の弟は自室で勉強中、そして母はさっきお風呂に入った。だから家族で今リビングルームにいるのは私だけなのだ。

「嶋岡君は今家なの」

「近くの公衆電話からかけてる」

「ズルい。自分だけ安全地帯」

「じゃあ、今度依田さんが外から僕の家に電話していいから」

「冗談よ」

「話を本題にもどすよ。前にお茶に誘った日なんだけど、リチャードっていうアメリカ人と知り合ったんだ」

「うん、聞いたよ。ガールハントのお手伝いしたんだよね」

「ハントした子はミカさんっていう人でね、彼はその子とまだ一緒にいるみたいなの。今日バイトから帰ったら、リチャードから葉書が届いていてね、明後日アメリカに帰国するんだって。ミカさんと知り合った時、僕が間に入って通訳したでしょ。そのことをすごく感謝しているらしく、明日の夕食に招待されたんだ」

　あの日嶋岡君が私を誘ったことに対し真剣に弁解するんで、そういうことにしといてあげたが、私的には一〇〇パーセント信じたわけじゃなかった。でも、事実だった。彼は決して軽い人じゃなかったんだとはっきり思えた。そんな彼が私に助けて欲しいことがあるって言っているが、何だろうと興味が湧いた。

「へー、それで」

「そこにミカさんも来るらしいけど、リチャードの葉書には僕のガールフレンドも連れてこいって書いてあったんだよ。アメリカじゃ、こういう時はカップル単位だからね。あの日僕が依田さんを誘うに至った原因を作った二人だよ。興味あるでしょ」

「嶋岡君、カノジョいないの」

「いないから今君に頼んでる」

「話の進め方うまいね。行きたくなっちゃうじゃない」

「じゃあ、行こうよ」

「でも、私英語しゃべれないし」

「僕がフォローするから全然心配しないで。それにミカさんもしゃべれないから」

「分かったわ。シフトの調整をすれば五時くらいには上がれると思うわ」

「やった。ありがとう。ガールフレンド同伴というリクエストに対し、一時はどうすればいいかと……」

「カノジョのフリをすればいいのね」

「そうだけど……、ホントにいいの」

「フリだけでしょ。バレないように真剣に演じないとね」

「明日どこで待っていればいい？」

「五時過ぎに洋光前で」

「ありがとう。本当に助かったよ。今度何かおごるから」

「うん、じゃあ、また明日ね」

「じゃあ、おやすみ」

受話器を置くと今までのモヤモヤが一気に晴れた気分になった。でも嶋岡君のことについてはほとんど何も知らない。まずは彼を知ることから始めてみよう。そう思っているところへ母が入ってきた。

「あれ、お風呂じゃなかったの」

母は神妙な表情で私を見つめている。

「もしかして、聞いてた」

「ええ。卒業アルバムを見たけど、嶋岡さんっていう人は六組にはいないわよね」

「彼は一年の時の同級生なの。卒業の時は四組だった。高校は東叡《とうえい》で、今は西北大に行っているの」

「頭がいいのね。でも、そんなの関係ないわ。カノジョのフリって、何なのよ」

やっぱり全部聞いていたんだ。母には嘘はつきたくない。

「お母さん、違うの」

「私はただあなたが心配なだけ。二郷さんって人だっけ。あの時は何日も食べないし、しゃべりもしないしで、こっちもおかしくなりそうだった。もう二度とあなたにあんなつらい思いをさせたくないのよ」

「ごめんなさい、心配かけて。でも、お母さんが思っているようなことはないわ」と言って、私は一〇日前のことと今頼まれたことを順序立てて話したら分かってくれたようだ。

「でも、何であなたなの」

「だから、嶋岡君と何年ぶりかで話をしたのはそのアメリカ人のせいらしいの」

母は事情を理解しても、私が行くことには納得していないようだ。

「彼に協力するのは面白そうだからよ。最近そういうことないから、行ってみたいの」

「もしかして、嶋岡さんのことが好きなの」

「久しぶりに一回会っただけなのに、何でそんなこと言うの」

「あんなに楽しそうに話している加奈子の声を聞いたのはいつ以来かしら。それにここ数日間様子も変だったし。二〇年近くあなたの母親やっているから分かるのよ」

鋭い。見透かされている。

「お付き合いするなら、一度うちに連れてらっしゃい」

「もう、お母さんったら、何言ってんの。嶋岡君、私のこと思い出せなかったんだよ。私のことなんて何とも思ってないよ」

「でも、あなたは彼のことが気になるんでしょ」
「ねぇ、恥ずかしいから、もうそのくらいにしてよ」
母にはかなわない。まだ何も始まっていないのに、気が早いんだから。でも母に「前へ進みなさい」と、背中を押されたような気がした。

嶋岡君のカノジョ役をやる時が刻一刻と迫っている。何か面白そうなことが起こりそうな予感がする。今夜は私なりに楽しんじゃおう。五時に仕事を終え急いで着替えて待ち合わせの洋光前に向かうと、嶋岡君が私を待っていた。そういえばここは前に彼に声をかけられた場所だ。彼の言い分によれば、私たちを引き合わせるきっかけを作った二人にこれから会いに行く。ワクワク感で足取りが軽いのはなぜだろう。

嶋岡君と落ち合うと、私たちはすぐにリチャードという人が宿泊する東王プラザホテルのある新宿へ向かう地下鉄に乗った。車中、リチャードさんとミカさんについての情報を嶋岡君から聞き、二人と接する際の共通認識を決めた。中学の同級生だったことは事実なのでそのまま、二年前のクラス会で再会し、その時から惹《ひ》かれ合い付き合うようになったことにした。お互いを〈嶋岡君〉とか〈依田さん〉って呼ぶのも何か変なので、恋人感を出すため、嶋岡君は私を〈カナ〉、私は嶋岡君を〈アキ〉と呼ぶことに決めた。あとは相手のことを聞かれた場合は事実に基づいて答えること、答えに窮した時は自然に相手に振って対処することにした。それともう一つ嶋岡君から提案されたことがある。二人に会う際に手をつなぐこと。付き合っている者同士それくらいは普通だろうと、二つ返事で受け入れた。そんな話をしているうちに、これから舞台に上がる女優のような気分になってきた。

六時前に新宿駅に着いた。嶋岡君が時間に余裕があるので、ゆっくり歩こうと言ってくれた。私のハイヒールサンダルが歩きにくそうと心配しているようだ。今夜同席するミカさんはブティックで働いているので、ファッションチェックされるかもしれない。この日のために選んだのは、黒地に白の水玉模様のミニのフレアスカートにレモンイエローのレースのブラウス。嶋岡君に恥をかかさぬため、かわいらしく見られるようキメたつもりだ。

ホテルの前に着くと、嶋岡君が右手を差し伸べたので、私は左手を預けた。私は心の中で嶋岡君のカノジョ役をうまく演じられますようにと祈った。そして、私たちは二人の待つホテルの回転ドアを一緒にくぐった。

私たちが手をつなぎロビーへ来ると、手を振っている人が目に入った。嶋岡君もそれに気づき、私の手を引いてその人の方へ歩き出した。横には小柄な女性が座っている。嶋岡君は私を二人に紹介し、リチャードさんとミカさんであることを知らせてくれた。

リチャードさんは多分英語で私をかわいいと言ってくれたのだと思う。その後に日本語で「カワイイ」と言ったから。そして、「アキヒロは僕たちの大事な友達だから、君も僕たちの友達として接するよ」と言って私を軽く抱きしめた。嶋岡君が話していた通り、背も高く素敵な男性で、なにより吸い込まれそうなブルーの瞳がとても魅力的だった。どういうリアクションを取っていいか分からなかったが、「カワイイ」と言ってくれたことと嶋岡君の友達として接してくれることに対して、「サンキュー」と返しておいた。ミカさんも「よろしくね」と言って握手を求めてきた。ミカさんは個性的な影のある美人顔の不思議な雰囲気を漂わせる人だった。私より背丈は少し低いものの、女の私が見てもほれぼれするほどのボディーラインの持ち主だ。豊満な胸部、くびれた腰部、ふくよかな臀部《でんぶ》、それら全ての魅力を強調する薄いニットのワンピースを着ていた（こんなのいくら私でも恥ずかしくて着られない）。この体型で身長があと一五センチくらい高ければスーパーモデルだ。正直私は彼女を羨ましく思った。リチャードさんが何やらしゃべったことを嶋岡君が訳してくれたが、私たちに伝えたい大事なことがあるのでバーで話そうとのことだった。リチャードさんはミカさんの手を取り歩き出したので、私たちも後に続いた。

このホテルのバーはスローなジャズナンバーを小さな音で流していた。静か過ぎると他のテーブルやカウンター席の話し声が聞こえてくるので、それを遮るのに丁度いい音量であることが分かる。私たちは背の高い丸テーブルを囲み、スツールに腰を下ろした。そして、リチャードさんがジントニックを頼んだので嶋岡君も同じものを、ミカさんはカンパリオレンジを頼んだので私も同じものをオーダーした。

リチャードさんは嶋岡君に機関銃のような速い調子で話している。私にはチンプンカンプン。英語って何で早口言葉のように聞こえるのだろう。この二人の話には入っていけないので、隣のミカさんと話すことになる。

「アキから聞いたんですけど、ミカさんは銀座で働いていらっしゃるんですね」

「ジャンピエール・ブノワって知ってる？」

「はい。プレタポルテ界の鬼才って言われている気鋭のデザイナーですよね」

「私は銀座一丁目にある彼のブティックで働いているの」

「えー、そうなんですか。すごい。今お召しのお洋服もブノワさんのデザインですよね。絶妙な色の組み合わせと大胆なカットっていう特徴が表れていますね」

「あなた、目が利くのね」

「高校生の頃から色々なファッション雑誌を見ていますので」

「エレベーターガールをしているそうね。アキヒロ君が今朝話していたそうよ」

「はい。銀座松越で。もう一年くらいになります」

「じゃあ、私たちの職場って近いじゃない。それに、話し方が丁寧なのは仕事のせいなのね。でも友達になったんだから、もっとラフで気楽にしゃべってよ」

「すみません。日頃の癖で」

「それにしても、あなたのカレシさん、英語ペラペラでいいわね」

「私たち、中学の同級生だったんですけど、カレはその頃から頭がよくて」

嶋岡君が褒められると、私までうれしく感じるのはなぜだろう。

「彼は大学生なんでしょ？」

「はい、西北大の一回生です」

「じゃあ、あなたも彼も二〇歳前なの？」

「今年二〇歳になります。だから、来年の一月が成人式です」

「同じ中学ってことは家も近いのよね」

「電車で一駅違いです」

「彼とはどれくらいのお付き合いなの？」

「もう二年になります。高三の夏休みの時にやったクラス会で久しぶりに会ったんですけど、お互い惹かれ合い交際するようになったんです」

さっきから質問攻勢をかけられていることに気づいた。ここまでは電車の中で打ち合わせていたことなのでスムーズに答えられていると思う。でももっと突っ込まれたりすると答えられなくなっちゃうかも。でもスリル満点だわ。何とか話題を変えようと思っているところへ、ミカさんは更に突いてきた。

「親御さん公認の仲なの？」

なんて答えようか。嶋岡君の方を見るとリチャードさんの話を真剣に聞いている最中。私が妥当な回答をするしかない。

「私は親に嘘を言ったり隠し事をしたりするのが嫌なので、ちゃんと話しています。母からも一度連れてらっしゃいって言われていますが、延び延びになっちゃっていて」

答えになっているかしら。それにしても、このミカさんっていう人は話し相手の心の中を透視する力があるように感じる。ボロが出なければいいが。嶋岡君が言っていたのを思い出した。ミカさんは英語をしゃべらないのにリチャードさんとコミュニケーションを取っていたということを。

「これからは、カナちゃんって呼んでいいかしら」

「はい、全然かまいません」

「カナちゃんは正直ね。あなたの話から彼を好きな気持ちがすごく伝わってくるわ」

私はそれを聞いてホッとした。でも、うまくカノジョ役を演じられているのか、心の中を読まれているのか分からなくなった。

「それで、彼とはもう済ませているの？」

この一言で私は固まってしまった。人を喜ばせておいて、そうくるか。

「済ませているって、何をですか」

こう返すまでに微妙な間があったのをどう捉《とら》えられただろう。

「真に受けなくていいわよ。女友達ってこういう話題をキャッキャ言いながらおしゃべりするものじゃない。私はリチャードとこれ以上ないっていう激しいのをしたわよ」

そう言うミカさんにどう応じようか考えているところへ、オーダーしたカクテルが運ばれてきた。グッドタイミングだ。私はひとまず逃げることができた。

四人はそれぞれ自分のグラスを手に取った。リチャードさんが英語で乾杯の音頭を取った後、すぐさま嶋岡君が「僕たちの素晴らしい出会いに乾杯」と日本語に訳してくれた。そしてそれぞれのグラスをぶつけ合った。カクテルを一口飲んだ後、リチャードさんが重大発表を始め、それを逐次嶋岡君が訳した。

「僕はミカと結婚することにした。ミカのお母さんの了承も得た。結婚のセレモニーは来年の四月頃アナポリスで行うけど、アキヒロとカナコには是非証人《ウィットネス》になって欲しい」

嶋岡君は「コングラチュレーションズ」と言ったので、私もミカさんに「おめでとうございます」と伝えた。アナポリスはリチャードさんが住んでいるところらしい。

「びっくりしたでしょ」

「ええ、とっても」

「リチャードとは出会ったばかりなのにって思うでしょうね。会って数日間でも、結婚を決めたのはこの人が私を救ってくれるかもって思ったからなのよ」

「どういうことですか」

「私ってね、昔から男運が悪いのよね。もう、ろくでもない男しか寄ってこないの。私の身体《からだ》目当ての男もいたわ。それを許していた私にも責任はあるけど、そんな男出入りの激しい生活をしているうちに、睡眠障害に始まり鬱《うつ》になるわ不感症になるわでね。だから、睡眠薬や向精神薬に依存するようになった。そんな薬漬けが続けば身を滅ぼしていたわ。でもリチャードに会ってから、最初の二日は睡眠薬を飲んだけど、それ以降は薬を断つことができた。それでね、三日目は一日中リチャードと過ごした後、私の部屋で夕食を振る舞い泊めたの。最初の二夜はね、リチャードの部屋で薬を飲んですぐ寝ちゃったの。こっちから誘っておきながら。リチャードを試す行為だったのかもしれない。彼は近くで眠る私を無理やり奪うことはなかった。三夜目はその小ざかしさに対する罪悪感からか、一緒にお風呂に入った後、彼に自分から体を開いたわ。彼のセックスはすごく優しくて、それでいて激しくて、私は何度もイカされたわ。こんなに感じたのは初めてだった。それから心の平穏ももどったの。一緒にいるとすごく安らぐし癒される。それでね、生き地獄にいる私を救ってくれた彼に一生尽くそうって決めたの。だから私は彼と結婚するのよ」

私はミカさんの話を聞いているうちに子供のように涙をポロポロ流していた。無意識に自分のつらい体験と重ねてしまったのだろうか。ミカさんはハンカチを取り出し、「かわいい顔が台無しじゃない」と言って私の涙を拭いてくれた。

嶋岡君もリチャードさんも何が起きたのかと、こちらの様子を窺っていた。ミカさんはそっとしておいてあげてとのサインを送っている。私の様子を見てミカさんが言った。

「外れていたらごめんなさい。カナちゃんにも似たような経験があるのね」

「何で分かるんですか」

「私のこんな話を聞いたら、普通なら引くでしょ。でもカナちゃんはちゃんと受け止めてくれたから。カナちゃんも幸せをつかんでいつか誰かに話せるようになるわよ」

私の涙はいつ止まるんだろう。私が泣き続けているから、ミカさんにも移ってしまった。ミカさんの目にも涙があふれていた。私がミカさんのハンカチを使っちゃったんで、私のハンカチでミカさんの涙をぬぐってあげた。

「ミカさんって、どうしてそんなに優しいんですか」

「女の弱さが分かったからかしら。もう、カナちゃんには何でも話しちゃうけど、私ね、小さい頃から何度もひどいいじめを受けていたの。漁師をしていた父が足を怪我して船に乗れなくなると、飲んだくれになったあげく、交通事故で死んじゃったわ。

小学三年生の時だった。いじめを受けるようになったのは、その頃からなの。漁協で働くようになった母は昼間の私に目が届かなくなった。父の死と一人ぼっちの寂しさから心を閉ざすようになっちゃってね。だから、友達もできない。そしていじめの対象へ、もう負のスパイラルにはまった感じだった。自分の身を守るのは結局自分しかいないと思うようになってから、人の気持ちを推し量るようになった。それでいじめから逃げられるならと思って、その感性を磨いたの。リチャードは精神科医をしているのね。だからだと思うけど、彼には私の心の痛みが分かるのよ。だからこれも結婚の理由の一つなのよ」

リチャードさんの度量の大きさもすごいなと感心した。こんな素晴らしい二人に今夜出会えて本当によかったと心から思った。その機会をくれた嶋岡君にも感謝だ。ミカさんはいずれアメリカに行ってしまうのだろうが、それまではこちらからちょくちょく会いに行こうと思った。ジャンピエール・ブノワブランドの洋服やアクセサリーにも興味あるし。

バーで飲んで話した後、ホテル内の中国料理のレストランに場を移し、美味しい料理を食べながら私たちは楽しい時を過ごした。アメリカでの結婚式まで八ヶ月もあるので、リチャードさんは「そんな長い間ミカに会えないのは耐え難い。だから、仕事に支障のない時に休みが取れれば来日する。その時はまたアキヒロとカナコを呼ぶから」とも言ってくれた。ミカさんも「結婚前に一度アメリカに行って、アナポリスの街を見ておくわ。だから、早くパスポートを作らなきゃ」とうれしそうに話している。

嶋岡君がリチャードさんとの話に集中している時、ミカさんは小声で私に言った。

「私の勘ってすごく当たるのよ。カナちゃんとアキヒロ君もきっとうまくいくわよ」

それを聞くと、うれしさが込み上げてきてまたウルウルしてしまった。

別れ際にもリチャードさんからハグを受けたが、先程出会った時に感じたような戸惑いはなかった。ミカさんとも自然に抱き合えた。そして、リチャードさんとの再会を約束し、私たちは帰路についた。


帰りの電車の中で、嶋岡君はホテルのバーでの私の涙の理由《わけ》を聞いた。

「あー、あれね。ミカさんの波乱万丈のこれまでの体験談を聞いて感極まったということにしといて。私にも似たような経験があったから、彼女の心の痛みが分かったの。彼女の苦しみに比べれば、私のは全然小さいんだけどね」

「僕もリチャードから短い間に色々葛藤があったことを聞いて感じ入ったけど、一番いい結論に至ったと思う。これから先もあの二人なら乗り越えていけると信じている」

「そうね。私もそう思う。ねぇ嶋岡君、今日は誘ってくれて本当にありがとう」

「それはこっちのセリフだよ。妙なことに巻き込んじゃったかもって気になってたんだ」

「そんなことないわよ。あんな素敵なカップルと知り合えたんですもの。これからもあの二人の前ではカノジョ役をやらせてね」

「うん、それはリチャードにも頼まれたことだよ。『カナコが時々ミカに会ってくれたらいいんだけどなぁ』って言っていた」

「それは頼まれなくたって、私もミカさんに会いたいし」

嶋岡君は今日私がカノジョ役をやったことのお礼として私を食事に誘った。それに対し私は女優ばりにうまく演じたんだから映画も付けてって頼んだら、デートっぽいねって言って受けてくれた。その時に高校時代の制服を着ていこうという話になった。それは二人とも互いの高校時代を知らないからという理由だが、私も面白そうだと思い同意した。その制服デートは五日後の二二日の月曜日にすることになった。嶋岡君のアルバイトは週末が忙しいので月曜日を休みにしているらしい。松越の定休日も月曜日なので、二人同時に休める日が丁度よく重なったのだ。

それから彼は「付き合っている人はいるの」と聞いてきた。私は「今はいない」と答えると、頭の中に二郷さんと降旗君の亡霊が現れた。二郷さんとのつらい出来事は数ヶ月前のこと。そして高校時代に私のヴァージンを奪った降旗君。この二人は私の黒歴史だ。降旗君のことは忘れていたのに、二郷さんにつきまとわれ不眠症になった時、浅い眠りの夢枕に立ち私を苦しめた。私はうつむいて目を閉じ今日のホテルでの楽しいひと時を思い起こし、突然現れた二人の亡霊を無理やり消し去った。

嶋岡君は急にふさぎこんでしまった私をどう思っただろうか。「ごめん。無神経にプライベートなことを聞いちゃったね」と謝ってくれた後、話題を変えようとしているのが読み取れた。彼は優しい人なんだと思う。

嶋岡君は次の休みに見る映画はどんなジャンルがいいか聞いてきたので、胸がキュンとする恋愛映画をリクエストした。合わせてホラー系はダメなことも伝えた。彼が行きつけの名画座の二本立てを勧めるので、彼に全て任せることにした。

新宿から嶋岡君と一緒に帰る途中、話の流れの中で突然現れた二人の男性の亡霊がまた私を苦しめた。テレビ番組で見たことがあるのだが、心理学用語で強いトラウマを受けた人に現れるフラッシュバックという現象らしい。忘れたいとかリセットしたいと強く願っても、その正体不明のものはいつまでも心の中に宿り続け、何かの拍子に突然悪夢のごとく甦《よみがえ》ってくるのだ。

変わりたいと願う自分を変えるため、私は形から入ることにした。手始めに思い切って髪を短くしてみた。そして、次にメイクも変える。今までのようにきれいに見せようというものではなく、明るく健康的に見せるようなメイクになるよう試行錯誤を重ねた。通勤時の服装も派手系のものから落ち着いた色合いの地味系のものに変えてみた。

同僚たちにさっそく「あの子、失恋でもしたのかしら」と陰でささやかれた。よく話をする同期の婦人服売場の岡本《おかもと》さんと休憩室で出くわした時、「あんたの先輩のベーター嬢たちが話しているのを聞いちゃったんだけど、失恋したんだって」と聞いてきた。

「実はその逆なのよ。最近ちょっと気になる人が現れて、今までの自分を変えるために形から入っただけだから」と私は笑いながら答えた。

制服デート

嶋岡君との約束の日がやってきた。高校時代の制服は私の洋服ダンスの奥に眠っていたが、昨夜それを引っ張り出してアイロンをかけておいた。膝頭が見える丈の紺のプリーツスカート、左袖に校章が刺繍された薄い空色のブラウスに青基調のグレンチェックのスクールリボン、紺のハイソックス、黒のローファー、全部揃っている。二年ぶりに着た夏季制服は、体型の変わっていない私にぴったりフィットした。これを着ると甘酸っぱい思い出に浸れた。楽しかったこと、つらかったこと、懐かしい友達の顔がまぶたに浮かんだ。

母には嘘をつきたくなかったので、昨日既に伝えてある。嶋岡君も高校生スタイルで来て、彼が通っている大学キャンパスを散歩し行きつけの食堂でランチを食べて、その後映画を見るという詳しいコースまで説明しておいた。その費用は先日のカノジョ役を演じたお礼で、全て嶋岡君のおごり。変な想像からではないようだが、母は食事して映画を観るというのは分かるが、高校の制服でというところが引っかかるらしい。

「お互いの高校時代を知らないから、制服を着て高校生気分の健全なデートがしたいからよ」と言うと、今度はデートという言葉に反応し、「嶋岡君とお付き合いすることになったの」と聞いてきた。

「デートっていうのは、私がそう思っているだけだから。食事して映画を観るのをデートっぽいねって嶋岡君が言っただけ。付き合おうとも言われていないわ」

「加奈子、前にも聞いたけど、嶋岡君が好きなのね」

「そうかもしれないけど。自分でもまだはっきり分からないの。お母さんには嘘はつかず全部報告するし、前みたいに一人で悩んだりもしないから。だから、心配しないで」

心配性の母にそこまで事細かに話した。高校時代の私なら、そんな母の詮索や小言に対してうざったく感じ反発していただろう。反抗期が過ぎ社会人になって少しは世間の荒波を経験しているので、角が取れ人間的に丸くなり始めているのかもしれない。また、心配してくれる人がいるのは悪いことじゃないと今でははっきり分かるから。

駅に向かう私の足取りは軽かった。服装が変わるだけで、見慣れた景色が別世界のように感じられた。高校時代はいつもこんなルンルン気分でいたのを思い出した。この前は嶋岡君のガールフレンドを演じたけど、今日は一日女子高生になりきろうと思った。

　駅に着くと嶋岡君が改札口の向こう側に立っているのが見えた。その時ちょっとしたいたずら心が芽生えた。定期券を駅員さんに見せて改札を通り、嶋岡君には視線を合わさずわざと彼の一メートル横をさっと通り過ぎた。えっ、気がつかないの。私はそれがなぜかおかしく、後ろで彼の様子をしばらく見ることにした。嶋岡君は改札を抜け駅に入ってくる人を一人ひとり確認している様子だ。約束の時間になったので、そろそろ勘弁してあげようかと思い、彼の後ろから「嶋岡君、おはよう」と声をかけると、彼は固まった。

「ねえ、分かんないの。二回目だよ」とからかい半分で言うと、彼は私の顔をじっと見つめた後、「あっ、依田さんだ！」とちょっとのけぞって驚きを表現した。

「制服を着てこいって言うから、髪形も高校時代にもどしてみたの。これ、ショートボブっていうのよ」と言って、私は後ろ髪をはらった。

「髪切ったんだ。全然分かんなかったよ。さっき通り過ぎるのを見たけど、依田さんだと思わなかった」

「ちょっと思うところがあって、イメージチェンジしてみたの」

「それもすごく似合っているよ」

「制服はどう」と言って、私はその場でスカートを翻し一回転して見せた。

「へー、かわいいね」と言って、私をじっと見つめる。嶋岡君の視線を私に釘付けにしたことが自分でもよく分かった。それがなぜかすごくうれしかった。

嶋岡君の通う大学へは東京に唯一残る都電と呼ばれる路面電車に乗って向かった。子供の頃は親に手を引かれ歩いた銀座や上野などでよく見かけたし、実際に乗ったりした思い出が記憶の片隅に残っている。ドアを閉める時にチンチンと鐘を鳴らすような音を出していたのでチンチン電車と呼んでいた。そんな懐かしさ満載の都電に十数年ぶりに乗った。私が高校時代を過ごした池袋の東側の懐かしい風景も車窓から眺められた。

終点駅から少し歩くと、嶋岡君の大学の正門に出た。その向かい側にはこの大学の顔である立派な講堂がどっしりと立っていた。何かの雑誌の表紙で見たことのある建物だった。嶋岡君と並んで正門から創始者の銅像までゆっくり歩くと、高校とは違うアカデミックな雰囲気が感じられた。更にキャンパスの奥に入っていく途中で、嶋岡君の友人に出会った。二人が話している様子を見て、学生同士の会話っていいなと、私は高校時代が懐かしくなった。途中から内緒話のように小声になり、女子高生がどうとか聞こえたので、多分私と一緒なのをからかわれているのだろう。

広いキャンパスを歩き貫き奥の小さな門から出る頃は丁度お昼時で、お腹もグゥーッと鳴りそうなほど減っていた。嶋岡君が今日連れていってくれる定食屋は量がすごいと聞いていたので、朝は何も食べてこなかった。その定食屋はマリアというらしく、店主の名前に由来するらしい。

着いてみると、『真理亜』という看板を掲げていた。店構えはそれほど大きくはないが、ウナギの寝床のように奥に深い造りで、アットホームな雰囲気があった。店主の真理亜さんは気さくなおばさんだった。制服姿の私を見て、嶋岡君が女子高生と付き合っていると勘違いしたようだ。そして驚きの一言。

「あなた、白鳳《はくほう》女学園の生徒さんでしょ」

「なぜ分かりましたか」と私は冷静を装い聞いた。

「そりゃ、制服で分かったよ。実は私の娘も白鳳に通っているのよ」とのこと。

バレたらまずいと思い、「何年生ですか」とすぐに聞き返した。

「四月に入学したばかり。一年生よ。あなたは」

「三年です」と私は答えた。違う学年にしておけばバレないだろという思惑からだ。

「でも、あなたは白鳳の生徒さんにしてはしっかりしているし、言葉使いも丁寧よね」

「ありがとうございます」

白鳳の生徒がチャラチャラしていて、ぞんざいな言葉を使うのは私もよく知っている。自分もそうだったから。就職すればある程度の社会常識は身につくし、更に私はエレベーター乗務の前の研修で、プロの行儀作法の先生に徹底的にしごかれた。言葉使いに始まりお辞儀の角度にも及ぶ厳しい指導であったが、それが今の仕事のみならず、日常生活にも生きている。人から褒められたり持ち上げられたりした時は、とりあえず「ありがとうございます」と答えておけとも教わった。そうすれば相手も気を悪くすることはない。謙遜したり下手に否定したりすると、嫌味に取られたり、相手の気分を害することもある。

真理亜さんはニコニコしながら、嶋岡君に「いい子つかまえたわね」と言った。

注文に際しての前振りとしては長いやり取りだったが、嶋岡君はミックスフライ定食、私はハンバーグ定食を頼んだ。

嶋岡君はこんな定食屋で申し訳ないと言ったが、料理が美味しければ私はくつろいで食べられるところの方が好きだ。だから全然気にしないでと伝えた。また、嶋岡君は「制服の力ってスゴイ」と言って笑った。さっきの彼の友人といい真理亜さんといい、完全に私が女子高生だと思い込んでいると言って喜んでいる。だから、また制服を着てどこかへ行こうよと誘ってくる。私も別のキャラになれるようでクセになりそうだ。

そんな話をしているところへ、真理亜さんが注文した定食を運んできて私たちのテーブルの上にのせた。聞いてはいたが、私はそのボリュームに驚いた。目玉焼きがのった草履のように大きなハンバーグに加え、ご飯の量も半端なかった。更に嶋岡君が常連さんということでポテトサラダまでサービスしてくれた。私が普段食べる量の三倍以上ありそうだ。食べ始めると、その美味しさにビックリ。外をこんがり焼いているので中にはしっかりとジューシーな肉汁がとじこめられている。ご飯もどんどん進み、ついには完食してしまった。夏休み中でお客さんも数組しかおらず、私が食べている様子を真理亜さんはずっと見ていたようだ。体育会系女子に映ったかもしれない。お店を出る時そのノリで、「ごちそうさまでした。とても美味しかったです」と大きな声で言うと、「また来てね」と返してくれた。

『真理亜』から映画館までは大分歩いたが、食後の運動には丁度よかった。映画館に着くと嶋岡君は学生証を見せ、「学生二枚」といってチケットを買った。売場の人は私の方をチラッと見たが、女子高生の制服を見て私に学生証の提示を求めることはなかった。

館内はたまに行っていた日比谷界隈のロードショーの映画館と比べると、かなりの差がありみすぼらしく感じるのは否めないが、嶋岡君と一緒だったので不快には感じなかった。まだ小さかった頃、年の離れた兄と怪獣映画を見に行った日光街道沿いにあった映画館もこんな感じのところだったと懐かしく感じた。

嶋岡君が選んでくれた映画は『ジェレミー』と『ダブ』の二本。映画を二本続けて見ることはあまりないので、結構労力がいることが分かった。三時間あまりスクリーンを見ながら字幕も追わねばならない。嶋岡君は英語の勉強を兼ね、なるべく字幕は見ずにスクリーンに集中するらしい。私にはできない芸当だ。

『ジェレミー』は私好みの映画だった。一五歳の少年と一六歳の少女の淡い初恋を描いた映画で、舞台はニューヨークの音楽学校。片想いから両想いになり、ぎこちない初体験。愛が深まりこれからという時に、大人の事情で引き裂かれる二人。最後の空港での別れのシーンでは涙してしまった。嶋岡君に見られていたら恥ずかしい。

『ダブ』もいい映画だった。ダブ号（小鳩号）という名の小型ヨットで世界一周に挑戦する一七歳の高校生の冒険映画。航海の途中で一九歳の女子大生と出会い恋に落ちる。幾度もの挫折を乗り越え、その女子大生の愛情にも支えられ世界一周を成し遂げるという物語。絵的にも大海原《おおうなばら》の美しさと恐ろしさがこれでもかと見ることができた。

映画鑑賞後高田馬場駅前のビッグボックスという商業施設のわき道にある喫茶店で休憩した。嶋岡君は慣れているらしいが、私が二本続けて映画を見て疲れたのではと気を使ってくれたのだろう。一通り映画の感想を言い合った後、嶋岡君は急に黙り込んだ。何か言いたげな様子が窺えるが、沈黙が続くとバツが悪い雰囲気が漂い始めた。

「ねえ、気分でも悪いの」

「あっ、いや……。実は……」

「なあに」

「依田さんのこと、好きみたい……あっ、いや、好きなんだ」

「………」

驚いて何も言い返せない私を見て嶋岡君は続けた。

「だから、僕と付き合って欲しい」

意中の人から告白された。うれしいけれど、突然だったのでしばし絶句してしまった。胸の鼓動が速くなったのが分かる。

「もしダメなら、きっぱりと僕を振って欲しい。その方が諦めもつくし」と彼は続け、真剣な眼差しを私に向けた。

私の視線もそれに合わせ彼の目を見定めると、少しは落ち着きを取りもどし自分の気持ちに素直に従い返答した。

「私も同じ。嶋岡君が好き。だからこれからも、今日みたいに嶋岡君に会いたいな」

嶋岡君は破顔し、「あー緊張した」と言った後に、「ありがとう。実は銀座で会って以来、依田さんのことが頭から離れなくて。いつも君のことばかり考えていた。好き過ぎておかしくなりそうだった」

そうだったんだ。私も似たり寄ったりだったけど。

「そんなに思ってくれてたなんて。ありがとう」

「これからはリチャードたちの前みたいに、カナって呼んでいいよね」

「それなら私も嶋岡君じゃなくて、アキって呼ぶから」

「うん、そうして。それと、カナの誕生日教えてくれる」

「もうすぐよ。九月三日。アキの誕生日は」

「八月八日。だから、一足早く二〇歳になっちゃった。カナの二〇歳の誕生日、僕にも祝わせてくれないかなぁ」

アキは定期入れの中からミニカレンダーを取り出し曜日をチェックした。

「三日は土曜日か。二日遅れだけど、五日の月曜日に二人でお酒飲んでお祝いしない」

「ありがとう。うれしいわ」

どこに連れていってくれるかは当日のサプライズということで、全てアキに任せることになった。楽しみだ。三〇分ほど喫茶店で休んだが、まだ家に帰りたくなかった。二人が思い合っているのを確かめ合えたばかりだったので、もうしばらく一緒にいたかった。アキが隣にボウリング場があるから勝負しようと誘ってきた。二年近くボウリングはやっていないが、高校時代の一時期ハマったことがあるので彼に勝つ自信はあった。三ゲームやって、私の二勝一敗だった。

帰りの電車の中では手をつないだり腕を組んだりして、ずっとアキに寄り添っていた。制服姿なので冷たい視線を投げかける人もいたが、不思議なことに全然気にならなかった。彼といると守られていると強く感じられ、私の心はものすごく穏やかなのだ。ミカさんがリチャードさんから得たというに安らぎと癒しなのかもしれない。

　既に暗くなっていたので、アキは私を家まで送るといって一緒に電車を降りた。私たちは同じ中学校だが、彼は隣の学区からの越境入学だった。私の住所を伝えると、彼の家まで徒歩で三〇分弱の距離だそうだ。

　駅前の商店街の喧騒は三分も歩けばなくなり、閑静な住宅街に変わる。私たちはほのかな街灯に照らされた小道を手をつないで歩いた。私の家の一区画《ワンブロック》手前に児童公園があり、突っ切るのが一番の近道だ。夜一人の時は遠回りでも公園の外周路を歩くのだが、アキと一緒だったのでこの日最後のひと時を過ごすため、人影の絶えた公園に入りベンチに座った。アキが私の肩を抱き寄せたので、私は彼の肩に頭を預けた。しばらくこうしていたいと思い、目を閉じて楽しかった一日を振り返った。

　アキが動いたように感じたので目を開けると、彼の顔がゆっくりと近づいてきて唇を合わせようとしていた。その瞬間彼の顔が二郷さんに変わった。得も言われぬ嫌悪感が全身を駆け巡り、息苦しさから目眩《めまい》がした。それに耐えられなくなった私は立ち上がり、何かに押されるように前に二、三歩進んだ後、へなへなとその場にひざまずいた。アキはすぐさま素早く私の前でかがみ込み、「どうしたの。大丈夫」と言って心配そうに私の顔をのぞき込んだ。だんだん呼吸も落ち着いてきたが、しばらく彼の顔を直視できなかった。

「ごめんなさい。もうここでいいから。今日はどうもありがとう」と言って立ち上がるや、私は走ってその場を立ち去った。

気まずいままでアキと別れた後、私はひどく落ち込んだ。悪いのは私だと分かっている。彼はどう思っただろうか。これから付き合っていこうという時だったのに。心に二人の男の亡霊を棲まわせたまま彼とやっていけるだろうかと、しばらくの間自分を責めた。

小一時間ほど経った頃、アキに謝ろうと彼の家に電話した。彼の母親らしき優しそうな声の女性が出たので、中学時代のクラスメイトの依田と名乗りアキの呼び出しを請うも、まだ帰宅していないらしい。それに続く受話器の向こうからの返答は意外なものだった。

「章裕の母です。あなたが依田さんなのね。今日章裕と会ってくれていたんでしょう。今朝うれしそうに出かけていったから。帰ったら電話させますからね」

アキが私のことをお母さんに話してくれていたのがうれしくてたまらなかった。更に「今度はこちらへも寄ってね」と誘ってくれた。ウチの母と同じようなことを言うなんて面白いと思ったが、親は自分の子供がいくつになっても気がかりなのだろう。

私の電話の一五分後くらいにアキから電話があった。私が謝る前に、思いもかけず彼の方から、「カナの気持ちも考えず、一人で急ぎ過ぎちゃったみたいだね。暴走しちゃってゴメンね」と謝ってきた。

　アキが先に謝ったので、「悪いのは私の方なのに」と言い損ない、おまけに「大丈夫。気にしてないから」とまで言い繕《つくろ》ってしまった。その時私は彼の優しさに甘えているとと思い知らされた。ヘアスタイルや装いなどの外見を変えても内面は変えられなかったことも自覚した。それが女の弱さなのだろうか。そう思うとミカさんのことを思い出し、彼女に無性に会いたくなった。

起死回生のアドバイス

アキと気まずい別れをした翌日、私は体調不良を理由に早めに上がり、ミカさんのブティックを訪れた。

「こんにちは、ミカさん」

「いらっしゃい。カナちゃん、髪切ったんだ。すごく似合ってるわ」

「ありがとうございます。ミカさんに会いたくて、仕事早めに終わらして来ちゃいました。ついでに、洋服でも買おうかなと思いまして」

「どんな服がご所望かしら」

「先日ミカさんが着ていたような、ニットのワンピが欲しいんですけど」

「勝負服にするのね」

ミカさんには全てお見通しだ。ミカさんが着ていたものの他に、違うデザインのものも何点か見せてもらったが、やはりボディーラインもろ見せの服にはちょっと抵抗があった。

「こういう仕事を長くやっているとね、お客様の好みが自然と分かってくるから不思議よね。またある部分ね、お客様が服を選ぶんじゃなくて、服がお客様を選ぶのよ」

「どういうことでしょうか」

「例えば新しい商品が届いた後、それらの商品を吊したりマネキンに着せたりする時にね、不思議なことにお客様の顔が浮かぶのよ。これはあの人が着たら映えるわとか、あの子が着たら似合うかもって具合にね。あっ、つい二、三日前に入ったワンピでカナちゃんの顔が浮かんだのがあったわ。ゆったりしたカワイイ系のものだけど見てみる」

「是非見せてください」

「ちょっと待っててね」と言って、ミカさんは店の奥のストレージルームへ急ぎ足で行き、すぐに商品を持ってもどってきた。

「これなんだけど、どうかしら。新着の秋物よ」

「わー、とても素敵です」

それは純白のニットワンピースで、胸元がVカットされ、丈も短めでかわいらしい。ミカさんは実際に着てみたらと言って、私をフィッティングルームへ導いた。

そのニットのワンピを着て驚いたのは、私の体にすごくなじむのだ。サイズなど一言も伝えてないのに、ぴったりのものを持ってくるミカさんのプロの目にも感心した。胸元のVカットも斬新且つ素敵で、これ以上カットが大きければ下品になるという寸前で抑えてある。また、丈も膝上一五cmくらいで、正に私の好きな長さだ。素足でも着られるし、黒のロングブーツやストッキングにも合いそうだ。さっきミカさんの言っていたことの意味が分かった気がした。この服は私に着られるのを待っていたのかもと思えてならなかった。「やっぱりすごく似合うね」ってミカさんから言われ、買うことにした。ただ季節柄今はまだ着られないので、次に嶋岡君と会う時に着るためのワンピースをもう一枚ミカさんに選んでもらった。彼女のお薦めはパステル調の淡いピンク、オレンジ、イエローの三色のマーブル柄のノースリーブワンピで丈もさっきのワンピと同じくらいで気に入った。

会計の際、「カナちゃんは私の妹ってことで建引きにするね」と言ってくれた。そして、今日の私を見て何かを感じ取ったみたいだ。

「今のカナちゃんを輝かせるのは、清楚で若さをアピールする服だと思うけど。さっき私が選んだワンピみたいな感じの。この前会った時のもよかったわよ。落ち着いた感じの服は周りに同化しちゃうからね。まあ、その分危険はないけどね。気分転換で時々着てみるのはいいけど、若い時にしか着られない服ってあるからね。それと、もしかしてメイクも変えたのかな。もしそうなら、今のメイクの方がカナちゃんのかわいらしさを引き立ててるよ」

この人には何も言わなくても、全部分かっているみたいだ。私はもう少しミカさんと話がしたかった。それを察して、「この後は何か予定でもあるの」とミカさんが聞いてきた。

「ないですけど」と答えると、「じゃあ、夕食一緒に食べようよ。近くに美味しいパスタのお店があるんだ」と誘ってくれた。

「もう少しで閉店なんで、ちょっと待ってて」と言うと、すぐにコーヒーを用意してくれた。時計を見ると六時四五分、閉店まで一五分待ち。その時間店内にお客さんはいなかったが、ミカさんはお店のスタッフと一緒に商品の補充をしていた。

閉店後、有楽町駅近くのイタリア料理店『ロンディネ』に行った。ミカさんが週一で通っているお店だそうだ。奥の壁際席に座ったが、白い壁には黒いツバメのシルエットが何羽も貼られていた。店の名前はイタリア語でツバメのこととミカさんが教えてくれた。

シェアして食べた方が色んな味が楽しめると言うのでチョイスは任せると、アンティパストからサーモンのカルパッチョとカプレーゼ、ロングパスタからアラビアータとアーリオ・オーリオの二品ずつをミカさんが頼んでくれた。ミカさんによると、この店のパスタのゆで加減は絶妙のアルデンテ（歯ごたえがある）だそうで、食べなれると、そこいらの喫茶店で出すうどんのようなゆで過ぎのものは食べられなくなるとのこと。

冷えた白ワインで乾杯した後、昨日アキと高校時代の制服を着てデートしたことを話した。制服姿だと会った人たちが皆私を女子高生として接するし、不思議と自分でもその気になってしまうと話すと、ミカさんは面白おかしく聞いてくれ、「制服の力ってすごいね」とアキと同じようなことを言った。

「カナちゃんは制服を着ても、ちゃんと高校生に見えるからいいわよね。私が着たらコスプレになっちゃうわね」と言ってミカさんは笑った。

パスタはミカさんが絶賛していたように美味しかった。食事中はファッション談義に花が咲いた。食べ終えた頃、ミカさんが切り出した。

「それで。何か悩み事があるんでしょ」

やっぱりミカさんには私の心の闇は隠せないらしい。

「前に会った時、私とアキが済ませたかどうか、ミカさん聞いたでしょ。実はまだなんです。私はアキのことがすごく好きだし、アキも私のことを思っていてくれている」

「うん。それで」

「アキのことが好きなのに……。私の上を通り過ぎた二人の男がふとした瞬間に頭の中に現れ、私を苦しめるんです」

「カナちゃん、そのこと誰にも話したことないでしょ。嫌なことや恥ずかしいことは誰にも話したくないのは分かるけど、吐き出さないとストレスとしてどんどん溜まって怪物になっちゃうんだよ。多分その二人の男がカナちゃんの心の中で怪物化したんだと思うよ。普段は潜んでいるんだけど、何かの拍子に突然現れる」

「ミカさんの言う通りです」とは言ったものの、なぜまだ何も話していないのに分かるのだろう。やはり、この人も同じような経験をしているのだろうか。

「私でよければ聞いてあげるけど。その前に食後酒でも飲もうか」とミカさんは言って、サンブーカというお酒を頼んだ。

　そのお酒は無色透明で小さなグラスに注がれ、コーヒー豆が三粒浮かんでいた。ウェイターは私たちのテーブルに置くと、ライターで火をつけた。するとグラスから淡く青い炎が揺らめくと同時にコーヒーの香りが沸き立った。十数秒で炎は消され私たちの前に出された。グラスのふちが冷めた頃、飲んでみるとコーヒーの風味のする強いお酒だが、食後の重ったるい感じをすっきりさせてくれたような気がした。

　私は高二の時の降旗君との初体験の話と二郷さんとの出会いから別れに至る経緯、その後付きまとわれ精神的に参ってしまったことなどを話した。

「本当にひどい男たちね。カナちゃん、つらかったね。でも、もう大丈夫よ。あなたはもう一人じゃないのよ」

　ミカさんはそう言うと、自分の席を立ち私の隣に座った。そして私に身を寄せ抱きしめてくれた。不思議なことに、そうされると私の心が安らいでいくのを感じた。ミカさんは私の心の痛みに寄り添いそれを共有しようとしていることを知ると、自然と涙があふれた。店は盛況で多くのお客さんが入っていたが、ミカさんはさりげなく彼らの視線の盾になってくれた。私の涙が収まると、ミカさんは向かいの席にもどり口を開いた。

「あなたの問題を解決してくれるのは多分今は章裕君だけね。彼といる時にその怪物が現れたことはあるの」

「はい、二回あります」

「それは重症ね」

「その二回目というのが、さっき話した制服デートの帰りに送ってもらった時で、アキがキスしようとしたのを私が拒絶しちゃったんです」

「カナちゃんは章裕君とキスしたくはないの」

「したいです」

「分かりきったこと聞いてごめんね。でも、そんなことがあったら、彼はまじめな子だから、当分あなたが嫌がることはしないでしょうね」

「いやです。私、アキとキスがしたい。どうすればいいですか」

私は少し興奮気味にミカさんに解決策を求めていた。

「そんなの簡単なことじゃない。あなたからすればいいのよ。別にキスするのは男の専売特許じゃないでしょ。女はいつも受身じゃなくていいのよ」

　私は少し考えた。誠実なアキのことだから、私が嫌がることは絶対にしないだろう。ミカさんの言う通りだ。こうなったら私からいくしかない。

「私、やってみます」

「うん、その意気よ。そしてね、あなたが章裕君を受け入れられた時、怪物は自然と消えるはずよ」と言った後、ミカさんは自分自身に言い聞かせるように「私がリチャードを受け入れた時に、私の中の怪物が消えたみたいにね」と付け加えた。

　ミカさんの方が私とは比べ物にならないくらいつらかったのは知っている。だから私も立ち直れると確信した。母には話せなかった。心配性な母のことだから、話せばきっと自分のことのように抱え込んでしまっただろう。今日ミカさんに相談できて本当によかった。

　私の話が一段落ついたところで、ミカさんは九月から仕事帰りに英会話スクールに通うことになったと話し始めた。リチャードさんと面と向かって話す時は、表情を読んだり身振り手振りで伝え合ったりして意思疎通ができたのだが、電話だとからきしダメだとのこと。リチャードさんの帰国後一度電話があったらしく、その時は彼が何を話しているか半分も分からず、英語の勉強の必要性を実感したらしい。そこで今度アキからも英語を教わりたいので連れてきて欲しいと言われた。その際は三人で食事しようと提案された。

　別れ際ミカさんは「私ってこんなだから、気の置けない友達があまりいないのよ。だから、これからも話し相手になってね。お店にももっと気軽に寄って。別に何も買う必要ないから」と言った。

「話し相手になって欲しいのは私の方です。今日だって助けていただいたのは私だし。今日はどうもありがとうございました。また、寄らせていただきます」と返しミカさんと別れた。


　八月最後の月曜日、アキに告白されてからの最初のデートの日だ。前回の制服デートの最後で汚点を付けてしまったので、それを挽回するため私が自分に課した大事なミッションがある。ミカさんのアドバイスを受け、私からアキにキスをすると決めたのだ。変われるのを待っていても、何も変わりはしない。自分から変わろうと動かない限りは。ミカさんが選んでくれた勝負服、マーブル柄のワンピースを着て私は待ち合わせ場所に急いだ。

　今日もアキは早く来て私を待っていてくれた。挨拶を交わした後、「今日も素敵な服だね。すごく似合ってる。カナがキレイに見える」とアキが憎まれ口を叩《たた》いた。

「見えるですって。私、洋服負けしてるの」と私も怒ったフリ。

「違うよ。カナが着ているから洋服も映えるっていうか……」

「このワンピース、ミカさんのお店で買ったのよ」

「ミカさんに会いに行ったんだ」

「ええ、買い物した後、一緒に食事もしたの。来月から仕事が終わった後、英会話学校に通うんですって。アキからも英語教わりたいそうよ」

「教えるのは僕の勉強にもなるから全然構わないけど、その時はカナも一緒にいてね」

「そうね。アキがミカさんの魅力に引き込まれないように見張ってないとね」

「カナ一筋って決めているから、大丈夫」

「わぁー、歯が浮いてきた。痛い」と言って、私は頬に手を当てた。

　私たちはまだ知り合ってから日が浅いのに、アキには軽口を交えながら不思議なほど自然に話せるのはなぜだろう。好きなら手もつなげるし、両想いであれば腕も組める。でも、キスは唐突にするものではないし、タイミングが重要だ。

　この日は表参道から原宿周辺を散策した。お昼には流行《はや》りのゲーム内蔵テーブルを並べた喫茶店でランチした。ブロック崩しでアキと三回勝負したが、一度も負けなかった。勉強では彼にかなわないけど、先週のボウリングと同じように高校時代にきたえたせいか、この手の遊びでは彼には絶対負けない。まあ、あんまり自慢できることではないけれど。

その後、映画を見るため渋谷へ向かった。また名画座での二本立てで、この日アキが選んだ映画は『フレンズ』と『純愛日記』。丁度前の上映が終わったばかりの幕間に入ったので場内はまだ薄明るく、私は人目に付きにくいスクリーンに向かって後方右側にアキを座らせ暗くなるのを待った。場内灯が落ち次回上映予定の予告映像が流れる寸前、私は今が絶好のタイミングと判断し、彼の首に両腕を回した。そして、彼の耳元でこの一週間悶々としてきた気持ちを伝えた。

「この間は私どうかしてた。本当にごめんなさい。アキが大好き」と言って私は彼の唇に私の唇を重ねた。

恥ずかしさも手伝って、私は舞い上がってしまったようだ。しばらく唇を合わせていた気もするし、すぐに離した気もする。二人の唇が触れた瞬間、時間の感覚が失せたようだ。私の唇が離れると、彼は優しく微笑んだ。

「あの後謝ろうと思って電話したけど、アキが先に謝るから、私何も言えなくなっちゃったの。私ってずるいわね」

「僕もカナのリアクションがずっと引っかかっていたんだ」

「アキは全然悪くないのに」

「それならもう大丈夫なんだよね。じゃあ、僕もやり直す。僕もカナが大好きだよ」

そう言うと今度は彼が私にキスをした。

何だろう。アキにキスされると、とても暖かな空気に包まれているように感じた。錯覚なのかしら。これが前にミカさんが言っていた心の平穏なのかもしれない。私は隣に座るアキと手をつなぎ、彼の肩に頭を預けた。今は何も考えずただこうしていたい。そしてこのままこの無防備な自分を彼に委ねようと思うと、深い眠りに落ちていった。

目を開くとスクリーンにはエンドロールが流れていた。映画一本見逃しちゃったと思い時計を見て愕然とした。なんと丸々映画二本分の間眠ってしまっていたのだ。

「ごめんなさい。ぐっすり寝ちゃったみたいだわ」

「うん。よっぽど疲れていたんだね。気が付かずに、こっちこそごめんね。あまりにも気持ちよさそうに眠っていたんで、ゆっくり休んでもらった」

「実はここ一週間毎日中々寝付けなくて、睡眠不足気味だったの」

「もしかして、あのことが原因」

「恥ずかしながら……。アキを傷つけたんじゃないかとか、アキの気持ちが私から離れていくんじゃないかとか……。そんなこと考えていると眠れなくなっちゃって」

「で、もう大丈夫」

「ええ。それよりアキの肩ずっと借りちゃって、痛くない」

「全然。こんな肩でよければ、カナにならいくらでも貸すけど」

映画の途中でうとうとしてしまうことは今まで何度もあったが、最初から最後まで、しかも丸々二本分眠ってしまうなんて考えられない。睡眠不足のせいだろうが、ミッションをクリアした達成感から緊張の糸が切れ、彼に触れ続けていたいと思うと気が遠のいていった。この時ばかりはドキドキよりも安らぎを思いっきり感じていた。

この日渋谷の映画館を後にすると、アキは私が早く体を休められるよう帰路についた。渋谷で始発電車に座ると、私が見逃してしまった二本の映画のあらすじを話してくれた。銀座で乗り換えた電車も空《す》いていたので、私たちは並んで座った。発車するとすぐにアキはゆっくりと私に寄りかかってきた。そして私の肩に頭をゆだね眠ってしまった。彼の右手は私の左手をギュッと握ったままだ。きっと映画を見ている間中私を起こすまいと、じっと耐え続けてくれたので疲れたのだろう。それなら今度は私が彼を休ませてあげねばならない。じっとしていることはそれだけで体力がいるのをこの時知った。アキの気持ちよさそうな寝息は私の耳に快く響いた。

私が降りる二つ手前のターミナル駅でアキは目を覚ました。外はまだ明るかったが、次のデートの再確認をしてその日は別れた。

二〇歳の誕生日

　九月五日の月曜日、今日はアキが祝ってくれると言っていた二日遅れの私の二〇歳の誕生日。彼は連日の私の仕事の疲れを考慮し、待ち合わせ時間を午後二時にしてくれ、いつものように早く来て私を待っていた。

「二〇歳の誕生日おめでとう」とアキは会うなりそう言ってくれた。一昨日は丁度父も名古屋から帰っていて、家族みんなにお祝いしてもらった。普段は家では飲まないが、二〇歳を祝う日ということで初めて父と一緒にお酒も飲んだ。

　私は職場の同僚との飲み会とかで飲まされているうちに、自然とお酒が飲める体質になってしまったようだ。結構いける口で、種類を問わず何でも飲める。二郷さんとの一件以来量は控えるようになったが、今日は一緒に飲もうとアキに誘われている。

誕生日を祝ってくれる言葉に続き、その日に特別なことがあったことをアキは熱く語った。

「カナの二〇歳の誕生日に王選手が世界のホームラン王になるなんて、カナは何か持っててんじゃないの」

「お父さんがジャイアンツファンなんで、すごく興奮していたわ」

「うん、僕もバイトから帰って何度もそのホームラン・シーンをニュースで見たから、興奮する気持ちはよく分かるよ」

一昨日の私の誕生日に巨人軍の王貞治選手が、ハンク・アーロンという人のホームラン記録を抜き世界一になった。テレビではどのチャンネルもそのニュース一色で、ものすごい偉業だったのは分かる。野球に興味のない私もいやというほど見せられたのだから。

この日はアキが高校時代を過ごした上野界隈を散策した。月曜日なので動物園が休みなのはちょっと残念だったが、上野公園は散歩するには充分に広かった。東照宮へお詣りし、不忍池《しのばずのいけ》ではボートに乗った。アキはここのボートに小学生の頃からよく乗っていたらしく、また高校時代には校内駅伝大会でこの池の周りを走ったことなどを話してくれた。

夕食場所としてアキが選んだのは湯島駅近くにある小さなメキシコ料理店だった。彼は二度目らしかったが、前に来た時の料理の味が忘れられなかったそうだ。時間も早かったので、私たちが最初の客だった。アキはオーダーを済ませると席を立ち私の背後に回り、「目を閉じて」と言って私の首に何かを巻きつけた。彼の合図で目を開けると、私の首にシルバーの輝きを放つ星型のペンダントヘッドのネックレスがかけられていた。

「誕生日おめでとう。ささやかながら、僕の気持ちなので受け取ってね」

「わー、すごくかわいい。どうもありがとう。大切にするね」

「僕の気持ちって言った意味、分かる」

「えっ、なに」

「犬の首輪と一緒で、カナはもう僕のものっていう印だよ」とアキは冗談めかして言う。

「それなら、すぐにはずして」と私もうそぶいて切り返す。

「ガーン」と大袈裟にショックを受けた素振りをしているが、彼の目は笑っている。

「ありがとう。本当に大切にするから。アキだと思ってずっとつけるね」と言って、私は誕生日プレゼント受け取りの儀式を終わらせた。「アキのものになってもいいよ」と声に出して言いたかったが、心の中のつぶやきに留めた。

　料理は意外と私の口に合った。オーダーしたのはメキシカンコンビネーションで、色々なメキシコの料理がお皿に盛ってあった。アキは一つ一つ説明してくれたが、私が知っていたのはタコスくらいだった。マメをペースト状にしたものも慣れない味だったが、マズくはない。運ばれてきた時には全部食べられるだろうかと思うほど結構なボリュームだったが、逆三角形のカクテルグラスで飲むマルガリータとよく合い食べきった。

「来週から大学に通わなきゃいけないんで、月曜日には会えなくなるけど、どうしようか」と、食後アキが切り出した。今週で夏休みが終わってしまうそうだ。

「授業が早く終われる日があれば、週一回は夕食を一緒に取るのはどうかしら」

「火曜か木曜なら四時半には終わるけど」

「じゃあ、週ごとの都合をみて、そのどちらかということで」

「それと、ミカさんの勉強会はどうしようか。今度の土曜か日曜なら空いてるけど」

「週末の彼女の予定を聞いて、アキに連絡するわ」

「うん、分かった」

そんな話をしながらメキシカンコーヒーを飲み終えると店を出て、飲むなら家に近い方がいいということで、私の家の最寄り駅の二つ先の駅前にあるスナックに来た。

アキが短期間だが大学入学前にここでアルバイトしていたそうで、千夏《ちなつ》さんという若くてきれいなママさんが切り盛りしているいい感じのいいお店だった。L字型のカウンター席がメインで常連客はそこで飲むらしい。アキが「ちなっちゃん」と呼んでいる千夏ママの他に、彼の高校時代のクラスメイトの鈴本《すずもと》君という話好きの人がいた。鈴本君は建築学を専攻している大学生で、夏休み中のアルバイトだそうだ。二人に挨拶した後、私たちは奥のテーブル席に通された。鈴本君が〈ヨシ&アキ〉と書かれた札がぶらさがったサントリー角のボトルと一緒に、ミネラルウォーター、アイスペール、タンブラーなどを運んできた。〈ヨシ〉とは鈴本君の名前〈義晴《よしはる》〉のことで、二人の共有ボトルのようだ。千夏ママが四人分の水割りを作っている間に、鈴本君が今度はバースデーケーキを持ってきた。アキが前もって頼んでおいてくれたのだ。九時前でまだ他に客は入っていなかったので、千夏ママと鈴本君もテーブルに着いてアキと一緒に私を祝ってくれた。

アキが私たちの出会いからこの一ヶ月の話を二人に話し終えた頃、「何か聞きたい歌があれば入れるよ」と千夏ママはカウンター席の前にあるジュークボックスまで私を連れてきた。そして、「私のおごり」と言って、百円コインを五枚ほど入れてくれたので、この夏によく聞いた『センチメンタル・カーニバル』や『愛のメモリー』などをリクエストした。その後、千夏ママはお店の準備にかかった。私がテーブルにもどると、鈴本君はアキに「俺もカナちゃんみたいなかわいいカノジョが欲しいよ」と、そして私に「じゃあ、後はごゆっくりどうぞ」と言って千夏ママを追うようにカウンターに入っていった。

「春には何日くらいここでバイトしたの」

「二週間くらいだったかな。僕もあのカウンターの中でシェイカーを振っていたよ」

「ホント、想像つかない」

「何種類か、カクテルの作り方も教わったけど、もう忘れちゃったなぁ」

「千夏さんってきれいな人よね。歳はいくつなの」

「いくつかな。鈴本は高校時代テニス部だったけど、そこの指導をしていた七、八年先輩のOBがちなっちゃんとは中学の同級生だって言ってたから、二〇代後半だと思う」

「このお店のオーナーは千夏さんなの」

「詳しくは分からないけど、スポンサーがいるみたい」

アキは千夏ママが見ていないのを確認して、親指を立てたあと人差し指で頬に線を引くしぐさをして「これがこれみたい」と小さな声で言った。

変なことを聞いてしまったと思い、あわてて話題を変えた。

「今のバイト、今度の金曜日がラストなのよね」

「うん。二ヶ月くらい続けたんで結構稼げたよ。でも来年春の渡米資金にはまだまだ足りないけどね」

「大学の授業が始まったら、また別のバイトをするの」

「家庭教師をする予定。それよりカナは夏休み取ったの。ずっと働きっぱなしだよね」

「同じ課の先輩たちに先に取ってもらっているうちに休みそびれちゃった。でも今月いっぱい権利あるから、二三日から二五日の三日間で今申請中」

「その休み中何か予定立てているの」

「二三日はお彼岸なんで、家族みんなでお墓参りに行くと思うけど、後の二日はまだ予定は入れてない」

「それなら一泊旅行に行こうよ」

「……………」

「ごめん。まだ僕たちには早いのかな。無理だったら今の話は忘れて」

「ちょっと考えさせてくれる」

「分かった」とアキは言ったが、恐らく私が遠回しに断ったと受けとめているのではないか。母の心配顔も浮かんだけれど、多分私はまだ二郷さんとの一件から立ち直れていないのだ。アキは二郷さんとは違うとは分かっていても、無意識のうちに重ねてしまう部分がまだある。はっきりと二人は違うんだと自分自身に知らしめるには、ミカさんが言っていたように私がアキを受け入れねばならないのだろう。それも分かっているけれど……。結局は自分が傷つくのが怖いのかしら。

　私の煮え切らない態度に失望したかもしれないが、アキは表情には見せず話題を変えた。

「さっきのミカさんとの勉強会だけど、秋葉原にいいお店があるんだ」

「えっ、どんなところ」

「個室喫茶で『カノープス』っていう名前。個室だから会話練習もできるし、食事も取れるよ。サークル活動している友達がよくミーティングで使ってるとこなんだけど」

「ミカさんは市川に住んでいるから、秋葉原は終わった後みんな帰りやすい場所ね」

「そうだね。値段もそんなに高くないみたいだし。詳しい行き方や電話番号は今持ってないんで後で伝えるよ」

「分かったわ。明日にでもミカさんの都合を聞いて連絡するから」

これで彼女に会う理由ができた。アキとのことで相談した際のアドバイスが功を奏したことへのお礼もしなければと、ここ数日心に引っかかっていたのだ。

お店の雰囲気にも慣れた頃、カランカランという金属音がした。お店の入口ドアに付けられた小さなカウベルが最初の（私たちを除く）お客が入ってきたのを知らせる音だった。九時を少し回った頃で、中年の会社帰りのサラリーマン風の男性がカウンター中央に座った。その五分後くらいにやって来たのは三〇歳前後のカップルで、L字型カウンターの一番奥に座った。更にその数分後、大学生風の二人の若い男性が私たちと一つ空けたテーブル席に向かい合って座った。カランカランという音がするたびに、入ってくるお客に目がいってしまうのは接客を仕事にしている私の職業病だろうか。その後数分毎にお客は増え続け一〇時前には店内は大盛況となっていた。

私たちはお互いを知るべく、ウイスキーの水割りを飲みながらたわいもないことをしゃべり続けた。アキが意外と多趣味なことも分かった。アキのマイブームは以下の通り。

①古寺を巡礼しての仏像鑑賞（御朱印集めもしている）、好きな仏像は奈良の新薬師寺に安置されている十二神将

②西洋画鑑賞、好きな画家はダリとデ・キリコ

③海外短波放送受信、春のアルバイトの稼ぎで買ったソニーのスカイセンサーというラジオで色々な国からの短波放送を聴きまくる、でもベリカード集めはしていない

④橋マニア、今一番好きな橋は地下鉄東西線の荒川に架かるワーレントラス橋、遠くから眺めるのもいいが、先頭車両に乗って運転席越しに橋を渡る様を見ると快感が走るとか、その時の音もいいらしい（私には分からない世界だ）

⑤百人一首、百首全て覚えているのはもちろん、作者の名前だけでも下の句の札を取れるそうだ

これらはほんの一部のようで、写真撮影も趣味だそうで、今度私のポートレートを撮りたいと言ってきた。オリンパスＭ１という世界最軽量の一眼レフカメラが彼の愛機だそうだ。これまでのデートの時にはそんなアキの趣味の話はほとんど出なかった。私に合わせて話をしてくれていたということなのか。そんなマニアックな彼の趣味の

世界に今日は圧倒されっぱなしだった。二人で飲んだお酒の酔いが彼のリミッターをはずしたのだろう。そんなアキに比べ、私がいかに無趣味なのかも分かった。何か共感できるものはないかと少女漫画の話をすると、『ベルサイユのばら』、『エースをねらえ！』、『ポーの一族』などのメジャーな作品は読んでいて、今は連載中の『キャンディ♡キャンディ』の今後のストーリー展開が気になるらしい。一番驚いたのは私の敬愛する高橋亮子先生の『つらいぜ！　ボクちゃん』や『しっかり！　長男』までも読んでいたことだ。私はこの二作品が大好きで何度も読み返している。だからアキとこの二作品の感動場面を話し合えたことが今日一番うれしかったことかも。

アキは私よりお酒は弱いようだ。飲む機会が多くはないのだろう。普段も快活に話すが、酔うと饒舌《じょうぜつ》になり時折口が回らなくなるみたいだ。その様子は見ていてかわいく感じる。私は酔うと人にどう映るのかな。恥ずかしいところを彼に見られていなければいいが。

三分の二くらいあったボトルが空いたのは、一〇時を回った頃だった。アキは私の翌日の仕事を気づかってお開きにした。鈴本君との共有ボトルは空けた人がニューボトルを入れるというルールらしく、彼はそれも料金に含め会計を済ませた。

夜も遅くお酒に酔っていることもあり、アキは私を家の前まで送ってくれた。家の手前の公園で、前にやり損ねたキスをしてアキは私を強く抱きしめた。その時私を悩ませた亡霊は現れなかった。

翌日火曜日の午後の休憩時間に職場からミカさんのお店に電話した。丁度上司が外している時だった。上司がいると私用電話はかけづらい。

「はい、ＪＰ《ジェイピー》ブノワ銀座店です」

「依田と申しますが、世取山《よとりやま》さんはいらっしゃいますか」

「申し訳ございません。ただ今接客中です。折り返し連絡させましょうか」

「大丈夫です。私もこの後出てしまいますので。夕方またこちらからお電話させていただきますので、その旨お伝えください」

残念。今は話せないか。直接会ってこの前のミカさんのアドバイス通り実行したことその結果報告もしたいのだが、まずは電話でのアポを取りたかった。

次のエレベーター乗務を終えた後の夕方の休憩時間に再び電話すると、「カナちゃんさっきはごめんね」と私の声とすぐに分かったミカさんが答えた。

「お仕事中に申し訳ございません」

「ううん、全然平気」

「英会話スクールには何曜日に行かれているんですか」

「月、木の週二日だけど」

「それなら今晩は空いていますよね。食事しませんか」

「いいわよ」

「この前はご馳走になったんで、今日は私に持たせてください。前にアドバイスいただいたお礼がしたいんです」

「じゃあ、うまくいったのね。それならお言葉にあまえちゃおうかしら」

ミカさんに何がいいか聞いたところ、辛いものが食べたい気分とのことで韓国料理と決まった。彼女から三丁目の『ソラボル』という店へ先に行って席を確保しておくと言われた。私も一度行っている豆腐チゲの美味しい店で、いつも混み合っている人気店だ。

ミカさんと会えることになりよかった。彼女は年上なので、友達というよりも、優しいお姉さんという感じだ。婚約相手のリチャードさんはアキにすごく感謝していた。だから彼女もアキに相応の謝意はあるようだ。そのアキのカノジョなのでミカさんは私に優しくしてくれるのかもしれない。でも、私自身が彼女の魅力に惹かれ心を許してしまうので、彼女も私をかわいい妹分として接してくれている。それにしても、あの日アキがリチャードさんに声をかけていなければ、リチャードさんとミカさんの出会いもアキと私の出会いもなかっただろう。人と人の出会いとは摩訶不思議だ。

この日の勤務を終えると、私は急いで着替え『ソラボル』へ向かった。ミカさんはお店の真ん中辺りのテーブルで、キムチとナムルを肴に眞露《ジンロ》をストレートで飲んでいた。お店は満席状態の混みようだった。

「遅くなってしまいすみません」

「早く来といて正解だった。じゃないと座れなかったわ」

「ありがとうございます」

「ごめんね。混んでいたんで先に始めちゃったけど。カナちゃんもストレートでいい」

「はい」と答えると、私の前のグラスに眞露を注いでくれ、私たちはグラスを合わせた。

「とりあえず豆腐チゲとチヂミは頼んどいたけど」と私にメニューを渡し、追加オーダーを促した。私は韓国料理にそれほど詳しくはないので、「先日のアドバイスのお礼なんで、お好きな物をじゃんじゃん頼んでください」と言ってメニューを返した。ミカさんはパラパラとメニューを見て二品ほど追加オーダーを済ませると、「それで章裕君にキスできたのね」と早速聞いてきた。

「はい。先週の月曜日のデートの時に。映画館に入って上映開始直前の暗くなった瞬間を狙って強行しました。そしたら、アキからもお返しのチューをもらったんです」

「あらあら、それはどうもごちそうさま」

「でも、その後、私やらかしちゃいました」

「今度はどうしたの」

「キスした後すごく幸せな気分になって、アキの肩にもたれたら眠っちゃいました」

「うんうん。いい感じじゃない。そういうことはカレシだからできるのよ」

「それが半端なくって、二本立ての映画の間ずーっと。時間にすると三時間くらい」

「えっ、なんで」

「ミカさんからアドバイスもらって自分からいく決心は付いたんですが、どのようにすればいいか色々考え過ぎて、毎晩眠れなくなっちゃったんです。どういうシチュエーションでするとか、どのタイミングでいくとか……」

「ははは、カナちゃん、面白過ぎ」

「そんなに笑わないでください」

「ゴメンゴメン。まぁ、それはそれで、真剣にちゃんと向き合っていたからなんでしょうね。それにしても三時間も章裕君はよく耐えたわね」

「私への思いの強さでしょうか」

「カナちゃんもオノロケが言えるようになったのね。この前はあんなに凹《へこ》んでたのに」

「だから、それはひとえにミカさんのおかげですから」

「まぁ、思いの強さっていうのは当たっているのかしら」

「はい」

「否定しないところがいい」

「それで多分アキも相当なお疲れモードになっていて、帰りの電車の中で今度はアキが私の肩にもたれて眠っちゃいました。何人もの視線が向けられているのが分かっていましたが、それが全然嫌ではなかったんです」

「うーん、悪いけど、もうお腹いっぱい」

そんな話をしているところへ豆腐チゲとチヂミが運ばれてきた。どちらも美味しかった。チゲには白いご飯が合うので、ライスも二つ頼んでいてくれた。少し食べた後、話再開。

「昨日アキが私の誕生日を祝ってくれたんですけど、その時……」

「それは誕生日おめでとう。二〇歳になったんだ。私も何かお祝いしなきゃ」

「ありがとうございます。でも、あまりお気を使わないでください。ミカさんにはもう充分助けていただいてますから」

「水くさいわね。それはそれ、これはこれでしょ」

「すみません。それでアキにミカさんが英語を勉強したがっていることを伝えているんですが、昨日いつにしようかという話になりまして……」

「それは助かるわ」

「今週いっぱいでアキの夏休みが終わるんで、第一回目は今週末あたりではどうかっていう話になって。金曜日までバイト入れているそうで、土・日の夜ならどちらでもいいんでミカさんが決めてくださいって言っています」

「それなら土曜日でお願いしていいかしら。もちろんカナちゃんも来るのよね。二人だけじゃおかしいものね」

「はい。私も仕事に活かしたいので一緒に勉強させてください。ミカさんは市川にお住まいですよね。勉強会の後みんなが帰りやすいように、場所は秋葉原でいいですか」

「ええ、私はどこでも」

「アキが言うには、『カノープス』っていう勉強会に適した個室喫茶が秋葉原にあるそうなんです。そこなら食事も取れて結構安上がりだそうです」

「長寿星ね。カノープスって星の名前でしょ」

「そうなんですか……」

「カノープスはね、日本では冬の南の地平線すれすれに現れる星なんですって。赤く見えることから縁起のいい星とされ、この星を見た人は長生きできるらしいの。中国では赤は縁起のいい色だから」

「へー、星に詳しいんですね」

「私が小学生だった頃、死んだ父に聞いたから覚えているの。漁師だった父がね、地元が不漁だった時に一度遠洋漁業の船に乗ったことがあったんだ。その時インド洋でその星を見たらしく、子供だった私に『あの星は本当に美しかったなぁ―』って何度も話して聞かせたものだから忘れないのよ。でも、長寿星を見たくせに早く死んじゃったけどね」

「思い出の星なんですね」

「それでね、私も見たいなって思って、冬になると寒さをこらえてよく南の空を眺めたわ。いつも昇っていたのは白く冷たい光を放つシリウスっていう星だった。後で聞いた話だけど、私の住んでいた北海道からは見えないそうなの。南半球からは一年中見られる星らしいけどね。ちなみに、カノープスは太陽を除いて地球から見える恒星の中で、シリウスに次いで二番目に明るい星らしいよ」

「いつかミカさんも実際に見たいんじゃありませんか」

「そうね。いつか……必ず。私にとってカノープスは父親星なのよ。そんな私にゆかりの名前のお店だから、勉強会の費用は私が全部持つからね。教わる身分なんで当然か」

「すみません。アキに伝えておきます。詳しい行き方は後でお知らせしますね」

「ついでと言ってはなんだけど、この間彼から手紙が届いたのよ。簡単な文章で書いてくれたんで私の英語力でも分かったけど。その返事を章裕君にお願いするかもしれない」

「そういうことは喜んで引き受ける人だから心配いりませんよ」

「奥さんみたいな言い方するのね」

「あらやだ。私ったら」

「ホント、カナちゃんってかわいい」

私はちょっと恥ずかしくなってうつむいたが、ミカさんの言い方には深い親愛の情がこもっていると感じた。

「ところで、あれから例の怪物は現れてないかしら」

「はい。出てこなくなりました」

「多分章裕君への愛情の強さが抑え込んでいるのね」

話題が変わったところへ、追加オーダーの肉料理とカニ料理が運ばれた。このカニ料理はカンジャンケジャンというらしく、初めて食べたがお酒とすごく合う。肉料理はプルコギで何度か食べたことがある。

「もう出てこないでしょうか」

「章裕君と今みたいな付き合いをしていれば大丈夫じゃないかしら」

「今月下旬に遅れていた夏休みを取る予定なんですけど、昨日その話をアキにしたら一泊旅行に誘われたんです。でも私、考えておくって遠回しに断っちゃったんです」

「せっかくのチャンスなのに。残念だわ」

「チャンスって」

「カナちゃんと章裕君が結ばれることに決まってるじゃん」

「やっぱりアキもそうしたいのかな。私もアキとならって思っているんですけど。でも私の休みに合わせて単身赴任中の父も帰ってくるんで」

「そうなの。でも、もう立派な大人なんだから、自分の思う通りにすればいいんじゃないかな。その休みの時じゃなくても、章裕君とのことはいつでもカナちゃん次第だから」

「でも……。断ったのは、父のこともあるんですが……」

「どうしたの。急に歯切れが悪くなったみたいだけど」

「頭ではアキが前に付き合っていた人と違うことは分かっているんですが、心がその時の苦しみや痛みを覚えていて、無意識のうちに避けてしまうところがあるみたいなんです」

「自分に臆病になっていたらいつまでたっても前に進めないわよ」

「そうですよね。忘れていました。自分が変えようとしなければ、何も変わらないんでしたね。女も度胸、行く時は行くようにします」

「うん、その調子その調子。それと、もっと章裕君を信じてみたら。彼が差し伸べた手を何も考えずに取ってもいいんじゃない。彼はカナちゃんを悪いようにはしないはずよ。そうすべきだってことは、もうカナちゃんも分かっているんじゃないの」

確かにミカさんの言う通りだと思う。彼女に会うといつも前向きになれる。でもそれは前回に続き、またグチってしまったということなのだろう。自覚していることなので、私ももっとしっかりしなくてはと再認識させられた。

韓国料理店を出た後、「酔い覚ましにお茶していかない」と言われたので、『ザナドゥ』へ寄った。先月アキと一緒に入った店だが、ミカさんも時々来ているらしい。眞露をストレートで何杯も飲んだので、私もかなり酔っていた。

「リチャードが先月撮った写真を送ってくれたの。見てみる?」と言ってハンドバッグから十数枚の写真を取り出した。日本に来る前に撮ったと思われる彼の写真やミカさんを写したもの、彼女のお母さんや彼とのツーショット写真など、どれもいい写真だった。新宿のホテルのレストランでウェイトレスに撮ってもらった四人の写真もあった。

「この写真は昨日アキからもらいました。リチャードさんがアキへの手紙に同封してくれていたそうです」

「そう言えば章裕君は彼と文通するって言ってたけど、何か近況報告があったのかしら」

「土曜日に聞けますよ」

「あぁ、そうだったわね。私たちが離れている距離って、どれくらいなのかしら」とミカさんは切なそうな表情でつぶやいた。

そうだ。彼女は超遠距離恋愛の当事者なのだ。取るに足らない恋愛相談をしている私は肩身が狭くなる。何て返していいか分からず、謝る言葉しか思いつかない。

「申し訳ありません。ミカさんの思いも察せず、私ったらいつもつまらないことばかりグチってしまって」

「これは私が選んだ道だからしょうがないの。章裕君とのことは今のカナちゃんにとっては最重要課題でしょ。だから、あなたは何も気にすることないのよ。それに今はこの写真いつも持ち歩いているから、リチャードに会いたくなったらすぐに写真を見ているの」

ミカさんはどこまでも優しかった。彼女がそういう気持ちでいるなら、リチャードさんもそうなのだろう。そこで私はたくさん彼女の写真を撮って、リチャードさんに送ることを思いついた。昨日アキが写真撮影も好きだと言っていたのを思い出したのだ。三人でどこかへ行きアキに彼女の写真をたくさん撮ってもらう。そして、彼にその写真を手紙と一緒に送ってもらえば、リチャードさんに喜んでもらえるのではないか。

「今月の二四日か二五日ですけど、どちらか仕事休めますか」

「土、日よね。二四日なら休めるかも」

「アキも誘うんで、三人でどこかへ行きませんか。アキは写真撮影が趣味なんです。ミカさんの写真をたくさん撮ってリチャードさんに送ってもらいます」

「ありがとう、カナちゃん」

「じゃあ、その計画進めますね」

「うん。私も休みの申請しとく」

アキは授業があるかもしれないが、私の写真を撮りたがっていたので何とかしてくれるだろう。場所は彼と相談しよう。一泊旅行じゃないけれど、そして二人きりじゃないけれど、夏休み二日目の予定はできた。

週末の勉強会へは連絡を取り合い一緒に行こうと話し、この日ミカさんと別れた。帰宅後アキに電話し、一〇日の土曜日に勉強会をしたいことと、二四日にミカさんを加えた三人でどこかへ写真撮影に行きたいことを伝えた。

翌日の夜アキから電話があり、昨夜の私のお願いに対しての回答があった。一〇日は彼が早めにお店に行き待っていてくれるとのこと。お店への行き方と電話番号も聞いた。二四日は授業があるそうだが、専門科目ではないので私の計画を優先してくれ、行き先の候補として鎌倉はどうかと提案してくれた。

勉強会当日、この日は週末土曜日ということで、午後からお客様の数がどっと増え、何度もエレベーター待ちのお客様の積み残しが続いた。九月に入り平日と週末の客足の差が顕著になっている。平日はガラガラだというのに。狭いエレベーター機内へのたくさんの人の出入りを長時間見続けたため、人酔いしたのか気分が悪くなってしまった。今晩はミカさんのための大事な勉強会があるので体調を立て直さねばと思い、最後の乗務を代わってもらった。そして、医務室で一時間ほど横になることにした。

知らぬ間に私は浅い眠りに落ち夢をみていた。私は裸でシーツを被り男性に抱かれていて、その男性の顔を見ようとしたところで目が覚めた。どこか中途半端な夢だった。あれは誰だったんだろうか。アキであって欲しいけど、彼とはまだ実際にそんな行為を経験していない。そうあって欲しいと願う自分がそんな夢をみせたのか。あるいは亡霊と化した人のどちらかなのだろうか。気になるがもう確かめようもない。

まだ大丈夫だろうかと、時計を見てビックリ。ミカさんとの約束の五分前だったのだ。私は飛び起きて急いで着替えると、待ち合わせの洋光前へ向かった。彼女は既に来ており、横断歩道を走って渡る私に手を振っていた。私は一〇分の遅刻を詫びた。

ミカさんは自分も今来たばかりと言った後、「先月この場所でリチャードに会ったのよね。色んなことがあったから、すごく前に感じるわ」と感慨深げの様子。そうだ。私もここでアキに会ったんだわ。確かに色々なことは私にもあったと同じような思いに浸った。

私たちが『カノープス』に着いたのは八時過ぎで、アキは個室を押さえて待っていてくれた。そこは二〇平米くらいの広さの部屋で、中央に楕円形のテーブルが置かれ椅子が六脚備わっていた。挨拶を済ませると、みんなお腹をすかせていたので、まずは腹ごしらえ。

アキはバイトで忙しい中、Ａ４サイズのコピー用紙に五枚ほどの教材を作成してくれていた。そこには電話でよく使う英語表現と会話例がタイプライターで打たれていた。その教材を使っての学習の前に、アキはミカさんになるべく英語に触れる環境を作るよう説いた。言語は音声であるので、本来は聞き取りから入らねばならない。どの国の人も自然と母国語が話せるようになるのは、その国の言語の音《おん》を乳幼児期から繰り返し聞いているうちに言葉として体に染み付くからだ。大人になり外国語として英語をものにしようというなら、徹底的に英語漬けの環境を作らねばならない。相手の言っていることを理解し、それに返答し、相手がまた反応する。それが会話なのだ。会話は正に言葉のキャッチボールなので、相手が言っていることが分からねば成立しない。だから、まず耳を慣らすことが重要で、英会話スクールでの学習に加え、テレビやラジオの英会話番組を見たり聞いたりして、できるだけネイティブ（英語を母国語とする人）の発音に触れることをアキは勧めた。また、最初はチンプンカンプンだろうが、ラジオでＦＥＮ（駐日米軍の英語放送）を付けっぱなしで聞いて耳を鍛えるのもいいとのこと。これは彼も実践しているとか。

　そんなアキの話が一段落すると、ミカさんは「リチャードから手紙が届いたんでしょ」と言って彼の近況を尋ねた。

「先月末に届いたものだから大分経っていますが、旅行から帰ってすぐに仕事復帰したそうです。彼はボルティモアにあるジョンズ・ホプキンス大学の医学部出身だって聞きましたが、調べてみたらそこの医学部は世界最高峰らしいですね。だから、改めてすごい人だったんだと見直しました。仕事というのはアナポリスにある病院勤務で、それに加え実家で運営している精神科クリニックも手伝っているそうです。それと手紙には毎日ミカさんのことを想っているし、会いたくてたまらなくなる時もあると書かれていました」

　アキが手紙の内容をかいつまんで話すと、「私にも分かるような簡単な英語の手紙と写真が届いたの。それで返事を日本語で書いてきたんで英訳して欲しいのだけど……」

「構いませんよ。ミカさんの力になってくれって、何度も頼まれていますから」

「ありがとう」と言って、彼女はリチャードさんへの手紙の下書きをアキに渡した。

私が『ソラボル』で太鼓判を押したように、アキはその要望を快く引き受けたのだ。

　その後、電話での英語会話で使用する慣用句や日本人には分かりにくい英語独自の言い回しについての説明と、それを使った会話練習を繰り返し行った。よく使われる英語での表現例としてアキがまとめてきたものの一例には次のようなものがあった。

・Hello, is this the Templeton residence?（もしもし、テンプルトンさんのお宅ですか）
・May I speak to Richard, please.（リチャードさんはいらっしゃいますか）
・This is Mika speaking.（ミカと申します）
・Who is this, please. / Who's calling, please.（どちら様でしょうか）
・Speaking. / This is she（he）.（私ですが）
・Just a moment, please. / One moment, please. / Hold on, please.（少々お待ちください）

これらはほんの一部だが、英文はタイプで日本語訳は手書きでびっしり記されていた。アキはそれら一つ一つの発音、イントネーションに注意しながら解説した。私も知らなかったことだが、電話をかける方もかけられる方も"this"を使うのだとか。ミカさんも同じような疑問を持ちアキに質問した。

「電話で『どちら様でしょうか』と聞きたい時に"Who are you?"とは言わないの？」

「すごくいい質問ですね。学校英語で自分が話している相手は“you”と習ったから、そう思いがちになりますよね。でも、実は“you”という二人称代名詞は目の前にいる相手にしか使えません。電話の場合は話し相手が目の前におらず、〈この声〉ということで“this”という指示代名詞を慣用的に使うんです。ちなみに、誰かが部屋に訪ねてきてノックしたという場面で、『どちら様ですか』と聞く場合は“Who is it?”と言います。この場合部屋にいる人は、ノックした人が男か女か分からない。ドアを挟んで顔も分からない相手には“it”という代名詞を慣例的に使いますので、一緒に覚えておいてください。それと、目の前にいる初めて会う人に対して誰だか聞きたい場合でも、“Who are you?”は使わない方がいいでしょう。『お前は誰だ』っていうニュアンスでぞんざいな表現になりますから。そのような場合には、“May I ask who you are?”とか、直接名前を聞くということで“May I ask your name?”と言いましょう」

分かりやすい回答だった。ミカさんも理解した様子。会話例はAとBの二人のやり取りが書かれており、A役をアキがする時はB役をミカさんか私。それで二、三回練習した後、配役を変えて更に繰り返した。言葉は実際に何度も口に出さねば身につかないからだ。

やるからにはちゃんとしたものをと言っていた通り内容のあるもので、私も何度も注意を受けながら何とか付いていった。こんなアキの講義が一〇時半頃まで続いた。

普段ならこういう学校の授業のようなものは苦手だが、彼が先生だったので真剣に聞くことができた。帰り支度を終えると、ミカさんは「カナちゃん、悪いけどここの会計済ませてきてくれる」と言って私に財布を預けた。彼女は何やらリチャードさんのことでアキに相談したいことがあるようだった。

お店を出る前に、二四日の日帰り撮影旅行の行き先を鎌倉にしたいことをミカさんに話すと、アキも海あり山あり古い寺社ありで、素晴らしい背景をバックに写真を撮るには絶好の場所だと売り込んだ。彼女はまだ鎌倉へ行ったことがないらしく、是非行ってみたいと興味を示してくれた。昼食に何か作っていくわとミカさんが言うので、じゃあ私もということになり、その日のお昼は女子二人で担当することになった。彼女と何を作ろうかとあれこれ話している様子をアキは優しい眼差《まなざ》しで見ていた。最後にアキはなるべく早く手紙を英訳し私を通じ渡す旨を伝えミカさんと別れた。

今日英会話の勉強会で帰りが遅くなることを母には伝えていた。実際の帰宅時間が一一時半頃になったので、アキは私を家まで送ってくれたが、その家へ向かう途中突然母に挨拶だけでも済ませておきたいと言い出した。私はそれを聞いた時、すごくうれしかった。アキとは健全でいいお付き合いをしていることを既に母には逐一話している。そのことは母から父へも伝わってもいる。先日の私の誕生日で一緒に家でお酒を飲んだ時にも、彼の人となりについて父から色々聞かれた。

アキは玄関で待つと言ったので、私は母を連れてきて引き合わせた。

「こんばんは。夜分遅くに申し訳ございません。嶋岡章裕と申します。先月よりお嬢さんとお付き合いさせていただいております。若輩者ですが、今後ともよろしくお願い致します」と言ってアキは頭を下げた。

「こちらこそ娘がお世話になっております。お付き合いのことは加奈子から聞いていますよ。こんなところでごめんなさいね。よかったら、中でお茶でも飲んでいって」

「ありがとうございます。でも今日はもう遅いですし、加奈子さんは明日もお仕事ですので、日を改めます」

「あらそう。ではまた是非寄ってくださいね」

「はい。それでは今日はこれで失礼します。おやすみなさい」

「お気をつけて」

私も「おやすみなさい」と言い手を振ってアキを見送った。

彼が帰っていった後、「嶋岡君の印象はどう」と母に聞いてみた。

「あなたが言っていたように、誠実な人みたいね。ちゃんと挨拶に来るなんて筋も通しているし」と母の受けも上々だったようだ。

アキの部屋での出来事

週明けの月曜日、今日からアキは大学に通わねばならない。ここのところ定休日の月曜日はアキとのデートに充てていたのでやることがなくなり、手持ち無沙汰で朝からテレビを見続けた。彼とのデートが楽しく充実した時間だったことを思い知った。私もアキみたいに人間的な幅が広がるような趣味を持ちたいが、絵や音楽などの芸術的センスは持ち合わせていない。習い事をするにしても、それが楽しく感じられるものでなければ趣味にはならない。まあ、あせらずゆっくり探していくとしよう。

四時半頃、母と一緒にリビングでドラマの再放送を見ている時、アキから電話があった。ミカさんから依頼のあった手紙の英訳が終わりタイプアップも済ませているそうだ。勉強会の時にミカさんの住所も聞いていたので、封筒もタイプで打ったとのこと。後はサインして切手を貼って投函するだけでいいらしい。アキは本当にやることが早いと感心した。これから渡しに行けるけど都合はどうかと聞くので、それなら私が取りに行くわと答えていた。いつも私の家の近くの駅に来てもらってばかりなので、たまには私も行ってあげなきゃ。いや違う。アキが住んでいる街を見てみたいという気持ちの方が強かったようだ。この日は特に出かける予定もなかったので朝からメガネで過ごしていたが、急いでコンタクトレンズを煮沸消毒した。アキが言うには、五限目の授業が休講になったので、彼の家の最寄り駅に六時前に着くだろうとのこと。シャワーを浴び外出着に着替え、メイク＆ヘアセットを済ませ女子としての武装完了。

　そして、アキが降りてくる駅の改札口で私は待った。下り電車が着くたびに人の波が階段を下り改札を抜けていく。待ち始めて三度目の波の中に彼を見つけた。手を振ると私に気づき、改札を抜けると小走りで駆け寄ってきた。私が出向いてきたことに対する礼に続きアキが言った。

「これから一緒にウチに来てくれる。帰ってくる途中ミカさんの手紙を読み直していたら、二ヶ所タイプミスがあったんだよね。それを直したいんだけど」

「うん。分かった」

　駅近くの喫茶店あたりに行くものとばかり思っていたが、意外な展開だった。でも、アキの誘いはすごくうれしかった。彼の家に行けば家族に紹介されるだろうし、それで私の存在が認められると感じたからだ。彼の家は駅から一〇分ほど、足立区の中央図書館の近くにあった。

　アキは玄関のスチール扉を開け、「ただいま」と大きな声で帰宅を伝えると、「おかえりなさい」と前に電話で聞いた彼のお母さんの声が返ってきた。「上がって」とアキは私を促すと、靴を脱いだ私を上がりかまちに残し、リビングルームのドアを開け入っていった。「依田さんを連れてきたよ」との彼の声が漏れ聞こえた。

するとすぐにアキのお母さんが「いらっしゃい」と言って出迎えてくれた。

「おじゃまします。依田加奈子と申します。突然お伺いして申し訳ございません」

「会えるのを楽しみにしていたのよ。章裕が初めて話してくれた交際相手だから」

「本当ですか。章裕さん頭いいから、モテるんじゃないですか」

「そうでもないみたいね。これまでそんな浮いた話は一度も聞いたことないし、家に連れてきたのもあなたが初めてなんだから」

「そうですか。何かうれしいような」

「そういうことだから、飽きずに付き合ってあげてね」

「飽きずにだなんて、私が飽きられちゃうかもしれません」

「それはないわね。私が保証するわ」

「お母さんに保証していただければ安心です」

そんな話をしているところへ「何訳の分からない言い合いしているの。もう部屋に上がるよ」とアキが割って入った。

「章裕の部屋散らかっていると思うけど、今日はゆっくりしていってね」

「はい。ありがとうございます」

「それと、夕食はまだでしょ。これから支度するから食べていってね」

「ご迷惑ではないでしょうか」

「全然迷惑じゃないわ。むしろ大歓迎よ」

「じゃあ、できたら教えてね」とまたアキが間に入り、無理やり私とお母さんの話を終わらせ、階段を上り始めた。彼は照れくさいらしい。

「それではまた後ほど」とお母さんに小声で伝え頭を下げ、階段の先を行く彼を追った。途中で振り返ると、お母さんが小さく手を振ったので会釈を返した。

この家の二階には三つ部屋があり、アキの部屋は真ん中で四畳半ほどの洋間だった。アキは二学年ずつ離れた男だけの三人兄弟の末っ子だ。上のお兄さんは千葉県の国立大学の法学部の学士課程を修了した後、修士課程に進み、今は司法試験の勉強もあるので大学院の近くに借りている部屋で平日は寝泊まりしているとのこと。二番目のお兄さんは帯広の大学で獣医学を勉強中とのこと。両隣の部屋は二人のお兄さんの部屋で、上のお兄さんは毎週末、二番目のお兄さんは一年に三度だけ帰ってくるそうだ。

部屋に入ると真正面の窓に向かって勉強机、その左横の壁にシングルベッド、反対の壁に本でびっしり埋まった書棚とカラーボックスが二つ並んで配されていた。多趣味だと聞いていたので、趣味関係のものであふれた部屋を想像していたが、意外とすっきりとシンプルだ。アイドルのポスターとかも貼っておらず、ベッドのある壁に何やら英語を書いた白い紙が貼ってあるだけだ。ドアのある壁側に電子オルガンがありその奥にギターケースが立てかけてあった。アキは電子オルガンの椅子を引っ張り出し私に座るように言った。

「へー、アキ、エレクトーン弾くんだ」

「それ母さんの。最近弾かなくなったんでここに置いてあげてるだけ。僕は簡単なコードくらいしか弾けない」

「それなら弾き語りできるんじゃない」

「弾き語りならギターの方が上手くできるかも」

「やっぱり、アキって何でもできるんだね」

「大したことないよ。じゃあちょっと待っててね。ちゃちゃっと手紙直しちゃうから」

そう言うと、アキはカラーボックスの上に置いてあるラジカセのスイッチを押し机に向かった。ラジカセから流れてきたのは私の大好きな丸山圭子の歌だった。カセットテープのケースの手書きのレーベルを見ると、『黄昏めもりい』を録音したものだと分かる。このアルバムはもちろん私も持っている。今年出た『春しぐれ』もいいのだが、この前作を私も大いに気に入っている。

アキは手紙の修正を三分ほどで済ませ、私に手紙を託した。その後、「コーヒーでもいれようか」と言って折りたたみの小さなテーブルを広げた。そして、隣のお兄さんの部屋からコーヒーサイフォンとミルを持ってきた後、今度は下のキッチンからコーヒーカップ、お湯などをトレイに載せ運んできた。

「コーヒーをいれるのも本格的なのね」

「上の兄貴がコーヒー好きでね。よく飲まされているから、作り方覚えちゃった」

　豆挽きから始まり、アルコールランプに火をつけお湯を沸騰させ、上のロートに上がってくるまでの一連の工程を私は興味深く観察した。お湯が上がってくると、部屋中がコーヒーの香りで満たされていく。アキは竹ベラで上がってきたお湯と挽いたコーヒー豆をかき混ぜている。下のフラスコのお湯が上がりきったところで、アキは時計を見て一分ほどじっと待ち、再度ロート内をかき混ぜた後アルコールランプを消した。

　下のフラスコにコーヒーが落ちきるとロートをはずし、フラスコからカップにできたてのコーヒーを注いでくれた。その味はお金を出して喫茶店で飲むコーヒーの味だった。

「確かにこうやっていれたコーヒーは美味しいんだけど、サイフォンの掃除が面倒なんだよね。ちゃんと掃除してもどしておかないと兄貴うるさいし」と言っているが、探究心旺盛なアキは色々な種類の豆を試しているそうだ。好みとしては酸味が強いものよりマイルド系が好みだそうだ。

二人で好きな歌を聴きながら飲むコーヒーは美味しかった。「おかわり飲むでしょ」と聞くので、「じゃあ、お願い」と私が答えると、アキは二階の洗面台でサイフォンを洗った。もどってきた時には別のコーヒー豆の缶も持っていた。

「今度はブルーマウンテンをいれるね」と言って先ほどと同じ作業にかかった。二杯目のコーヒーができる頃、部屋をノックしお母さんが入ってきた。コーヒーを飲みながらつまめるようにクッキーを持ってきてくれたのだ。

「先日章裕が加奈子さんのお宅におじゃましたそうね」

「はい。帰宅が夜遅くなったんで、家まで送ってもらったんですが、その時に」

「生真面目なところがあるから、この子は。お母様にちゃんとご挨拶できたのかしら」

「誠実そうな人だって母も認めてくれました。だから私もすごくうれしかったんです」

「よかったじゃない」とお母さんはアキに向かって言った。

「挨拶できたかなんて、子供じゃないんだから。もういいでしょ」

「分かったわ。もう出ていくわよ」とアキに返すと、「簡単なもので申し訳ないけど、もう少しでできますからね」とお母さんは私に言って部屋を出ていった。

「アキって、お母さんに冷たくない」

「そうかな。普通だよ」

さっきから私とお母さんが話をするとアキは遮りたがる。どうやらそれは一般的な男の子の習性なのだろう。

　二度目のコーヒーがフラスコに落ちきると、すぐにカップに注いでくれた。二人で二杯目のコーヒーを飲む。ラジカセから流れる歌が途切れたので、アキはテープを巻き上げひっくり返してB面をスタートさせた。そして、今まで座っていた勉強机の椅子ではなく、ベッドに腰を下ろし、左手でポンポンとベッドを軽く叩いた。横においでというサインだろう。B面の最初の曲『夕焼け人形』が流れ始めた。

「私この曲が好きなのよね」と言いながらアキの横に座った。

「恋する女性の切ない気持ちを歌っているよね」とアキは答えて、私の肩を抱き寄せキスをした。その間も静かな部屋に切ないメロディーと歌声がよく響いていた。

　♪嘘のじょうずな　男の人に

　　はずみで抱かれて　愛してしまった♪

　そんなサビ前のブリッジ部分の歌詞が流れた時、「それって僕じゃないよね。僕はカナに嘘をつかないし」とアキが何気なくつぶやいた。それに対し、「そうね。でも、まだアキには本当の意味で抱かれてないわよね」と受けてしまった。私は一体彼に何を伝えたかったんだろう。彼は真に受けてしまったようだ。

「抱かれたいの?」とアキは聞いてきたので、私は思わず「私に言わせるの」と売り言葉に買い言葉で返してしまった。ふとした言葉のすれ違いから、ちょっとした言い合いになった。お互いの心の内が分からないので、上辺だけの会話になってしまったようだ。一瞬のことだったので、二人とも混乱してしまった。

「ごめん。何かすごく傲慢《ごうまん》な言い方をしたみたいだ。ホント、女の子の気持ちが分からない自分が嫌になる」とアキは非を認め私の肩から手を離した。

「私こそアキを挑発するようなことを言ったわ。ごめんなさい」

「いやカナは全然悪くないんだ。正直に言うとね、好きになってからいつもカナを大事にしなきゃと思う反面、実は変な妄想ばかりしているんだ。時々そんな妄想が強い欲望となるけど、なんとか理性で抑え込んでいる。もうそんな時は自分が嫌になっちゃうよ」

「そうなんだ。それで、どんなことを考えているの。話してみて」

「それは……」

「私もあるよ。妄想すること。多分同じようなことを考えてるんじゃないかな。だから、教えて」と彼の心の中が見たくなり、ストレートに聞いてみた。

アキはちょっと躊躇した様子を見せたが、腹を決めたようだ。

「カナともっと激しいキスがしたいとか、裸の姿を見たいとか、その身体に触ってみたいとか。そして……、カナとしたいとか」

それを聞いて彼も普通の男子なんだと思った。だから私も心の内の全てを吐き出そう。

「ちゃんと言ってくれたね」

「やっぱり、引くでしょ」

「いいんじゃない。恥ずかしいけど、私も同じようなことを考えているから……。アキにならあげられるよ。私の全部を」

二人の間の大暴露大会となったが、お互いの本心を知り合えてよかったのではないか。

「やっぱり、カナが大好きだよ」と言うや私を再び抱き寄せた。私の目をじっと見つめるアキに「私も」と返すと、再び唇を合わせてきた。そして、私の唇を割って彼の舌が口の中に入ってきた。私はそれを迎え入れるだけでなく、私も彼に同じことをしてみた。お互いの舌を絡めると、得も言われぬ快感が身体《からだ》の奥から湧き上がってくるのを感じ下腹部が疼いた。アキはそのねっとりとした口づけを続けながら、ゆっくりと私をベッドに横たえた。そして、洋服の上から、私の胸の形状を確認するかのように優しく撫で揉みほぐした。自分で自分の胸を触っても何も感じないのに、アキにそうされるとすごく気持ちよくなるのはなぜだろう。続いてお腹の起伏の程度、腰のくびれ具合、お尻の弾力などを綿密に調査していくように触れていった。アキの右手は太ももを撫でるように触れた後、ゆっくりとスカートの中に滑り込んでショーツ越しに疼きの核心部に到達した。その突起部分を指先で擦られると、私の身体の芯に電流が流れたような衝撃が走った。

私はまるで催眠術にでもかかったかのようにアキのなすがままだったが、その衝撃を感じた瞬間限界を迎えていた。それ以上のことをされたら私でいられなくなると思い、彼の唇から逃れ、「もうだめ。どうにかなっちゃいそう」と声を絞り出した。アキは私の身体の上に自分の身体をかさね合わせた。私は彼の重みを身体全体で受けとめると、下腹部に何か硬いものが押し当てられていた。アキが動くとそのたびに核心部が疼き快感が走った。歯を食いしばってその快感に耐える私の顔を見て、アキはようやく動きを止めた。

「僕もこれ以上は耐えられない。今日はここまでにしよう。その前にカナも僕に触ってみて」と私の横に顔をうずめてそう言うと、私の左手を彼の下腹部に当てた。ズボン越しだがどんな状態になっているかが分かる。

「すごく大きくて硬くなってる」

「カナの中に入っていく準備ができているってことだよ。近いうちにカナをもらうから覚悟しておいてね」と私の耳元で優しくささやいた。あまりにも素直にアキがそう言ったので、「分かった。その時を私も待っているから」との返事が私の口から自然に漏れた。

二人とも放心状態で並んで横になっているところへ、「章裕、加奈子さん、夕食できたわよ」とお母さんが下から呼ぶ声がした。アキは素早く起き上がり、「すぐ下りるよ」と返事をした。私も起き上がり服装の乱れを直した後、二人一緒に一階に下りた。

リビングルームに入り、私はこの家の造りに驚いた。ウチは完全な和風建築なのに、アキの家は全て洋風造りのようだ。天井が高めな一つの広めの空間の手前が、ソファに座ってテレビを見たりステレオを聴いたりしてくつろげるスペース、そして奥がダイニングテーブルを中心とした食事をするスペースで、その二つが一つの空間に一体となっている。ダイニングテーブルとキッチンの間はカウンターで仕切られていた。

テーブルの上の料理も洋風だった。

「また、ビーフシチューか」とアキは愚痴ったが、お母さんの一番の得意料理だそうだ。そのビーフシチューは、スライスしたフランスパンと一緒に食べるのがこの家風の食べ方らしい。サイドディッシュにジャーマンポテトと、オイル&ヴィネガーをかけたレタスとトマトのサラダが用意されていた。

お母さんから食べてみてと促され、ビーフシチューを口にすると、その表現に苦慮するほどの深い味わいに圧倒され、あっという間に完食してしまった。お母さんはすぐにおかわりを用意してくれた。ジャーマンポテトも今までレストランとかで食べたものとは異なり、ヨーロッパの匂いを感じた。

「こんな美味しいビーフシチューは食べたことがありません。是非レシピが知りたいのですが」と聞いてしまった。

「気に入ってもらえてうれしいわ。今度加奈子さんが来た時、一緒に作りながら教えるから。だから、またウチへ遊びに来て」

お母さんはそう言った後、このビーフシチューにまつわる話をしてくれた。ビーフシチューは元々欧米人の家庭料理なので、それぞれの家にはそれぞれの味があり、何一つ同じものはないとか。お母さんの育った実家は立川にあったそうで、旧制高女に通っていた頃に、実家の二軒隣にドイツ系ハンガリー人の家族が引っ越してきた。その家には同い年のゾフィアという女の子がいてすぐに仲良くなり、お互いの家を行き来するようになった。ゾフィアは日本語がしゃべれなかったので、いつも英語で話していた。英語を話す友達が欲しかったので、丁度よかったとのこと。さすがアキのお母さんだ。太平洋戦争が始まって食物を手に入れるのがどんどん難しくなっていく中、ゾフィアの家に行くといつもビーフシチューとジャーマンポテト（この料理はブラートカルトフェルンというらしい）を出してくれた。他のものは食べないのかしらと思うくらいに。

そのうち実家にゾフィアを連れてくること自体、食べるものが乏しい時代だったから、家の人たちは快く思わなくなった。それでもお母さんがお腹を空かせてゾフィアの家に行くと、必ずビーフシチューが出てきたそうだ。立川には軍需工場があったので、戦況が悪化すると空襲を受ける危険性が出てきた。そのためお母さんは戦争が終わるまで長野県に疎開させられた。終戦後立川にもどると、実家もゾフィアの家も焼け落ちていた。両親は激しかった立川空襲の前に避難したため無事だったが、ゾフィアの行方は全く分からなくなった。戦前の王国から戦後の社会主義国へとハンガリーの国体が大きく変わったため、ゾフィア一家の所在は調べようもなかった。

しかし、お母さんの舌の記憶にはあのゾフィアの家で食べた味が残っており、色々な洋食屋でビーフシチューを食べてもその味には程遠かった。昭和二八年、親戚の紹介で商社に勤務していた嶋岡大樹《しまおかひろき》という人と見合いし結婚した。アキのお父さんだ。当時お父さんはヨーロッパからの食品輸入の仕事をしていたので、その筋から情報を得て、ハンガリアン・グラーシュに近いようなものじゃないかとお母さんに伝えた。グラーシュスープを出すレストランを調べ、何軒か食べ歩き確かにあの味に近づいてきた。その後はビーフシチューとグラーシュスープの料理本を買って、自分で試行錯誤しながら作り始めたのだとか。そうしてこの今私の目の前にあるビーフシチューの味になったのだそうだ。完全には再現できていないが、九割がた女学生だった頃頻繁に口にした味なのだそうだ。

アキもアキのお兄さんたちも、子供の頃からこのビーフシチューを食べて成長してきたのだろう。この美味しさはお母さんの努力の賜物なのだと感じ入った。

「ごちそうさまでした。本当に美味しかったです」と言って私は食べ終わった食器を重ね、アキの分と一緒にキッチンのシンクの中へ運んだ。

「ありがとう。そのままでいいから」とアキのお母さんに言われたが、

「いえ、これくらいはさせてください」と返し、私は食器を洗い始めた。

「悪いわね。じゃあ、お願いするわね」

お母さんがそう言いながら隣に立った。気さくで話好きな人でよかったと思った。

「年頃の女の子がいるっていいわね。ほら、ウチは男だけの三人兄弟だから家の中も殺風景なのよ。やっぱり思っていた通り、女の子が来ると花が咲いたみたいだわ」

男だけだと女の子が好む赤やピンクやオレンジなどの色が乏しいのだとか。アキのお母さんは息子が連れてきたガールフレンドとの話が楽しいのか、うれしそうに話しかけてくるので私の緊張も解け口元もつい緩みがち。

「加奈子さんのご兄弟は」

「ウチも三人兄弟で、私は兄と弟の男二人にはさまれた真ん中です」

「女の子が一人だと、みんなにかわいがられるでしょ」

「小さい頃の写真を見ると、母の着せ替え人形状態だったみたいです」

「うん、うん。分かるわ」

「でも、その頃から病弱な体質で、大人になるまでちゃんと育つのかしらと両親を心配させたらしいです」

「でもこんなにきれいな女性に成長して、今は別の意味で親御さんに心配をかけているんじゃないの。悪い虫が付かないかとか」

お母さんがアキを見ながらそう言ったところで、テーブルに座っていたアキが「悪い虫って、何て言い草だよ」と文句をつけてきた。

「アンタもそうかもしれないけど、一般論よ。ねえ、加奈子さん」

「でも、二〇歳過ぎたんだから、もう大丈夫って言いたいんですけど」

「娘はいくつになっても心配の種なんでしょ。結婚して孫が生まれて幸せに暮らす様子を見て、初めて安心するんじゃないの」

ウチの母もそんな風に考えているのかしらとふと思った。最後のお皿を洗い終え水切り籠に入れるとお母さんが言った。

「どうもありがとう。これからお茶入れるから、章裕と一緒にソファに座っていて」

アキはステレオのスイッチを入れプレイヤーに載っていたレコードに針を落とした。するとゆったりとしたクラシックのメロディーが流れてきた。

「アキはクラシック音楽も好きなんだ」

「そんなに詳しくないけど、食後にこういう軽めの曲を聴くと消化にいいそうだよ」

「聞いたような曲だけど、何ていう曲なの」

「何だっけ。作曲家の名前は忘れた」と言うとレコードのジャケットを私に手渡した。見てみると、『バロックの世界』とあり、一曲目は『カノン／パッヘルベル』とあった。

そんなところへ、お母さんが紅茶を運んできた。独特な香りがしたので、私の好きなアールグレーであることが分かる。アキとは何でも話せるように、お母さんにも同じものを感じ、聞かれるまま自然に受け答えしていた。そこにはアキの入る余地もなく、彼は静かに二曲目の『G線上のアリア』を聴いていた。

「ピンポーン」とドアチャイムが鳴った後、施錠を解く音がした。

「お父さんが帰ってきたみたい」とお母さんが言った。結婚当時お父さんが働いていた会社はその後M＆Aを繰り返し今では総合商社となり、お父さんはそこの部長さんだそうだ。

「ただいま」と言ってリビングのドアを開けお父さんが入ってきた。

黒縁のメガネをかけた、目元がアキを思わせる中年男性だった。私は立ち上がり
「おじゃましてます」と言って、緊張交じりで仕事でするような背筋を伸ばしたお辞儀をした。

「おかえりなさい、あなた。章裕がお付き合いしている依田加奈子さんよ」とお母さんが私を紹介してくれたので、「初めまして。よろしくお願い致します」と再度会釈。

「よく来てくれたね。今日はゆっくりしていってね。食事は済んだの」

「はい。美味しいビーフシチューをご馳走になりました」

「あれはワイフの特別の料理だから」

「はい、それにまつわるお話も伺いました」

「そうなんだ」と言った後、ちょっと間を置いてお母さんに「じゃあ、着替えてくるから」と言って出ていった。何か言おうとしたが、思いつかなかったようだった。

お母さんは私に向かって、「ちょっと照れてるみたいね。加奈子さんきれいだから」

私は何て返せばいいか分からず戸惑っているところに、「部屋にもどるね」と言ってアキは私の背中を押してリビングを出た。

アキの部屋にもどったはいいが、何をしようか考えている様子。そこで、私はエレクトーンを聴かせてとリクエストした。

それならギターを弾くよと言って、アキはケースからギターを取り出すとチューニングを始めた。その姿はどこか様になっている。そのギターはKヤイリのアコースティックギターで、高校時代におこづかいを貯めて買ったそうだ。その当時はフォーク全盛時代で、よしだたくろうや井上陽水の歌をコピーして友達と一緒に歌っていたという。

チューニングを終えおもむろに歌い出したのはかぐや姫の『僕の胸でおやすみ』

だった。優しさがこもった歌い方で、音程もしっかりしていた。しっとりと歌い終えると「何か歌える曲はある」とアキは聞いてきた。「歌詞を覚えていないわ」と答えると、『歌の世界一〇〇一曲』という分厚い歌集本を渡された。歌はあんまり得意じゃないけどと先に言い訳をして、『翼をください』と『なごり雪』の二曲をアキのギターで歌った。普段歌っていないのでそれほど上手ではなかったが、歌うってこんなに楽しいことなんだと感じた。これがカラオケのなかった時代の歌の楽しみ方だった。続けて二人で一緒に数曲歌い時計を見ると九時を回っていた。

「九時過ぎちゃったけど、大丈夫」

「そろそろ帰らなきゃ。今日は楽しかったわ。手紙は明日ミカさんに渡すね」

「うん。じゃあ、家まで送る」

二人で階段を下り、再びリビングルームのドアを開けると、アキのお父さんが夕食を食べていた。

「今日はこれで失礼致します。おじゃましました」とアキのご両親に頭をさげた。お父さんはスプーンを置いて、「また来てくださいね」と私に返してくれた。アキも「家まで送ってくるから」と言うと、お母さんが玄関まで来てくれ、「また加奈子さんとお話ししたいから、是非来てね」と言って送ってくれた。

家へ帰る途中、ずっとアキの部屋でのコーヒー味のディープキスが頭から離れなかった。それに加え、女性の感じる場所を全て把握しピンポイントで攻めるボディータッチも熟練技のように思えた。そんな私の心に引っかかる疑問を晴らすべく尋ねてみた。

「アキはなんであんなにキスが上手なの。それに触られただけでおかしくなりそうだった。誰かにああいうこと教わったの。絶対初めてじゃないよね」

「いや、初めてだよ。どうだった」

「すごくよかった。だから、初めてだなんて信じられない」

「それより、急にあんなことをしてごめんね。もうカナが好き過ぎて我慢できなくなっちゃった。でもあれはカナが悪いんだよ」

「何で」

「だってカナが僕になら全部くれるって言ったから」

「本当にそう思ってるんだもん」

「ほら、僕って凝り性でしょう。だから、カナを想定してそっち関係の本を色々読んで勉強したんだ」

「何それ。さすがに引くかも」

そうは言ったものの、アキに本気でそこまでさせてうれしくもあった。

「そんなこと言わないでよ。今日のはあくまで練習だよ。今度は本番だからね」

「えー、そうなの」と、驚いては見せたが、本当はアキの言葉に期待してしまった。

その日の夜、私はアキと激しい性行為をしている夢をみた。あまりにもリアルで快感も覚え目が覚めると、下着を濡らしてしまっていた。

ミカのための撮影旅行

アキから手紙を預かった翌日のお昼前、ミカさんのお店に電話すると本人が出た。声で分かったので、挨拶を簡単に済ませすぐに本題に入った。

「リチャードさんへの手紙の翻訳が終わり、もうお渡しできるのですが」

「章裕君、やることが早いわね」と私が思ったのと同じことをミカさんも口にした。

「じゃあ、仕事が終わったら取りに行くわ。閉店時刻に松越の正面玄関で待っているね」

「分かりました」

「それと、今晩何か予定ある？」

「何もありませんが」

「ウチに来ない。カナちゃんのお誕生日をお祝いしましょうよ」

「ありがとうございます。でも、よろしいんでしょうか」

「もちろん。来年私がアメリカに行ったら、滅多に会えなくなっちゃうでしょ。だから、会える時にいっぱい会って、少しでも長く一緒にいましょうよ」

「そうですね。じゃあ、行かせていただきます」

リチャードさんへの手紙にからみ昨日はアキの家、そして今夜ミカさんの部屋に行くことになった。

仕事を終え待ち合わせ場所へ向かうと、有名洋菓子店の袋をぶら下げてミカさんが待っていた。私のためのバースデーケーキを買ってきてくれたそうだ。私も午後食品売場で手土産にバームクーヘンを買い求めていた。地下鉄に乗るとミカさんが話し始めた。

「またいいことがあったっていう顔しているわね。何かあったでしょう」

「えー、もう。私の顔って、そんなに分かりやすいですか」

「そりゃすぐ分かるわ。幸せオーラが出まくりよ」

「昨日初めてアキの家に行きました。ご両親にも会え、夕食もご馳走になっちゃって」

「それはよかったじゃない」

「アキとの距離を一気に縮められた感じがします」

電車の中だったので、アキの部屋での出来事は話せなかったが、お母さんが作ったビーフシチューが美味しかったことや、それにまつわるエピソードを話した。

秋葉原で総武線に乗り換えると、再びミカさんが話の口火を切った。

「私もね、カナちゃんに報告があるんだ」

「えっ、何でしょうか」

「昨日リチャードから電話があってね、一一月半ばに日本に来るんですって」

「わぁー、よかったですね」

「彼が帰国する時に私も一緒に連れていくから、一週間ほど休めるかって聞かれたの」

　私はミカさんの手を取って喜んだ。

「それでね、私、章裕君にはすごく感謝してるの。電話でリチャードと話している時ね、彼の話していることをすごく集中して聞こうとしたら、前よりも彼の言いたいことがよく理解できたみたい。もちろん、教わった言い回しのいくつかも使ってみたわ」

「早速勉強会の効果覿面《こうかてきめん》ってとこですね。聞くことが大事って本当なんですね」

「リチャードにも私が英語を勉強しているってこと伝わったみたい」

　写真撮影旅行に行くことも伝えているので、リチャードさんは写真が届くのを楽しみに待っていると言っていたそうだ。

　ミカさんのアパートは市川駅から一〇分ほど、国道一四号線を渡り少し入ったところにあった。手前に神社があったので目印になりそうだ。二階建てで八世帯入っているアパートの左側にある外階段を上がって、手前から二番目が彼女の部屋だった。

　三五平米くらいの１Ｋ《ワンケー》フラットで、女性の一人暮らしには丁度いい広さだ。ミカさんは私を部屋の中へ導くと、和テーブルに向かい合って座らせた。そして、ハンドバッグから包装された小箱を取り出し、「誕生日おめでとう。私からのプレゼント」と言って私に手渡した。開けてみると、幅七、八ミリの黒いチョーカーだった。真ん中にＪＰＢのアルファベット三文字のデザインロゴが光っていた。彼女のお店のブランドだ。

「前にカナちゃんが買ってくれた白いワンピースに合うはずよ」

「どうもありがとうございます。とても素敵ですね。大事に使わせていただきます。これで今年は三度誕生日を祝ってもらうことになります」

「二〇歳の誕生日は特別っていうことで、いいんじゃない」

「はい、私は幸せ者ですね」

冷蔵庫の備え置きの食材を使ってミカさんと二人で五品ほどの料理を作り、それを肴に寝酒用に買っておいたというウイスキーを開け酒盛りした。酔いが回るに従い恋愛談義に花が咲き、私のテンションも上がると、昨日のアキの部屋でのコーヒー味のキスから始まった一件を披露してしまった。そんな話をしても、自然に受けとめてくれるミカさんだからしゃべってしまったのだろう。一〇時を過ぎた頃、私の酔い具合から女一人で帰宅するには心配と判断したミカさんは私の家に電話して、今晩泊めることの許可を母に求めた。その後私も母と話したが、日頃彼女のことをよく話題にしているので認めてくれた。

　翌日はミカさんの洋服を借り出勤した。


「カナッペじゃない」

　九月半ばのある日、これから出勤という駅のホームで声をかけられた。すぐ左横にその声の主、指山理沙《さしやまりさ》がいた。彼女は中学の三年間同じクラスだった親友で、現在も親交は続いておりり時折電話で連絡し合っている。今は青山にある短大に通っている。

「あっ、リサじゃん。久しぶりね。変わりない」

「来年卒業でしょ。だから、就職活動で大変よ。来月からの面接に備えて、色々情報集めしたり、ウチの大学出の先輩に話を聞いたりしている」

「だからスーツ姿なのね。どんな業界を志望しているの」

「出版関係がいいんだけど、贅沢言っていられないわよ。入ってOLができればどこでもいいっていうのが本音かな。まあ、できるだけ大きな会社に越したことはないけど」

　そんな話をしていると、中目黒行きの電車が入ってきたので、リサと一緒に乗り込んだ。

「この間銀座にある会社の説明会に行った後、カナッペのデパートにも寄ったのよ。遠目からあなたの働く姿を見たわ」

「声をかけてくれればよかったのに」

「あなたのエレベーターに乗ろうとしたんだけど、間に合わずドアが閉まっちゃった」

「そうだったの」

「あなたはいいわね。大手百貨店に勤められていて」

「肉体労働で大変なんだけど」

「何言ってるの。エレベーターガールなんて、華やかな仕事じゃない」

「傍目にはそう見えるだけよ。帰る時はいつもくたくたなんだから。足が太くならないか心配だわ」

「そうなの。でもやっぱりうらやましい。あっ、うらやましいって言えば、この間駅前であなたが男の人と手をつないで歩いているのを見かけたわよ。恋人だと悪いかと思って声をかけなかったけど、どこかで見たような人だったような。私の知っている人かなぁ」

　多分アキと一緒にいるところを目撃されたのだろう。言おうか言うまいか迷ったが、別に悪いことをしているわけではないので話すことにした。

「そうね、リサの知っている人よ」

「えー、誰だろう。学生風だったわね。んー、分かんないよ。じらさないで教えてよ」

「中一の時同じクラスだった嶋岡君よ。先月銀座の街角でばったり会って、それから付き合い始めたの」

「あなたたち、中学の時仲よかったの」

「ほとんど話したことないよ」

「へー、あの嶋岡君なんだ。でも、しばらく見ないうちにカッコよくなったよね。今彼は何しているの」

「西北大の英文科に通っているわ。英語がペラペラに話せるんでビックリしちゃった」

「私も一応英文科なんだけど。でも、からきし話せない。こんな風だからナンチャッテ女子大生なんて言われちゃうのよね」

私たちが乗った電車は小菅駅を出て、荒川に架かる鉄橋を渡り始めた。リサは私の耳元で手を添えて小声で聞いてきた。

「ABC、どこまで行ってんの」

(注：ABCとは当時の女の子の間で恋愛関係の進行状況を話す際、ストレートな言い方を避けるため記号化したもので、Aはキス、Bはペッティング、Cはセックスのこと)

「そんなのこんなところで話せないわよ。そんなことより、嶋岡君と付き合っていること、誰にも言わないでね。私は構わないけど、変な噂が立って彼を困らせたくないから」

「分かっているって」

「絶対よ。リサだから打ち明けたんだから」

「嶋岡君との再会場面はどんなだったの」

「それがね、ケッサクだったのよ。んー、どうしよー。今度話すよ」

ナンパされたなんて言うと、アキの人格をおとしめることになるし、話を順序立てて説明するには時間がなさ過ぎる。

「嶋岡君、あなたが中一の時の同級生って分からなかったんじゃない。中学の頃と比べるとずいぶん変わったものね」

「当たり。それから、高校時代の制服を着てデートもしたのよ」

「変な趣味でもあるわけ」

「彼はロリコンでもヘンタイでもないわよ。失礼ね。単に私たちが高校時代に接点がなかったからよ」

「ねー、他には」

「来年の春に嶋岡君と一緒にアメリカに行くかもしれないんだ」

「えー、何で。ねぇ、あなたたちの話詳しく聞きたいけど、私千代田線に乗り換えないと。今夜電話するから話してね」と、リサは言って北千住駅で電車を降りていった。

その日の夜遅くリサから電話があった。私は聞かれるまま、アキとの出会いから、惹かれ合い付き合うに至った経緯、その過程でリチャードさんやミカさんと知り合い、二人のアメリカでの結婚式の証人として参列することまで、リサの好奇心を満たすべく長電話をした。私だけのことではなくアキにも関わることなので、しばらく口外しないよう再度念を押した。その口止め料として今度私が銀座でリサに夕食をおごることになった。リサは色々と聞きたがり、私もアキとの充実した恋愛の話を誰かにしたかったのかもしれない。

　鎌倉への撮影旅行の日、私は早起きして昼食用にサンドイッチをメインに、ウインナー炒めとコールスローサラダをその付け合わせに作った。ミカさんはいなり寿司と海苔巻きを作ると言っていたので、私はパン系にしたのだが。普段あまり料理はしないので自信はないが、アキに食べてもらおうと頑張ってみた。朝食を兼ね味見してみたが、悪くはない出来だった。そして、それらをランチバスケットに詰め込んだ後、昨夜選んだ服に着替えた。結構歩くとアキに言われていたので動きやすいラフな服装がいいのだろうが、写真撮影もあるのでそれなりの装いでないと恥ずかしい。あれこれ迷った結果、ターコイズブルーのセミロングのキュロットパンツの上に、白地にネイビーのボーダーのTシャツを着て、その上にライトグレーのロングカーディガンをはおり、靴はゼブラ模様のスニーカーを選んだ。

そんな格好でアキに会うと、「今日も素敵だね。いい写真が撮れそうだ」と言われた。彼は黒いカメラバッグを肩から提《さ》げていた。カメラ本体とストロボや各種フィルターを入れているそうだ。いつもどんな写真を撮っているのか聞くと、美しい風景、神社仏閣、橋など、趣味に関するものが多いとのこと。仏像の写真も撮り集めたいらしいけど、国宝や重要文化財級のものはほとんど撮影禁止らしい。鎌倉へは一度だけ高校時代に校外学習で訪れているが、鶴岡八幡宮以外にどこへ行ったかもいつだったのかもあまり覚えていない。鶴岡八幡宮は毎年初詣客ランキングのトップテンの上位に入っているので知っていた。アキは今日どこを回るかというプランを立てているようだが、聞いてもどうせ分からないだろうから全て任せるとしよう。

アキに会うのは一二日ぶりだった。前の週から、会うと暫定的に決めていた火曜と木曜の夜に家庭教師のアルバイトが入ったからだ。来年一緒にアメリカに行くための資金を貯めるためなので仕方がない。だからこの日を待ちに待ったのだ。

ミカさんとの待ち合わせ場所は、東京駅の横須賀線ホームの先頭車両寄りと決めていた。私たちは待ち合わせ時刻九時半の一五分前に着いたが、既に彼女は秋を思わせる出で立ちでベンチに座っていた。七分袖の黒のカットソーに膝下丈のキャメルのレーススカート、靴はアッシュグレーのスポーティーなパンプスでキメている。やはりファッション業界の人は違う。いい写真をリチャードさんに送れそうな期待が膨らんだ。

横須賀線に揺られ一時間ほどで鎌倉に着いた後、江ノ電に乗り換え三つ目の長谷駅で降りた。ピーヒョルルー。遠くに鳶《とび》の鳴き声が聞こえた。私たちはまず海を目指して歩いた。由比ヶ浜は数分という近さだった。七、八月の海水浴シーズンには人であふれかえるビーチも今は人影もまばらだ。アキは海をバックに私とミカさんをそれぞれ単独で色々なポーズを取らせシャッターを切った後、彼女とのツーショットを撮った。その後、ゆるやかで心地よい浜風を受けながら波打ち際を歩いた。

次に向かったのは長谷寺で、アキが鎌倉で一番好きな仏像が安置されているお寺だそうだ。ビーチから歩いて一〇分ほどで着いた。このお寺の本堂は小高い山の上にあるらしい。きれいな背景になりそうな場所があると写真も撮りながら、長い階段をゆっくりと上った。

途中に千体地蔵が並んだところがあった。その前に黒いお地蔵様が立っておられ、『水かけ地蔵』との表示が出ていた。「ちょっとごめんなさいね」とミカさんは言うと、置いてあった柄杓《ひしゃく》で水をすくいお地蔵様の頭に水をかけた後、しゃがんで目をつむり手を合わせた。私とアキも彼女に倣《なら》いお地蔵様に水をかけ手を合わせた。理由を聞いていいものかと思っているところで、私たちの顔色で察したのかミカさんが話し始めた。

「私の母はね、二度流産したらしいの。三度目の妊娠で私が生まれたんだけど、妊娠中も生まれた後もこういう場所で水子供養をしたり願掛けしたそうなの。そんな流れちゃった子供に名前まで付けていたから、笑っちゃうでしょ。二人とも男か女か分からないのに女の子の名前が付いているのよ。一人目が流美《るみ》、二人目が流香《るか》。だから私の名前は二人から一字ずつもらって美香っていうの」

その話を聞いて、まず「よかった」という思いが湧いた。散々ミカさんのつらい話を聞いていたので、「ミカさんは妊娠経験があるのかしら」と、実はお地蔵様に手を合わせる姿を見た時に思ってしまったからだ。

「みんな元気に生まれてきていたら、お姉さんたちに囲まれて楽しく暮らしていたかもしれませんね」

「そうかもしれないし、そうじゃないかもしれない」

「えっ！」と私はフォローしたつもりが、失言だったのかもと思ってしまった。

「もしもお姉さんたちが生まれていたら、私の家はそんなに裕福じゃなかったから、私は生まれてこなかったかもしれない」

「………………」、私は返す言葉がなかった。

「なーんちゃってね。普通はカナちゃんみたいに考えるから。気にしない、気にしない。さあ、上を目指しましょう」

そう言ってミカさんは私の手を取り、再び階段を上り始めた。彼女の時々見せるシニカルな面と優しさは融合し、私に大人だなと思わせる。

上に着くと手前から鐘楼、阿弥陀堂、観音堂と並んでいた。アキの好きな仏像は観音堂内におわす大きな観音様だった。私はこの観音様の怖いとまで感じるほどの目力に圧倒されてしまった。アキは私たちを見下ろす観音様のお顔をじっと見つめ別世界に入っている様子。心の中で何かお願い事でもしているのだろうか。

観音様のお参りを済ませた後、観音堂前の休憩所でお昼を食べることになった。そこからは先ほど歩いた由比ヶ浜が一望できた。私は今朝作ったサンドイッチと付け合わせのウインナーとコールスローを、ミカさんはいなり寿司と太巻きの輪切りと卵焼きを並べた。結構な量を三人で食べたが、女子には限度があるため、アキには少々無理にでも食べてもらった。そのためちょっと長めの食休みを取らざるを得なかったのは言うまでもない。

次に訪れたのは大仏様で、長谷寺からもそう遠くはない。高校時代の修学旅行で見学した奈良東大寺の大仏様とは違い、こちらは露天で座っておられる。建立当時は大仏殿があったそうだが、台風や地震により消失してしまったそうだ。ここでも大仏様をバックにたくさん写真を撮った。参拝客が多かったので人に頼んで三人での写真も撮った。

次の撮影スポットへは住宅街の中を大分歩いた。晴れていれば暑いのかもしれないが、曇っていてよかった。三〇分以上歩いて着いたところは、赤い鳥居が坂の小道に沿って並んでいる佐助稲荷神社だった。アキは先に立ち鳥居の中を上ってくるミカさんと私の様子を写真に収めた。

続いては銭洗弁財天。ろうそくとお線香を供えた後、借りたザルに小銭を入れて霊水で洗い清め金運上昇を願った。その様子もアキは写真に収めた。

次はアキが言う最難関の山登り。山といっても九三メートルしかないが、林の中のハイキングコースのようなところを登るのは女子にはつらい。この山のふもとに源氏の屋敷があったとかで源氏山と呼ばれているそうだ。整備計画があり、近々公園化されるらしい。

息を切らして頂上まで登ったが、ちょっと開けたスペースがあるだけで、別に眺めがいいというわけでもない。ここから北鎌倉へも抜けられるし、鎌倉へももどれるけどどうしようかと、アキが私とミカさんに聞いてきた。私は数年前にグレープというフォークデュオが歌っていた『縁切寺』を思い出した。確か〈♪源氏山から北鎌倉へ、あの日と同じ道程《みちのり》で、たどりついたのは縁切寺♪〉と歌詞にある。私とアキの縁も、ミカさんとリチャードさんの縁も切れてしまうのが嫌だったので、二人揃って北鎌倉ルートは却下した。

源氏山を下りたところでまだ四時前だったので、私たちは最後に鶴岡八幡宮を参拝することにした。アキは何度も鎌倉に来ていると言っていたが、最初から最後まで地図もガイドブックも見ないで案内してくれている。これにはミカさんも驚いていた。要所要所でしてくれる解説もガイドばりだ。

鶴岡八幡宮に着いた時、私の高校時代の記憶が鮮やかに蘇った。本殿への長い石段の左横の大銀杏《おおいちょう》の葉は今は緑色だけど、私が前に来た時は全部黄色だった。そして、その時この石段を上る私の横には、笑っているレイがいたのをはっきりと思い出したのだ。だから、私がここを前に訪れたのは高校一年の秋が深まった頃だった。

私は本殿の神様に真っ先に私とアキが結ばれますように、次にミカさんとリチャードさんの結婚が無事執り行われますように、最後にさっき思い出したレイが幸せに暮らしていますようにとお祈りした。三つもお願いして、私って欲張りかしら。

鶴岡八幡宮への参拝と撮影を終えた私たちは参道の中道を歩いて鎌倉駅にもどった。その道すがら、ミカさんがさっき私に聞いてきたことを口にした。

「章裕君、今日は本当にどうもありがとう」

「いいえ。僕も楽しめましたから」

「鎌倉がこんなに素敵なところだって知らなかったわ。それと今日あなたを見てて、異国人同士、男同士だけど、リチャードとあなたが、気が合ったり、惹かれ合ったり、信じ合えたりするのがよく分かった気がするわ」

「そうですか。僕も英語を話す友達が欲しかったし、リチャードには僕が見習わなければならない点をいっぱい発見できるから。それを惹かれるって言うのかなぁ」

「それでいいんじゃない。あっ、そうだ。肝心なこと言わなきゃ。今日一日案内してくれたお礼がしたいのよ。だから、今晩東京にもどったら夕食をおごらせてね。いいでしょ。カナちゃんはいいって言っているし」

「外堀から埋めたんですね。それなら断れないですよ。ありがとうございます」

「じゃあ、そういうことで」というと、ミカさんは私に向かってウインクした。

帰りの電車の中では、みんな歩き疲れたのか、三人とも眠ってしまった。多摩川を渡ったあたりでそれぞれ目を覚ました。新橋駅で下車し、ミカさんは私とアキを銀座六丁目にあるイギリス料理店に連れてきた。英文学を専攻するアキに、イギリス人がどんなものを食べているのか教えるような意図があるらしい。ローストビーフなどをご馳走になったが、私はビーフステーキの方が美味しいと思った。

アキの話によると、今日行ったところは鎌倉の一部で見所は他にもたくさんあるらしい。桜の季節、紅葉の季節などもいいそうだけど、私はアジサイの咲いている頃、アキと二人きりで行ってみたいと思った。それほど遠くはないし、リチャードさんが来た時には四人でまた行こうと約束してミカさんを見送った。

消えたトラウマ

一〇月に入るとアキは一ヶ月限定で月・水・金の週三日間、夜のパチンコ店でのアルバイトを始めた。アメリカへ行く資金稼ぎなので致し方なく、九月から始めた家庭教師だけでは足らないと見積もったようだ。そのため、私が彼に会えるのは土曜か日曜の夜だけとなり、そのどちらかの日に会って夕食を共にした。私は働いているのでその食事代を持ってもよいのだが、アキはそれを気にするので原則割り勘だ。だから、高級なお店へは行けないが、私は彼に会えるだけで満足だった。それはアキも同じみたい。お互い言葉には出さないが、会えた時には相手の言動から気持ちが変わっていないかを探り合った。

一〇月一〇日体育の日で月曜日、アキと私の休みが重なる日、私たちが会わないはずはない。アキは前もってこの日ばかりはシフトから外していた。久しぶりに二人だけの昼間デートをすることになり、私はミカさん見立ての純白のニットのワンピースに初めて袖を通し家を出た。誕生日のプレゼントにもらったチョーカーも、ミカさんが言っていたように白いワンピによく合っていた。駅へ向かう足取りも軽い。

いつものようにアキは私が着く前から駅で待っていた。ブリーチアウトのスキニージーンズに、同じように色抜けしたデニムのジャケットを白いTシャツの上に羽織っていた。肩には鎌倉へ行った時に持ってきたカメラバッグを提げている。今日は郊外デートなので、私はお弁当を作って持ってきている。行き先はユネスコ村と西武園。

　電車の中でアキは今のアルバイトの話をしてくれた。今月から入れたバイト先のパチンコ店は高田馬場駅の近く、新宿区の中央図書館へ行く道沿いにあるそうだ。週三日、勤務時間は一七時半から二一時半までの四時間で、時給六〇〇円だそうだ。他のバイトの時給が四〇〇〜四五〇円くらいなので、時給がいいのは分かる。でも仕事環境は劣悪のようだ。フルボリュームで流れるBGM、ジャラジャラと玉が落ちる音、それらは鼓膜を傷めるのではないか思うほどすさまじく激しい。加えてガラの悪い客をあしらうのも非常に気を使うらしい。まあ一ヶ月の辛抱なんで、なんとか我慢すると言っているが。

　もう一つのバイトの家庭教師の話もしてくれた。教え子は東中野にある大きなお米屋さんの小学六年生のお嬢さんだそうだ。男兄弟の末っ子として育ったアキにとって、慣れない年下の女の子との接し方は最初難しかったそうだが、回を重ねて打ち解けてくるととてもかわいいと感じるようになったとか。そんな言い方をされると、大の大人でも小六の女の子にヤキモチを焼いてしまう。教えているのは主に国語と算数の二科目だそうで、国語は何とかなるものの、算数はしっかりと準備をして臨まないとならないそうだ。

一一時頃ユネスコ村に着き、園内を散策しながらアキは私の写真を撮りまくった。幼稚園に通っていた頃遠足で来たことがあるのだが、全く覚えていない。しかし、小さい頃の写真を貼ったアルバムに、オランダ風車の前で撮った集合写真が証拠として残っている。その風車をバックに一五、六年後の私の姿をアキはカメラに収めた。

その後、村山貯水池に沿って西武園まで歩いたが、その途中眺めのいいところでレジャーシートを広げランチタイム。アキは私の作ったお弁当を美味しそうに食べてくれた。目の前の人造湖は広く青々としていて、見ていて気持ちがいい。アキはシートの上に仰向けに寝転がった。そして、私の方に腕を伸ばし、横になるよう促す。私は彼の腕枕でしばらく空を見ながらまったりと過ごした。

西武園に着いたのは一時半過ぎで、動きやすいように荷物は全てコインロッカーに預けた。その後はジェットコースター、空中ブランコ、ウォータージュート、お化け屋敷など、時間の許す限りアトラクションを楽しんだ。回るコーヒーカップの中でアキと向き合って座っている時、遊園地デートは二度目ということがふと頭を過《よぎ》った。前に二郷さんと後楽園でこんな風にコーヒーカップの中で向き合ったが、今日とは気持ちが全然違う。あの時も楽しいと感じたのだが、今思い返すとどこか〈付き合わされている感〉があり楽しいんだと思い込もうとしていたのかも。今はアキとのひと時が心から楽しいと感じている。
そういえば私を苦しめていた心に潜む二郷さんの亡霊は最近現れなくなった。ミカさんが言っていたように、アキのことを受け入れたからなのだろう。今まで二郷さんのことは許せないでいたが、アキが私の傍にいてくれるのならそんなことはどうでもいいやと最近思えてきた。私には仕事があるし彼には学業があるが、週に一回程度お互い心待ちにして会い、前回のデートの時の別れから溜まった寂しさを解消し合う。今のこの関係は適度の距離感があり、心地よいのだが……。アキの部屋で練習は済ませたものの、本番を期待半分不安半分で私は待っている。あれから一ヶ月くらい経っているのだが、Xデーはいつになるのだろう。私の決心は付いているので、あとはアキ次第だ。アキは言葉にはしないが、私をすごく大切にしてくれていることはよく分かっている。だから、私はただ彼を信じていればいい。彼を愛することで私の心は今とても平穏だ。

一〇月最後の土曜日の閉店一五分前頃、私の乗務するエレベーターに高校時代の親友のマリが一階から乗ってきた。私に笑みを投げてきたので、私も笑みを返した。酒々井万里《すずいまり》、高校の二年から卒業までいつも一緒にいた遊び仲間の一人だ。八階でマリ以外のお客様が降りきると同時に、「カナ、久しぶり」と彼女は言った。

「久しぶりだね、マリ。元気だった」

「元気だけが私の取柄《とりえ》よ。それより、さっき珍しい子にばったり会ってね。下で待たせてるんだけど」

　エレベーターの屋上の扉が開くと、待っている人はいなかったので時間調整で機を一時停止させた。

「珍しい子って誰なの」

「上條麗華よ」

「えっ、レイに会ったの」

「これから食事するんだけど、そういえばカナが松越にいるから、カナも誘おうって話になってさ。レイがカナに謝らなければならないって言っていたけど。何のことかしら」

「ごめん。武士の情け、それは聞かないで」

「私、武士じゃないし」

「私とレイの名誉に関わることなの」

「じゃあ、もう聞かない」

「アンタはいいヤツだ」

エレベーターを止めて一分ほど経ったのでドアを閉めて機を下へ向かわせた。

「食事場所は決めたの」

「まだ。私とレイはこの辺詳しくないし、地元のカナに決めてもらおうと思って」

「それじゃ、終わったらすぐ行くから、正面玄関前で待っていてくれる」

「分かった」

八階の扉が開きお客様が乗り込んできたので、マリとはそれ以上の話はできなかった。一階に着くとマリは「じゃあ、待ってるからね」と小声で言って降りていった。

麗華とは高二の夏休み以来、三年ぶりの再会だ。高校入学後最初にできた友達であり最も仲のよかった親友で、校内では常に一緒にいた。私たち二人にマリを含めた四人を加えた六人で仲良しグループを結成し、よく池袋の街を遊び歩いた。マリとは今年の四月に食事して以来だ。彼女は高校卒業後、服飾の専門学校に通い、デザインの勉強をしている。

仕事を終えると急いで着替えて、待ち合わせ場所に走った。麗華のコケティッシュな小悪魔的雰囲気は高校時代とちっとも変わっていなかった。会うなり麗華は高二の夏休みのドライブでの一件について謝ってきた。一応罪の意識はあったようだ。私は今さらほじくり返すのも嫌なので、「そんなのとっくに許しているのに」と、麗華との関係を修復したかったのでそう言った。麗華は今年の三月に結婚して専業主婦をしているそうだ。相手は奥平君なのか聞いてみたが、違う人らしい。マリが一緒なのでそれについては話したくなさそうな様子で、後で話すねと言ってその話題は打ち切った。私は二人を前にミカさんと行ったイタリアンの『ロンディネ』に連れていった。

美味しい料理を食べながら、高校時代の思い出話に花が咲く。年内に他の三人も交え仲良しグループの六人で食事会をしようとの話も出て、マリがその幹事役を引き受けた。

マリがお手洗いで席を外した時、麗華はハンドバッグから一枚の写真を出し私に見せた。麗華が純白のウエディングドレスを着ているので結婚写真であるのは分かるが、隣のお相手の顔を見てビックリした。

「レイのダンナって降旗君なの」

「そうなの。色々あってね。話すと長くなるんだ」

マリには聞かれたくないので、明日の昼休みに電話をくれと新居の電話番号をもらった。マリがもどってきたのでその話は終わらせ、話題を変えるために麗華は私とマリに恋人はいるのかと聞いてきた。マリは同じ専門学校に通う男子学生と付き合って一年近くになるらしい。私も今の幸せは隠したくないので、英語ペラペラの西北大生の恋人ができ、来年の春に共通の友達の結婚式に参列するため、一緒にアメリカに行く予定があることを話した。高校時代にはいつも友達の恋バナを羨ましいと思って聞いていたが、今日は私がアキのことを自慢げに話した。二人とも「アメリカか、いいな～」と羨ましがっていた。

翌日の昼休みに制服の上にジャケットを羽織り、近くの公衆電話から麗華に電話した。写真を見せられてから気になって気になってしょうがなかった。受話器から聞こえてくる麗華の声にしばし耳を傾けた。

「あの逗子へのドライブの後、妊娠していることが分かったの。私は当時ユウヤとしか付き合っていなかったから、その相手はユウヤよ。でもね、妊娠を伝えると、アイツは逃げたのよ。他にも遊びで付き合っている子が何人かいたみたい。だから私にも付き合っている男が他にもいるだろうと思い込んじゃったのね。それ以前にね、私もモテるのよってとこを彼に見せたかったから、他の男とチャラチャラして彼の気を引こうとしたことがあったんだけど、それが彼の頭の中にあったんでしょうね。それでユウヤとの仲がこじれちゃってね。私とユウヤとの仲直りのために間に入って走り回ったり、相談相手になってくれたりしたのがアサトなのよ。最後は私の前でアサトはユウヤを殴ったのよ。だから彼らの友人関係も壊れちゃった。何か、ドラマみたいな展開だった」

「じゃあ、アサト君はレイに協力しているうちに、レイを好きになっちゃったのね」

「それは私も同じなの。私のために真剣に何でもやってくれるアサトが好きになっちゃった。それとね、ユウヤは何度か私んちに来ていたから、ママも彼のことを知ってんだけど、ユウヤの他の遊び相手を私の友達だと誤解しちゃったのよ。理由は忘れちゃったけど、もしかすると私が誤解させるようなことを言ったのかもしれない。それでママもユウヤを嫌うようになってね」

「なーんだ、それで分かったわ。高三に進級した頃レイの噂を聞いて、家に電話したんだよ。そしたらレイのお母さんが出て、私が名前を言った瞬間に無言で電話を切られちゃってさ。それがなぜなのかずっと引っかかっていたんだ」

「えっ、そんなことがあったの。知らなかった。カナ、ごめんね。今度ママの誤解をちゃんと解いておくから」

　私にとって降旗君は、つらい思いをさせられたり精神的苦痛を与えられたりした相手なのでいい印象はないが、麗華にとっては今や大切な人なのだ。仲直りした親友のダンナ様が私の初体験の相手とは、世の中どう転がるか分からないものだ。その後麗華とは月に一回は会って食事したり電話で話したりして、親交は続くことになった。でも、降旗君に会うかもしれないので、麗華の新居にはいまだ行ってはいない。

　一一月初めの雨の日、開店後一時間経っても店内は閑散としていて、エレベーターの利用客も普段と比べ少なかった。最初の乗務を終え控え室にもどると、ミカさんから電話があった旨のメモが残っていた。すぐに彼女にコールバックすると夕食の誘いで、もちろん私はOKした。彼女とは先月の半ば過ぎに会って以来なので二週間ぶりだ。前回はミカさんの休みの日で、料理をたくさん作ったから食べに来てと誘われた。彼女の部屋へ行ったのは二度目で、いつものように女子トークを楽しんだ。今日はどんな料理が食べたい気分か聞くと、辛くてスパイシーな料理がいいというのでインド料理に決まった。私はインド料理専門店には行ったことがないので彼女にまかせることにした。

仕事を終え店外へでると、正面玄関前にミカさんは待っていた。彼女が連れてきてくれたのは四丁目交差点から歩いて一〇分ほど、六丁目の裏路地にある外観がインド風の『シャンバラ』というレストランだった。ミカさんは三度目だそうだ。内装もインド風で、四人掛けのテーブルが一二卓あった。既に二組の先客がおり、サリーを着たウェイトレスに店の中ほどの壁際席に案内された。店の奥のカウンターの上に、人間の体に頭が象で腕が四本ある神様と思われる像が置かれていた。初めて感じる不思議な雰囲気が漂い、小さな音量でタミル語の歌がBGMで流れていた。オーダーはミカさんに全てまかせた。

とりあえずビールで乾杯した後、ミカさんが話し始めた。

「リチャードの日程が決まったんだ」

「それはよかったですね。いつなんですか」

「今月の一五日から二三日までの九日間の日本滞在で、私は二三日に彼と一緒にアメリカに行って一二月一日に日本に帰ってくるような予定」

「それならまた四人で会えますよね」

「そうね。それに今回は私のお店の近くの東洋ルネッサンスホテルに部屋を取っているから、私も仕事に行きやすいんだ。アメリカ行きのため一週間は休まなきゃいけないんで、その前はあんまり休めないいんだ」

「リチャードさんの東京滞在中は何かもう予定立てているんですか」

「私がアメリカに行くためには査証《ビザ》が必要らしいの。何回も使える数次査証を取るためにリチャードに身元保証人になってもらうんで大使館に一緒に行くけど、申請と受け取りで二回行かないといけない。多分それ以外はまだ何も決めてないと思うけど」

「その後英会話の勉強の方はどうですか」

「英会話スクールも休まず行ってるし、章裕君が言ったような家での耳慣らしも続けているので結構分かるようになったわ。正に継続は力ね。分かるようになると、使いたくなるから不思議ね」

　実際にミカさんのお店を訪れる外国人観光客の相手を英語でしているらしい。私もウチのデパートにやってくる外国のお客様の案内を英語でしたいのに。まだまだ努力不足だ。

「私も英語うまくなりたいな」

「カナちゃんも本当に必要に迫られれば、嫌でも覚えるわよ」

そんな話をしているとことへ、料理が運ばれてきた。最初に口にしたのはダルスープという豆のスープ。大人になって初めて食べる料理は、うまいかまずいかの判断が難しい。食べられるか食べられないかが判断基準となるが、このスープは食べられた。続いてマトンが入ったサモサという料理で、インド風揚げ餃子という感じで美味しかった。そして、名前は聞いたことがある赤いタンドリーチキンが来た。パリッと香ばしい焼け具合でこれも美味しかった。サモサもタンドリーチキンもいいつまみでビールが進んだ。

「最近章裕君とはどうなの」

「前回会った時に話したことより進展はありません。週一では会っているんですが、平日の五日間は夜バイトで忙しいみたいでした。でも、ようやく今月から週三日のパチンコ店でのバイトが終わったんで、これからはもっと長い時間一緒にいられると思います」

「それはよかったわね」

「そうなんですけど……」

「章裕君の部屋でいい感じまでいったのにね。彼はなにをグズグズしてるのかしらね」

「私のことを大切にしてくれていることは分かるんで、今のままでもいいんです」

「もしかすると、私が余計なことしたからなのかなあ」

「えっ、何かアキとあったんですか」

「ううん、何もないけど……」と、ミカさんは否定したけど、アキに何か言ったのかしら。

　八時を過ぎるとお店は満席状態になった。明日は文化の日、休みの前日なので混み合うのだろう。

　メインディッシュの二種類のカリーが来た。チキンカリーとベジタブルカリー。カリーと一緒に食べるため、サフランライスとチャパティも運ばれた。ミカさんは更に何か追加オーダーすると、すぐに白い飲み物が入ったグラスが二つ来た。彼女に聞くと、ラッスィーというヨーグルトドリンクだそうだ。カリーを食べながら飲むと、カリーの辛味をまろやかにする効果があるらしい。飲んでみると、どこかヤクルトジョアに似た味だった。

「今度は章裕君にいつ会うの」

「五日の土曜日に有給休暇を取ったんで、その時に。アキが通っている大学の学園祭に行くんです」

「もうカナちゃんを悩ませるものはなくなったみたいね」

「はい。実は先日音信が途絶えていた昔の親友に再会したんです」

そう切り出して私は麗華の話をした。高校入学後すぐに出会った友達でいつも一緒に楽しい時を過ごしたが、高二の夏休みに裏切られた後彼女は退学し離れていった。ところが三年数ヶ月ぶりの再会直後私に謝ってきたことから、彼女がずっと罪の意識を抱き続けていたことを知った。彼女は結婚して専業主婦になっていたが、驚いたことに、そのお相手は私のヴァージンを奪った人であった。

「万事塞翁が馬ってことね」

「ミカさん、難しいこと言うんですね。何ですかそれ」

「人生何が起こるか分からないってことのたとえよ」

「ええ、確かに。私も全く同じように感じました」

「カナちゃんはその親友を許したのよね」

「はい」

「親友のダンナも許したの」

「親友の選んだ大切な人だから、許したというよりも、親友を幸せにしないと許さないという思いがあります。私の初体験の相手であるという事実は消えないので、親友に対して気まずさを感じているっていうか。だから、三人で会うのはＮＧですね」

「うん、理解できる」

「私、分かったんです。アキさえ私の傍にいてくれるのなら、その親友のお相手のことは許すというよりも、どうでもいいと思えたんです。前に話した二郷さんという人のことも同じです。あの人だけは絶対に許せないと思っていました。でもアキがいれば、二郷さんのことなんてもうどうでもいいって思えました。これってミカさんが言っていた、私がアキを心から受け入れたってことですよね」

「そうね。カナちゃんのトラウマは消えたわね。章裕君のおかげね」

「はい。でも。でも……」

「でも、何なの。まだ不安なの」

女同士、ミカさんには私の気持ちが分かるようだ。

「さっきはこのままでいいって言いましたけど……」

「もう一段階先に行きたいのね」

「はい、恥ずかしいんですが……」

ミカさんの前ではどうして何でもさらけ出せるのだろう。甘えているのだろうか。

「素直な子ね。でも章裕君はカナちゃんを裏切るような子には見えないけど。彼を信じられないわけじゃないでしょ」

「はい。アキを信じているから不安なんです。アキは『好きだ』と何度も言ってくれていますが、何の取り柄もない私をなんで好きなんだろうとか考えちゃうんです」

「なーんだ。そういうことか。それなら全然心配いらないよ。カナちゃん、以前自分に対して劣等感持ってたことない」

「中学生の頃、自分のことが嫌いで嫌いで堪りませんでした。高校時代にそんな自分を変えようと努力しました」

「カナちゃんの容姿はかわいくて素敵よ。高校生の時に努力した結果なのかも。だからもっと自信持っていいのよ。それと、恋愛経験があんまりなかったんじゃないの」

「それは女子高だったからかもしれない。恋愛っていうと少女漫画の世界の話っていう風に思っていて」

「でもリアルな世界でも男女は愛し合うのよ。それは今カナちゃんも経験していることだから分かるでしょう。章裕君はカナちゃんの容姿にも惹かれているだろうし、性格にも惹かれているはずよ。優しくて裏表がなく純真無垢で真っすぐな性格は私も大好きなんだから。だからね、『私は章裕君にはもったいない女よ』くらいに自信を持ちなさい」

「ありがとうございます」

「私から見てもね、章裕君とカナちゃんは釣り合いのとれた素敵なカップルよ」

「ありがとうございます。そう言っていただいて、すごく気持ちが楽になりました。

私、いつもミカさんに元気をもらってますね」

「カナちゃんは私の鏡のような存在なのかもしれない。前に話したように、一時期荒《すさ》んだ生活をしていた私のあるべき一つの姿がカナちゃんなんだと思う。だから、私はカナちゃんを見て自分を直しているのかもしれない」

「そうなんですか。でも、私がもし男だったら、絶対にミカさんに惚れちゃいます」

「何言ってるの。それは私の方よ。私が男だったら、カナちゃんに堕《お》ちてるわよ」

要は私とミカさんが女同士でも惹かれ合っているということなのだろう。男同士でもアキとリチャードさんが惹かれ合っていると前に彼女が言っていたように。

今日のインド料理は本当に美味しかったし、ミカさんとの話も楽しめた。


アキの大学の学園祭に行くのにまた女子高生スタイルで来て欲しいと言われた。前の高校の夏服でのデートは楽しかったし、アキといちゃつけるならいいかもと思った。冬服のブレザーとスカートも残っていて、夏服の時と同じように私の体にフィットした。

アキはサークルには入っておらず、クラスでも何かをやるわけでもなかったので、学園祭では見物客に徹していた。出会う男友達には私を付き合っている女子高生と言ってどこか自慢げに話していたようだ。ゼミの研究発表の展示などは興味が湧かなかったが、飲食や物品の模擬店、歌や楽器演奏のライブ、ゲームや占いなど私はそれなりに楽しめた。私の高校時代の文化祭と比べると、規模も大きく見に来ている人の数も桁違いだった。それだけ人が多いと知り合いに出くわす可能性もあるが、そんな懸念が現実となった。

アキと腕を組んで人混みのキャンパスを歩いていると、派手な服装の女性三人組が前に迫ってきた。真ん中のハイレイヤーの女の顔に見覚えがあった。三年間同じクラスだった北小路《きたこうじ》彩美《あやみ》だ。私と彼女は別に利害関係はなかったのだが、彩美は麗華のライバルとして何かにつけ張り合っていた。そうなると彩美の取り巻きと私たちのグループも自然と張り合ってしまう。麗華の妊娠の噂をバラ撒いたのも彩美だった。そんな話したくもない女とのすれ違いざま、彩美が私を呼び止めた。

「あら、加奈子じゃない」

「…………」

一度私は無視した。でも、当然私が今着ている制服も、かつて彩美も着ていたので白鳳のものだとバレている。

「加奈子よねぇ」と彩美は更に迫った。

「姉をご存知ですか」と私は咄嗟に嘘をついた。アキをちらっと見ると、何かワケありなのだろうと興味深そうに見ている。

「えっ、妹さんなの。私は白鳳でお姉さんと同じクラスだった北小路っていうんだけど。それにしてもよく似ているわね。お姉さんは元気」

「はい、元気です」

「それじゃ、お姉さんによろしく。引き止めちゃってごめんなさいね」

私がお辞儀で答えると、彩美は左右の女二人を引き連れて去っていった。アキは横でクスクス笑っている。後でちゃんと説明しなきゃ。

更に歩いていくと、数人の白鳳の制服を着たグループと出くわした。私はそのグループが目に入ると、サッとアキと組んでいた腕をほどいたが、すれ違いの瞬間そのグループ全員の視線が私に向けられた気がしたので、私はうつむいた。その様子もアキはしっかりと見ていたようだ。同じ制服のグループが遠ざかると、気まずく居心地の悪そうな私の気持ちを察して、どこか別のところに行こうと言ってくれた。アキは本当に優しい。私は首を縦に振ると再びアキと腕を組んだ。午後一時を過ぎていたが、模擬店の食べ歩きをしていたのでお腹は空いていなかった。

アキは私を新宿御苑に連れてきてくれた。丁度菊の品評会をやっていた。品種改良され変わった形の花をつけたもの、気品を感じさせるもの、たくさんの花を咲かせたものなど、数多くの鉢が並んでいた。武者の衣装を菊の花で作った菊人形も見事だった。菊花の観賞後、大温室で熱帯の珍しい植物を見たり、広い園内を散策したりして過ごした。

夕方私はアキを家に誘った。名古屋へ単身赴任中の父も帰ってきており、また年の離れた兄も奥さんと二人の息子を連れてくるという。朝出がけに母からアキも連れてこいと言われていたのだ。でもそのことを彼になかなか言い出せず、新宿御苑を出る時にようやく話せた。アキは「いずれは通らなければいけない道だから」と言って受けてくれた。

六時過ぎに家に着くと、兄の家族も着いていた。アキを居間に通すと、父は四歳の甥を、兄は二歳の甥を膝に乗せ向かい合って座っていた。アキは二人の前に座ると

「初めまして。嶋岡章裕と申します。お嬢さんとお付き合いさせていただいております。本日はお招きいただきありがとうございます」と言って頭を下げた。

「よく来てくれたね。娘から君のことは聞いているよ。色々世話になっているそうだね」

「いいえ。僕の方もお嬢さんといると、もっと頑張らなきゃと元気をもらってます」

「今日はゆっくりしていってください」と兄もアキに話しかけた。

「ありがとうございます」

そこへ母が入ってきた。

「いらっしゃい、嶋岡君。いつもありがとう」と言って、三人にお茶を入れた。

「妹とは付き合い始めてどれくらいなの」と兄がアキに聞いた。

「二ヶ月半くらいになります。中学一年の時同じクラスだったのですが、その後クラスが替わりずっと別れ別れになっていたのですが、八月に銀座でばったり再会しました。その時僕の方からお茶に誘っちゃいました」

アキがそう答えたところで、私は着替えのため、二階の自分の部屋に上がった。

五分ほどでもどると、アキは父と兄の質問攻めにあっていたようだ。彼の家族構成とか、お父さんの仕事、どんなアルバイトをしているか、大学での専攻など、二人は代わる代わる聞いていて、まるで会社の採用面接のようだった。それでも一方的に攻められているように見えなかったのは、アキが一つ一つの質問に如才なく答えていたからだ。そろそろ質問も出つくした頃、二人に「もうアキを部屋に連れていっていい」と聞いて、半ば強引に彼を立たせた。アキは「すいません。それではまた後ほど」と言って二人に会釈した。居間を出るとアキは「助かったよ」と私に小声で言った。私が着替えで外している間、私が制服で行かねばならぬわけを問い詰められたそうだ。またそれか。

「どうぞ」と私は彼を自分の部屋に導いた。若い女性の部屋に入るのは初めてらしく、キョロキョロとあちこち観察していた。私はサイドボードの上にあるミニコンポのカセットデッキに、兄が選曲した洋楽のベストテープを小さな音で再生した。アキは本棚に並んだ本を眺めていた。ほとんどが少女漫画の単行本なのが恥ずかしい。彼は上段にかためて並べた十数冊の緑色の背表紙の文庫本の中から一冊抜き取り、パラパラとページを繰った。

「へー、森村桂が好きなんだ」

「ええ、森村さんの作品ならほとんど読んだわ」

読書に関してはそれが唯一の自慢だ。

「アキは読んだことあるの」

「コーナーができるほどの人気作家だからね。どんなの書くんだろうって興味あったんで、二冊読んだかな。すごく読みやすくて、女の子がハマるの分かる気がする」

「さすが、アキ。何でも読むのね」

彼は手に取った本をもどしながら、「カナは洋楽も聴くんだね」と言って、テープで流れるイーグルスの『ホテル・カリフォルニア』のサビの部分を一緒に歌いだした。私は音量を少し上げてあげた。英語の歌を歌うことは楽しみながら英語を覚えられるのでお勧めだそうだ。二曲目のビリー・ジョエルの『素顔のままで』も口ずさむように歌っていた。何曲かそうして聴いていたが、化粧台の横のラックに並んだアルバムを見つけ、「見てもいい」と聞いてきた。「うん」と答えたが、生まれた頃の写真を一緒に見るのはちょっと恥ずかしかったので、「何か飲み物持ってくるね」と言って部屋を出た。

　オレンジジュースを持って部屋へもどると、子供の頃の別のアルバムをめくっていた。幼児期は入退院を繰り返していたので、病院で撮った写真が何枚も貼ってあった。病気のことはアキにも話しているので、写真を見て確認しているようだった。次に時期的に大分飛んだ高校の卒業アルバムに手を伸ばした。高校時代は私自身が一番変わった時期であり、自由気ままに過ごした期間でもある。いつも一緒に池袋で遊んでいた友達よと言って、四人を一人ずつ指差した。もう一人アルバムに写ってないけど友達がいるんだと麗華のことも付け加え、六人のグループで行動していたこと、今も親交を続けていることを話した。

　高校時代にやっていた遊びでボウリングとブロック崩しはアキに負けなかったが、もう一つ絶対に勝てそうなものを思い出した。私は机の引き出しにしまったオセロゲームを引っ張り出し、やろうと彼を誘う。高校時代私は誰にも負けたことがなかったので、アキにも楽勝だろうと高を括っていた。アキは久しぶりだと言って、私の前に対峙した。一般的に後攻有利と言われているので私が先攻で始めたが、簡単に勝てた。二ゲーム目はアキ先攻で始めたが、一手々々インターバルを取って慎重に石を置いている。明らかに何手か先を読みながらゲームを進めているのが分かる。あんなに自信があったのに、結果は惨敗だった。この後何度やっても勝てる気はしなかった。

頭脳戦ではアキに勝てそうもないのが分かり、三ゲーム目の開始を待つ彼に、「何か、疲れちゃった」と言って私は逃げた。

「そうなの。じゃあ、キスでもしようか」とドキッとさせることを言う。

「えっ、なんでそうなるの」と驚きを込めて聞き返す。

「キスして欲しいって顔に書いてあるから」

「えっ、……」

「ごめん、ウソだよ。僕がしたいだけだから。この部屋に入って二人だけになった時すぐにしたかったけど、カナんちなんで遠慮してた」

「そんなこと言われると、したくなっちゃうじゃん」

アキの横に寄り添うと、彼の唇が私の唇に優しく触れた。その時誰かが階段を上がってくる足音がしたので、私たちは居住まいを正した。そして、ドアがノックされ扉が開いた。

「お姉ちゃん、夕食できたよ」

弟の輝幸《てるゆき》だった。アキと輝幸は簡単に自己紹介し合い、一緒に居間へ下りた。

夕食はスキヤキだった。ウチはお客さんが来る時はスキヤキにすることが多い。アキの家のビーフシチューのようなものかもしれない。席に着くなり、アキのグラスにビールが注がれた。アキは父と兄に勧められるがまま、たくさん飲まされ食べさせられたようだ。我が家がアキを受け入れてくれたみたいで、私はとてもうれしかった。

　食後、いいペースで飲んでいた父は酔いつぶれたようだ。兄がビールからウイスキーに変えアキの相手をしている。何の話をしているのか分からないが盛り上がっている様子。八つ年上の兄の則幸《のりゆき》はその昔、病弱だった幼い私の面倒をよく見てくれていたと聞いている。遊びたい盛りの中学生だった兄は、私が入院すれば毎日病院に来てくれ、退院すれば小さな私の遊び相手になってくれたそうだ。でも、その記憶は私にはほとんどない。「あの子は長く生きられないかもしれない」と当時聞かされていた兄は、精一杯の愛を私に注いでくれたのだ。そんな兄だから、私が選んだ男《ひと》の品定めを父に代わってしてているのだろう。

　アキはかなり飲まされていたが、一一時を過ぎた頃しゃんとして母と兄にお礼の挨拶をして帰っていった。兄は一言私につぶやいて、奥さんと子供が寝ている客間へ千鳥足で歩いていった。兄の一言はいつまでも私の心に響いていた。

「加奈子、いいヤツ見つけたな」

サプライズ・プレゼント

アキを家に招いた翌週の土曜日、仕事帰りに彼と落ち合い夕食を共にした。その際、三日後に再来日するリチャードさんのために、アキと私でウエルカムディナーをホストしようと計画した。八月に中国料理をご馳走になったお礼とミカさんとの婚約を祝ってのものだ。リチャードさんの到着日は飛行機での長旅で疲れているだろうし、アキも家庭教師のアルバイトがあるので、その翌日の一一月一六日と暫定的に決めた。料理のジャンルは何がいいかと二人で話し合ったところ、焼肉がいいんじゃないかとアキが言うので、私も同意した。焼肉というと韓国料理のイメージがあるが、網の上で焼いてタレをつけて食べるスタイルは日本発祥らしい。アメリカにはレストランへ行って自分で焼くという方式はないだろうから、ウケるはずだとアキは言っている。コスト面での理由もあったが、今回リチャードさんは銀座に宿泊するので滞在中の食事はその近辺で取るだろうから、上野に出てきてもらうことにした。アキが何度か行っている美味しいレストランがあるという。その時の状況次第だが、二次会用のパブやディスコも近くにあるとのこと。

家に帰るとすぐにミカさんに電話を入れ、一六日の夕食をアキと計画していることを伝えた。リチャードさんの都合を確認の上、前日夜に連絡をもらえるよう頼んだ。その時の彼女の声はいつになく明るかった。声からだけでも分かる。彼女の待ちに待った大切なダーリンがやってくるのだ。ミカさんが幸せだと、私もハッピーだ。

そして、私たち主催の夕食の日がやってきた。前の晩ミカさんから連絡があり、リチャードさんは私たちの招待を喜んで受けると言ってくれたそうだ。アキが指摘したように、一日ずらして正解だった。昨日は時差ボケもあり、疲れ切っていたそうだ。

私が最後の乗務をしている時、一階からアキとリチャードさんとミカさんの三人が乗り込んできたのですごく驚いた。私が他のお客様の手前個人的な話ができないのは分かっているので、みんな笑顔で私を見つめている。だから慣れているはずのお客様への案内をするのに妙に緊張してしまった。屋上まで行ってお客様が降りきったところで、「カナちゃんの制服姿、すごーくかわいい～」、「ハーイ、カナ。元気そうだね」とミカさんとリチャードさんから同時に言われた。アキの目はハートになっているみたい。パラパラと乗り込んでくるお客様もいたので、私は軽い会釈で返すしかなかった。

「適当に時間つぶした後、正面玄関前で待っているからね」と書かれたメモを他のお客様に気づかれぬようアキから渡された。アキとは私の仕事終了時に落ち合う約束だったが、学校帰りに一足早くリチャードさんに会いに行ったようだ。

終業後着替えて三人が待っている場所へ急ぎ合流した。人混みの中で私はリチャードさんにハグされて、ちょっと恥ずかしかった。

「色々とミカを助けてくれたみたいで、本当にありがとう」と感謝された。アキとのことで助言をもらっていたのは私の方なのに、きっとミカさんは私を持ち上げてくれたのだろう。その後、地下鉄でアキが予約したレストランのある上野広小路へ向かった。

駅から池之端方面へ一〇分ほど歩いたところに『サビソン』という焼肉レストランはあった。ビルの二階がオープン席、三階が個室になっているようで、私たちは個室に案内された。アキは奥の席にリチャードさんとミカさんを座らせた。乾杯用にビールを頼むと、すぐに運ばれてきた。アキは英語と日本語で今日のホストとして挨拶した。リチャードさんとミカさんが再会できたことへの喜び、今回のリチャードさんの来日とミカさんのアメリカ旅行が、楽しく有意義なものになるよう祈念していることなどを二人に伝え乾杯した。

リチャードさんも、改めて私たちへの感謝を繰り返した。

「全ての始まりはアキヒロが僕に話しかけてくれたことからだったね。恥ずかしくて厚かましいこと頼んじゃったけど、それでミカっていう宝物を見つけることができたんだ。そしてこの三ヶ月カナコがミカの傍にいてくれたんだよね。ミカと離れて恋しくなった時、アキヒロから写真がたくさん届いたよ。ミカに聞いたら、カナコがアキヒロを動かしてくれたそうだね。本当にありがとう」

リチャードさんがそう話し終えると、アキはこれでもかというくらいオーダーした。ほどなくして次々と肉が盛られた皿が運ばれてきたが、リチャードさんはその様子を見て目を丸くしていた。焼く前に鮮度が確認できるのもいいと感心している。アメリカのステーキ店では肉は焼かれて運ばれてくるので、鮮度が疑わしいものに遭遇することもたまにあるそうだ。ミカさんと私でテーブル中央のコンロに載せられた網の上で肉を焼き、リチャードさんとアキの取り皿の上に載せる。

「美味しい」「素晴らしい」「最高だ」とリチャードさんは言いながら、次から次へと私たちが焼いた肉を口へ運んだ。アキが言っていたように、客が自分のテーブルで肉を焼くというスタイルは珍しいようだ。ロース、カルビ、ハラミなどのちゃんとした肉の他にも、タン、レバー、ミノとかの舌や内臓系も食べてもらった。その中でカルビのとろける美味しさにはビックリしていた。

ある程度焼肉の美味しさを堪能してもらったところで、リチャードさんはアキと普通のペースの英語で話し始めた。こうなるとミカさんも私も入ってはいけないので、私たちも二人でおしゃべりを始めた。

「今日はどう過ごされたんですか」

「午前中にアメリカのビザの申請をしてきたんだ。ついこの間まではアメリカに行くってことは分かってたけど、あまりその実感がなかったのよ。もう来週なのにね」

「リチャードさんが来て、その実感が湧いてきたんですね」

「そうなの、急にね。今までは夢をみているような感覚だったけど、夢から覚めて現実を突きつけられた感じ。期待もあるんだけど、それにも増して不安が大きいの。彼の家族に受け入れてもらえるかどうかとか。英語で挨拶もしなければならないし……」

「でも、そんな不安さえも、ミカさんなら楽しんじゃうじゃないですか」

「そうよね。カナちゃんにいつも前を向くようプッシュしていたのは私だものね」

「そうですよ。否定的に考えることはミカさんのポリシーに反しますよ」

「ははは、いつもと逆ね」

　会うたびに私の弱気を正してくれていたミカさんと、今日は立場が逆なのがおかしくて二人で大笑いした。するとアキたちも優しい眼差しで、私たちを交互に見て微笑んだ。

「ところで、三人が写真を撮りに行ったカマクラって遠いの。すごくいいところみたいだね」とアキにというよりも、リチャードさんは三人に聞いているみたいに言った。

「そんなに遠くはないですよ。東京から電車で一時間くらいで行けます。八〇〇年くらい前に初めて武士《サムライ》の政権ができ、約一五〇年間日本の中心だったところですよ。今の時期は紅葉がとてもきれいです」とアキは私やミカさんにも分かるように易しい単語を並べ、ゆっくりとリチャードさんに答えてくれた。

「僕も行ってみたい。古い寺院《テンプル》や神社《シュライン》も見たいし、大仏《ビッグブッダ》も見たい」

「オーケー、日曜日でよかったら、大学も休みなんで僕が案内しますよ」

アキは私とミカさんに向かって、「リチャードが鎌倉に行きたがっているけど。日曜日でよければ僕が案内しますよって答えちゃった。二人は仕事で無理かなぁ」と聞いた。

「私も一緒に行くわ」とミカさんが即答。

「それなら、私も有休取る」と私も参加を表明した。九月に鎌倉へ行った際、リチャードさんが来たら四人でまた行こうと約束したが、その通りになりそうだ。

「前とは全く違う鎌倉が見られるよ。紅葉が本当にきれいだから」とアキは付け加えた。

そんな話をしながら、食べきれないのではないかと思ったアキのオーダー分は全て平らげてしまった。リチャードさんの食べっぷりから、アキの選択は正しかったようだ。リチャードさんとミカさんの二人に、これから「飲みたい気分」か「踊りたい気分」かを聞いてみると、食べ過ぎたようなので踊りたいとのことだった。

会計を済ませると、焼肉レストランから歩いて五分ほどのところにある『テンミニッツ』というディスコへ行った。私たち四人は一時間半ほど、アバやボニーMのメロディーに合わせ楽しく踊った。


週末の日曜日、前回鎌倉へ行った時より早い八時にアキと待ち合わせた。アキはいつものように早めに来てくれていた。一昨日の夜ミカさんから電話があり、前と同じようなものを昼食用に作っていくというので、私もまた早起きしてサンドイッチを作りバスケットに詰めてきた。春の花見は何度も行っているが、秋の本格的な紅葉《もみじ》狩りは初めてだ。だから、美しい紅葉の風景というものを私はまだ見たことがない。

ミカさんたちとの待ち合わせ場所は前と同じで、今日は私たちの方が大分早く着いたので待つことになると思っていると、ミカさんたちはその五分後くらいに到着した。待ち合わせ時間の二五分前に四人揃ったので、既にホームに入線していた横須賀線の電車に乗った。昨晩二人は今日の昼食用のお寿司を作るため、市川のアパートへ帰ったらしい。朝早く起きて、いなり寿司と太巻きを作っている様子をリチャードさんは興味深く見ていて、できあがるとつまみ食いし、「オイシイ、オイシイ」と日本語で連呼していたそうだ。そして、結婚式の後のパーティーで招待客に振る舞いたいから、是非作ってくれと頼まれたとのこと。何人くらい来るのか分からないから、その時は私にも手伝って欲しいとお願いされた。

鎌倉へ向かう車中、リチャードさんより大きなサプライズ発言があった。来年春の結婚式に参列するアキと私の飛行機の往復チケットを送ってくれるというのだ。ミカさんは式の準備で早めに先乗りするので、彼女のお母さんと一緒に三人で来て欲しいそうだ。私たちには断る理由はないが、大切な友達のお母さんとなら喜んでお供させていただくのに。アキが言うには、本人もそうだが、リチャードさんのファミリーはお医者さんが多いそうだ。だから、彼は相当なお金持ちのお坊ちゃんなのかもしれないとのこと。

私たちはまず北鎌倉で下車した。アキが初めに案内してくれたのは駅のすぐ近くにある円覚寺。広い境内の中のたくさんの赤や黄色に染まった木々が私たちを迎えてくれた。木造の一つ一つの伽藍の規模が大きいので、リチャードさんは信じられないという目で見てまわり、カメラのシャッターを何度も切っていた。寺の古さと相まって、大きく育った樹木の樹齢もそれなりにあるのだろう。

次に訪れたのは明月院。アキの説明ではアジサイが有名で、『あじさい寺』と呼ばれているそうだ。来年アジサイが咲き誇る頃アキと二人で来たいと思った。先ほどの寺とは違いひっそりと落ち着いた雰囲気があり、庭がきれいで木々の葉も美しく色づいていた。

三番目のスポットは横須賀線の踏切を渡って少し歩いたところにある浄智寺。円覚寺と共に鎌倉五山に名を連ねる名刹だが、円覚寺ほど大きくない分、禅宗のシブいお寺らしく感じられた。本堂前は黄色い銀杏の落ち葉で埋め尽くされ、さながら黄色い絨毯のようだった。絵のようなその美しさにリチャードさんは言葉を失っていた。

寺院三ヶ所を回った後、源氏山に通じるハイキングコースに入った。いたるところに色づいた紅葉スポットがあり、それらを堪能しながら三〇分ほど歩き源氏山にたどり着いた。前に来た時は緑一色だった景色が、今は赤、橙色、黄色、緑が交ざり合っている。雰囲気よさげなところにレジャーシートを広げランチタイムにした。ミカさんはいなり寿司、太巻き、付け合わせの卵焼きとタッパーウェアに入れた野菜の煮物とヒジキの煮物、私はミックスサンドイッチと付け合わせの鶏のから揚げとポテトサラダ、それぞれが作ってきた料理をレジャーシートの上に並べた。リチャードさんは「ワオ、ゴージャス」と感嘆し、靴を脱いで足を崩した。紙の皿やコップも配り、「たくさん食べてね」とリチャードさんとアキに勧めると、二人ともリラックスした格好で美味しいと言いながらたくさん食べてくれた。今日は私もミカさんも長い距離を歩いた後で、しかも一時を回っていたのでお腹がすいており前回以上に食べられた。

食後二〇分ほど休んだ後、九月に行ったところを逆回りで巡った。源氏山から最初に訪れたのは銭洗弁財天で、前と同じようにお線香を供えた後、ザルに小銭を載せ聖水をかけ金運アップを願った。アキはリチャードさんにその謂《いわ》れを英語で説明しているようだった。

続いて佐助稲荷神社。二ヶ月前に来た時に、初めて来たのに懐かしいと感じたのだ。私は家に帰った後、赤い鳥居がいくつも並んでいるところへ行ったことがあるかどうか母に聞いてみた。すると、私が幼い時に何度か入院していたのが文京区にある日本医科大学付属病院で、その病院の前の神社にそういうところがあったわねと、思い出しながら言っていた。母は私を連れ何度かお詣りしたそうだが、そんな幼児期の記憶は私にはない。とても不思議なことだが、私の心の奥底にその風景が残っていたのかもしれない。今度その病院の前の神社に行ってみようと思い調べてみると、根津神社というところだった。

更に歩き進み私たちは大仏様の高徳院にやってきた。リチャードさんが見たがっていたビッグブッダで、「ワオ、グレート」と言って感激していた。アキは大仏様をバックにリチャードさんの写真を何枚も撮ってあげていた。せっかくなので、通りがかりの人にお願いし四人での写真も撮った。

長谷寺に到着したのは四時半頃だった。この寺院の紅葉も見事だった。リチャードさんは「ソービューティフル」と何度も口にしていた。余程手入れもいいのだろう。

アキが鎌倉で一番好きだと言っていたここの観音様の前で、リチャードさんは固まってしまった。観音様の放つ畏怖さえ覚える荘厳さは日本人でなくとも感じるようだ。私はミカさんとリチャードさんの幸せを願って手を合わせた。長谷寺を出る頃には既に暗くなっていた。前に来た時と比べると、大分陽は短い。私たちは長谷寺の前のバス停からバスで鎌倉駅へ向かった。そして、最後に夜でも参拝できる鶴岡八幡宮を目指すことにした。

鎌倉駅前から若宮大路を歩いた。広い道の両側に歩道があるにもかかわらず、道の真ん中にも人が歩くための参道があることをリチャードさんは面白がっていた。アキはその長い参道を歩きながら、鎌倉時代とはどんな時代だったかをリチャードさんに英語で説明していたようだ。鶴岡八幡宮は夜になっても多くの参拝客で賑わっていた。私たちは横一列で二礼二拍手一礼し、それぞれ願い事をした。

鎌倉駅にもどったのは七時半頃。今日は四人とも歩きつかれていたし、お腹もすいていたので食事を済ませてから東京にもどることにした。レストラン探しも面倒だし、餃子が食べたいとリチャードさんが言ったので、駅近くのラーメン店で食べることにした。八月に来日したての頃、大阪で餃子の美味しさにハマったらしい。

今回も皆疲れきっていたので、帰りの電車に乗りボックス席に座ると、ミカさんはリチャードさんに、私はアキにもたれて四人ともすぐに眠ってしまった。そして、前回同様多摩川を渡る前後でそれぞれ目覚めた。終点の東京駅で四人揃って降りた後、リチャードさんから明後日の夕食を一緒にどうかとの話があった。その翌日にミカさんとアメリカへ旅立つため、リチャードさんとの今回最後の晩餐となりそうなので、アキと私は喜んで受けた。リチャードさんは今日アキの案内で鎌倉へ行けたことをすごく感謝していると言った後、アキと私を順番にハグし、ミカさんと一緒にホテルへ帰っていった。

約束の四人での夕食の日、私は通常勤務を終えた後アキと待ち合わせ、ミカさんたちが待つ東洋ルネッサンスホテルへ向かった。広いロビーで二人を探すのは簡単だった。一番目立ったカップルがミカさんたちだったのだ。金髪で長身のリチャードさんはそれだけで遠くからでも分かり、ダークスーツで決めていた。ミカさんはボルドー色のロングドレスを着ていた。アキと一緒に二人に挨拶をして、今日招いていただいたお礼をリチャードさんに伝えた後、ミカさんに今日の服装について聞いてみた。

「アメリカではパーティーに行く機会が多いから、カクテルドレスの一、二着作っておけと言われてね。もちろん、彼が買ってくれたんだけどね。それならJPBブランドのものをと思ったの。私の店で購入すれば私の成績になるし、いい記録を残せれば休みも取りやすくなる。正に一石二鳥ね。今日はそのドレスの試着も兼ねてるんだ。

どうかしら」

「すごく素敵です。そんなドレスもお持ちになるんなら、荷物がすごく多くなるでしょう。準備はもうお済みなんですか」

「リチャードの家族へのお土産は結構あるけど、自分の身の回りのものは大きなスーツケース一つにまとめたわ。全部もう彼の部屋に運び込んだし、ビザも取れたし。だから、明日はこのホテルから空港へ直行よ」

一昨日の別れ際、リチャードさんはアキに今日ジャケットを着てきて欲しいと言った。それでアキはブレザーを着て大学へ行ったが、その理由がこの後分かった。なんと今日私たちが招待されたのは、このホテルの三階にある超高級フランス料理レストランの『マ・メゾン』だった。夕食時はある程度の正装でないと入れないと雑誌で読んだことがある。

レストランに入ると給仕長が私たちを中央通りが見下ろせる席に案内してくれた。テーブル近くのワゴンにはワインクーラーで冷やされている白ワインと、デキャンタに移された赤ワインが用意されていた。この日のメニューはリチャードさんがここで何回か自分で味わって作ったスペシャルなコース料理だそうだ。スープだけはクセがあるので甲殻類の濃厚な味がダメなら、別のスープに変えるけど大丈夫かと聞かれた。アキも私もアレルギーがあるわけではないので、大丈夫ですと答えた。それと肉の焼き加減も聞かれたので、二人ともミディアムでお願いした。

アキはリチャードさんと話し始めたので、ミカさんに聞いた。

「アキがリチャードさんはこのレストランに何回か来ているって訳してくれましたが、ここって普通に何回も来られるレストランじゃないですよね」

「そうね。私は今日で三回目だけど、初めて連れてこられた時にはビックリしたわ。目玉が飛び出るくらい高いんで、何頼んだらいいか分からなかったわ。このレストランのメニューにもコースがいくつかあるみたいだけど、どれも気取っているって気に入らなかったみたい。だから、アラカルトメニューから選んで今日のコースを自分で作ったのよ」

「リチャードさんって、超が付くお金持ちなんですね」

「そうみたい。私も今回彼が来た後にそれが分かって、怖くなっちゃった。八月にはそんな素振り全然見せなかったんだから」

「この間鎌倉へ行く途中、私とアキのチケットを送ってくれるって簡単に言うから驚きました。確かにそれは助かるんですが……、特にアキはまだ学生だから。でも、受けていいんでしょうか」

「それは彼の好意なんで素直に受けていいんじゃないかな」

そんな話をしている時、ソムリエが私たちのテーブルに歩み寄り、冷やしていた白ワインのボトルを手に取り、リチャードさんのワイングラスに少量注いだ。リチャードさんはグラスを手にするとチラッと色を見た後、香りをちょっとかいだだけでオーケーを出し、私たちの方に手を差し向けソムリエにゲストのグラスに注ぐよう指示していた。多分口に含まなくても、色と香りだけでワインの良し悪しが分かるのだろう。

リチャードさんが今日のホストとしての挨拶をした。アキは私の耳元で小さな声で同時通訳してくれる。何をしても私たち二人には感謝しきれないとのこと。ちょっと大袈裟ではないかとさえ思えた。

乾杯後、絶妙のタイミングで最初の料理が運ばれてきた。前菜はスモークサーモン。小さな切り身を何枚か盛ったものではなく、お皿に大きな切り身が一枚ドーンと載っていた。見るからに高そうだ。一口大に切って口へ運ぶと、脂が乗った上品な美味しさが口の中いっぱいに広がった。こんな美味しいサーモンを食べたのは初めてだ。「美味しい〜」という言葉が思わず漏れる。アキもミカさんも幸せそうな顔で頬張っていた。リチャードさんが選んだ白ワインはサーモンによく合った。

次に出てきたのはグリーンサラダ。サニーレタスにルッコラなどのハーブ系の葉を少し混ぜたものに、フレンチドレッシングをかけた単純なサラダだったが、口の中に残るスモークサーモンの脂っぽさを見事に消し去った。

そしてテーブルに着いてすぐリチャードさんに確認されたスープが運ばれた。ロブスタービスクというそうだ。口にする前から独特の香りがした。口に入れてみると、ものすごく濃厚で複雑な味がした。確かに好き嫌いが分かれそうなスープではあるが、私は肯定派でこんな味わい深いスープは飲んだことがないと感じた。

ミカさんが「味はどうかしら」と聞くので、感じたまま「今まで食べた中で最高のスープです」と答えた。彼女はこのスープのトリコになってしまったそうだ。「一人じゃ食べないけどね」と補足していたことから、このスープも高価な料理なのだろう。

食べ終わりスープ皿が下げられると、口直しのレモン味のソルベが出された。リフレッシュが済んだ頃合いに再びソムリエが現れ、デキャンタを手に取ると、先ほどと同じように、リチャードさんのグラスに赤ワインを少量注いだ。私たちとミカさんの三人の視線がリチャードさんの所作に向けられた。リチャードさんはグラスの底部分をつまむようにして持ち、まずはじっくりと色を見た。次にグラスを鼻先に運び香りを確認。更にグラスを三回ほど回した後、もう一度香りを確認。そしておもむろに少量口に含み最終的な味を見て、ソムリエに「エクセレント」と一言告げ、ゲストからお願いしますと指示した。リチャードさんの完全無欠なテイスティングは一つの儀式を見ているようだった。

私たち四人のグラスに赤ワインを注ぎ終えると、ソムリエはデキャンタをワゴンの上に置いてテーブルから離れていった。デキャンタの隣には空のワインボトルが置かれていた。その意味をアキに聞くと、ゲストにこういうワインですよと教えているのだそうだ。空ボトルのラベルを見ても分からなかったので、またアキに何ていう銘柄か聞いたところ、シャンベルタンとのこと。ついでにさっきの白ワインの名前も聞くと、コルトンシャルルマーニュだとか。舌を嚙みそうだ。どうせ三分後にはもうその名前を忘れてしまっているだろうが……。

シャンベルタンなる赤ワインもきっとメチャクチャ高いんだろうなぁと思いながら飲んでみた。渋みの中に複雑で芳醇な味わいを感じた。私は普段ワインをあまり飲んでいないので、ワインの良し悪しは分からない。これを機会に飲んでいこうと思った。

赤ワインが注がれてほどなく、今日のメインディッシュが運ばれてきた。見た目はフィレステーキのようだが。まずはナイフを入れ、一口大にして口へ運ぶ。口に入れた瞬間、今日一番の幸せを感じた。柔らかくジューシーで、鼻に抜けるいい香りも感じる。こんな美味しい肉は食べたことがない。私は身震いして「美味しい」と言ってリチャードさんを見ると、英語で何やら私に返事をしたが、「それはよかった」と言っているように感じた。アキを見ると、確かにそう言ってくれていたようだ。アキはこの肉料理がどういうものであるかリチャードさんに聞いていた。そして、それを私に説明してくれる。この肉はシャトーブリアンという希少部位のステーキだそうで、仕上げにフランベしているのでいい香りがするとのこと。重たいとさっき感じた赤ワインを飲みながら、この肉を味わうと美味しさに深みが加わった。料理にワインを合わせる意味を正にこの時知ったのだ。

メインディッシュの後、デザートメニューをもらいデザートのみ各自好きなものを頼んだ。アキは木苺《フランボワーズ》のムース、私はフォンダンショコラ、飲み物は二人ともコーヒーを頼んだ。今日の夕食は先週の焼肉ディナー&ディスコと鎌倉案内の返礼だとリチャードさんは言ったが、最高級フランス料理と比べるとかなりのおつりが来てしまう。アキがそうリチャードさんに伝えると、彼が得たものと比べればまだまだ足りないとのこと。ミカさんのことだ。それほど彼女はリチャードさんに大事にされているのだということがよく分かる。

デザートを食べ終えると、リチャードさんが私とアキの二人に話し始めた。

「実はもう一つアキヒロとカナコにプレゼントがあるんだけど、受け取ってくれるかな。二人にとって何が一番いいのかなと、ミカとも色々話し合って決めたんだ」

そう言い終えると、リチャードさんはおもむろに上着のポケットから封筒を取り出しアキの前に置いた。そしてミカさんが言い足した。

「カナちゃんへの一番のプレゼントは章裕君でしょう。章裕君への一番のプレゼントはカナちゃんよね。だからそれにしたんだけど、受け取ってくれるかしら」

封筒にはこのホテルの名前が書いてあった。アキはその封筒を手に取り中身を出して私に見せた。それはこのホテルの部屋の鍵とスキンと思われる小さな箱だった。私はうれしいやら恥ずかしいやら、色々な思いが交錯してしばし言葉を失った。

アキは意を決したようだ。リチャードさんとミカさんの好意とその究極のプレゼントに対するお礼を言った。

「ありがとうございます。僕にとって最高のプレゼントをお二人からいただきました。ただ、カナにとってはどうなのかこれから確認しますので、見届けていてください」と英語と日本語で言うと、今度は真剣な眼差しを私に向け一度深呼吸した。

「カナ、愛しています。このホテルで僕と一晩過ごしてください。お願いします」

アキはゆっくりそう言って、私に向かって手を差し伸べ頭を下げた。思いがけない展開に胸が熱くなった。私は自分の気持ちに素直に従った。

「はい。喜んで。私もアキを愛しています」と言って彼の手を取った。その瞬間リチャードさんとミカさんから拍手が起こった。

「章裕君は明日勤労感謝の日で学校は休みよね。だからゆっくりしてって。カナちゃんは仕事だと思うけど、これを着ていって」

ミカさんはそう言ってJPBの紙袋を私に手渡した。中にはライトブラウンのブラウスが入っていた。今日と同じ服で明日も出勤すれば、外泊の噂が立ちかねない。女の世界では敏感な人もおり、それをミカさんは気にしてくれたのだ。本当にありがたく思った。

食後、四人でエレベーターに乗った。同じフロアだと気を使うだろうからと、私たちの部屋をリチャードさんたちより上のフロアに取ってくれていた。再度のお礼とおやすみの挨拶をして、エレベーターの中から二人を見送った。

ホテルの部屋の電話で明日アメリカに旅立つミカさんの部屋に泊まると母に話し、外泊することを伝えた。アキもリチャードさんの部屋に泊まるから今日は帰らないと家に連絡を入れた。これで明日の朝まで心置きなくアキと一緒にいられる。

本当に美味しいと感じた夕食の後、大好きなアキとの最高の夜が待っていた。私はアキに身を任せ私たちは一つになった。

翌朝私はリチャードさんとの次の再会を楽しみにしていることと、二人の幸運を祈っていることを伝えお別れした。


一二月一日の朝、ミカさんは無事にアメリカから帰ってきた。その日の夜ミカさんから電話があった。話したいことが山ほどあるしお土産も渡したいので、明日会えないかとのことだった。私も彼女のアメリカ行きがすごく気になっていたので、もちろん会うことに同意した。何日も仕事を休んでしまったので、明日から働かねばならないとのこと。だから会うのは仕事が終わってからだ。場所は初めて彼女と二人で食事した『ロンディネ』でということになった。

一二月二日、この日の客入りも良好だった。先月半ばくらいからお歳暮商戦の繁忙期に入り、連日忙しい日が続いている。今日も仕事終了時には体はくたくた状態であったが、ミカさんに会えると思うとテンションは上がった。早く会いたいと気が急くあまり早足で『ロンディネ』へ向かうも、彼女はまだ来ていなかった。前に来た時と同じ席が空いていたので、そこで彼女を待った。一〇分ほどでミカさんはやって来た。

休んでいた分の仕事が山のように溜まっており、急ぎ案件の処理のため遅れたとのこと。まだ結婚することを会社に申し出ていないが、新しく人を雇うことになるだろうから、来月中には正式な退職願を出そうと考えているそうだ。ただ、同じ店で働いている同僚にはもう話しているらしい。今回アメリカへ行って、結婚式は暫定的にだが、四月二日に決めてきたそうなので、その前後は私も空けておかねばならない。

アメリカ旅行の話の前にミカさんに注文をお願いし、前回のようにシェアして食べるようにした。二人とも飲みたい気分だったので、赤ワインも一本頼んだ。本題に入る前に彼女からお土産をもらった。私にはエルメスのスカーフ、アキにはダンヒルの財布、その他にもチョコレートやキャンディーなど、珍しいアメリカのお菓子もいただいた。

　ワインで乾杯した後、ミカさんのアメリカ体験記の話が始まった。

「リチャードの家に泊まったんだけど、すごい豪邸でビックリしちゃった。敷地もすごく広くて、庭には芝が敷き詰めてあって、木々にはリスがたくさんいたわ。その広い敷地内の安全を保つため門番や警備員が何人もいて、庭をきれいに維持するため定期的に庭師も来るのよ。そんな家に嫁ぐなんてちょっとビビッちゃうわ」

「すごい。玉の輿じゃないですか」

「そんな豪邸のマダムって柄じゃないし」

「何事も慣れじゃないですか」

「リチャードのお父さんは外科医で繁華街にある病院で働いていて、同居しているお爺さんは近所で精神科のクリニックをやっているの。そこはいずれリチャードが継ぐみたい。お母さんは元看護婦でね、今は社会貢献活動として身体障害者の社会復帰を支援する施設の理事をしているの。私にお母さんの仕事を手伝わないかって言われたわ。まだ英語も満足にしゃべれないのに無理よね」

「何か、大変そう」

「生活に慣れ英語もしゃべれるようになってからって、逃げておいたけど」

「リチャードさんにはご兄弟はいるんですか」

「私より一つ下の二三歳の妹が一人いて、リチャードが出た大学で産婦人科医を目指して勉強している。その他にも、家族に色んな分野のお医者さんがいるのよ。お父さんには弟が二人いて内科医と小児科医なの。彼の家族や親戚が皆集まれば総合病院ができちゃうんじゃないかしら。だから、向こうではどんな病気になっても心配ないわね」

「確かに」

「ところであの後、章裕君とはどうだったのよ」

「あんな風にミカさんやリチャードさんから背中を押されるとは思いませんでした。男性関係は嫌な体験しかなかったのですが、アキがそれらを全部打ち消してくれました」

「章裕君は女性経験が豊富なの」

「いいえ、私とが初めてだったそうです。でも笑っちゃうんですよ。私とするために、そっち関係のハウツー本を何冊も読んで勉強したそうなんです」

「章裕君らしいわね。それで、彼上手だったの？」

「はい。すごくよかったです」

「ちゃんとセッティングしてあげたんだから、報告の義務があるわ。どうよかったの」

そう言われると話さなければいけないのかなあとは思うけど、周りの席の人が聞き耳を立てていないかと気になる。そうなるとボカして話すしかない。

「あんなに感じるものなのかと初めて知りましたし、クセになりそうで怖いです」

「クセになってもいいんじゃない」

　そんな話をしていると、あの熱く燃えた夜のリアルな場面がよみがえってくる。そろそろ勘弁して欲しいと思っていたところへ、先ほどオーダーした料理が運ばれてきた。

「私のことはまた詳しく報告しますから、もっとアメリカのことを教えてくださいよ。リチャードさんの住んでいる町はどんなところでしたか」

「アメリカの首都はワシントンでしょ。リチャードの家はそこから大西洋の方へ一時間くらい車で走ったところで、アナポリスっていうの。すごく素敵なところだったわ。石畳の道路、歴史を感じさせる街並み、美しい港の風景、そんなに大きな都市じゃないから落ち着いて暮らせそう。しいて言えば、函館みたいな雰囲気のところかな。アメリカ海軍の士官を育てる学校があって、今の大統領はそこの出身だそうよ」

「生活面でやっていけそうって思われましたか」

「住めば都になるんでしょうけど、日本みたいに公共交通機関が発達していないのよ。だからどこに行くにも車が必要になるから、運転免許を取ってこいって。アメリカで取る方が簡単らしいんだけど、私の場合言葉の問題もあるしね。でも、自動車学校に通う時間もないし、どうしたものか思案中。ちょっとした買い物に行くにも車だから、やっぱり免許はいるわね。スーパーは倉庫みたいに大きくて、棚には商品で溢れかえっていたわ」

食事をしながらのミカさんのアメリカ体験談はすごく面白く、早く私も行ってみたいと思った。アキとのあの夜のことを、本当はミカさんに包み隠さず話したかった。アキに全てを捧げるとそれに見合う最高のものを得られた素晴らしい体験だったので、彼女にも知って欲しかった。だから、今度二人だけの時に話すことになるだろう。彼女もそんな私の性格を知っているので、今日はあえて突っ込まなかったようだ。

「今度また私の部屋に遊びに来てね。リチャードとのこともっと話したいから。それにカナちゃんの話ももっと聞きたいし。女友達ならではの秘密の話をしましょうね」

ミカさんは別れ際にそう言った。ちょっと年上だけどお互いに最高の友達だと感じ合えた。来年距離的には離れてしまうが、全く会えなくなるわけではない。ミカさんをこの先も大切にしようと心から思った。

一二月半ばのある暖かな日の午後、クリスマス模様の池袋の街を歩き疲れたアキと私は西口公園のベンチに座っていた。その前に私が高校時代の放課後を過ごした懐かしいお店やゲーセンなどのプレイスポットを回り、この公園にたどりついたのだ。二人揃って棒になった足を伸ばして休めているところへ、若い女の人が三、四歳の女の子の手を引いて『赤鼻のトナカイ』を一緒に歌いながらゆっくりと通り過ぎていった。

「何かほっこりするよね。カナもあんなかわいい子の手を引くやさしいお母さんになるんだろうなぁ」

遠ざかっていく母子《おやこ》を目で追いながらアキがそうつぶやいた。私は変な想像をしてしまい、ある意図を持って彼に聞いてみた。

「どうかな。ねぇ、その子のお父さんって誰かなぁ」

「僕であって欲しい」

狙い通りの答えだったが、その意味深な一言が私の心を震わせる。

「それって……、私たち結婚するっていうことかしら」

「ごめん。僕の妄想だから気にしないで」

気にしないでと言われても、もうメチャクチャ気になるんだけど。私の早合点でアキの思っていることが分かってしまった。先走ってしまった恥ずかしさとうれしさが入り混じった気持ちでうつむく私の右手を、アキは両手で包み込むようにして握った。

顔を上げると、まなじりを決した真剣な面持ちのアキに見つめられていた。

「もう少しちゃんとしたプロポーズがしたかったけど……。これから先もずっと僕の隣にいてくれないかな。学生なんで一緒に暮らすのはまだ先になるけど、指輪もまだあげられないけど……。いつともはっきり言えないけれど、近い将来僕と結婚してほしい」

アキは一言一言に気持ちを込めゆっくりと思いの丈を口にした。何か熱いものが込み上げてきて、私の胸はドクンドクンと高鳴った。

「はい。ありがとう、アキ。こんな私を選んでくれて。これからもずっとアキの隣にいさせてください」

私も素直なままの自分の気持ちに従いそう答えた。私たちはお互いを見つめ合い、吸い寄せられるように唇を合わせた。

第二部　アキの純愛

行動なくして得るものなし

「ねぇ、迷惑じゃなかったら、お茶しない？」

銀座四丁目交差点の洋光前で、僕は何かに憑《つ》かれたみたいに見知らぬ女性に声をかけていた。松越デパート方面から青信号を渡ってきたその女性《ひと》は、僕のストライクゾーンど真ん中の顔立ちで、ベージュのパンタロンに厚底のロンドンブーツ、上は黒地にＭＩＬＫの白抜き文字のノースリーブシャツを着ていた。セミロングの髪の毛先はゆるいウェーブをかけている。今まで見ず知らずの女性を路上で誘うなどというナンパ行為はしたことはなかったが、なぜかその人を見た瞬間話しかけなければ後悔するという思いで凝り固まった。ダメで元々、ゴーフォーブローク、インシャラー……、色々な思いが交錯し思考回路がパンクし頭の中は真っ白になったが、誘いの言葉を発したのは確かなようだった。

「もしかして、嶋岡君……。だよね」

舞い上がっている僕へ彼女から意外な返事が返ってきた。冷たい目で睨まれるか、あるいは無視されるかと思ったが、驚きの展開だ。何でこの子は僕の名前を知っているのだろう。こんな美人の知り合いはいたかなと、知り得る限りの女性の顔を思い起こしてみるも、この目の前の顔と合致する人は思いつかない。

「えっ、僕のこと知ってるの？」と聞いてはみたが、もしも僕がこの子のことを忘れているのなら失礼だ。再度考えてみるも、全く分からない。

「君、誰だっけ」と最後は聞くしかなかった。

「中一の時同じクラスだった依田加奈子だよ。思い出してくれるのを待っていたのに」と彼女は答えたが、記憶の中の依田の顔と今目の前にある美人顔は全く別物で面影すらない。ただ、中一の頃の依田が彼女の友達からよく呼ばれていたあだ名を思い出した。

「えぇー、あのカナッぺなの？」

「その前菜みたいな呼び方はやめてよ」と、引いた様子を見せた。中一の頃彼女と話したことはあまりなかった。二年目のクラス替えで別々の組となり、二年から三年は持ち上がりだったので、同じ教室にいたのは一年間だけだった。僕の記憶の中の依田はオカッパ頭にメガネをかけ顔色も悪い印象の子だった。

「でも、依田さんってこんなに美人だったっけ」と言った後、まずい言い回しを悔いた。「その言い方、失礼だよ」と返し、彼女はちょっと怒った様子を見せたが、その顔もまたすごくかわいい。

「全然イメージが違うから分かんないよ。昔はオカッパにメガネだったよね」

「オカッパとは何よ。クレオパトラカットって言うのよ」

中学卒業後の進路名簿によると、確か依田はあまり名前を聞いたことがない女子高に進んだはずだ。同級だから大学に行っていなければ、会社勤めしているのだろうか。雰囲気もＯＬっぽいし。それにしても、かつてのクラスメイトにナンパしてしまうなんて、穴があったら入りたい。言いふらされないことを願うばかりだ。


僕は中学生の時、苦しくとも努力すればその分成果がでる勉強にやりがいを感じる少年だった。だから、学校の成績もそれなりに良かったので、内申書重視の都立高校の中でも学区で一番の東叡《とうえい》高校に進むことができた。しかし、そんな高校には頭のいい連中が集まってくるので、三年間の学業成績は中の上下を行ったり来たりが定位置になり、そこから脱却できなかった。また、高三の時の大学受験の厳しさへの認識も甘かったため、大学への現役合格には失敗してしまった。

一念発起し受験勉強を集中的に行うため、一年間高田馬場にある予備校に通った。休みの日にも近くの図書館で開館から閉館時間まで、そして帰宅後も寝る間も惜しんで勉強した。その甲斐あって浪人生活からは一年で抜け出すことができ、西北大学文学部英文科に合格できた。

四月から始まった大学生活も順調で前期の三ヶ月を終え、長い夏休みに入り二週間が過ぎた。休みの直前から、高校時代の友人の筒美《つつみ》と一緒に始めたホテル・ベルエポックの宴会場でのアルバイトも三週間ほどやって、やっとミスなくこなせるようになってきた。

この日はいつも一緒に帰っている筒美がシフトから外れており、四時過ぎには仕事が終わったので、銀座界隈をぶらつくことにした。職場近くの神谷町から地下鉄に乗り日比谷で降りた。そこから最初の目的地である数寄屋橋交差点近くの洋書専門のイエナ書店に行き、読み易いペーパーバックを物色した。そして、山手線のガード下でラーメンをすすり、天賞堂で鉄道模型を眺めた後、二番目の目的地である銀座四丁目交差点にたどり着いたのは七時半頃だった。銀座でも人通りの多いこの場所へ来たのは、英語を話す外人をつかまえて英会話の実践トレーニングをするためだった。

営業時間が終わり閉店した洋光の大きなウインドウの前に座り、行き交う人々を眺め始めてから数分後、向かいの松越デパート方面から歩いてくる中年カップルにまず声をかけた。

不発だった。二人とも英語を話さないフランス人だった。再び洋光のウインドウ前に座り人波を眺めだすと、今度は五丁目の四愛《しあい》側から横断歩道を渡ってくるダリル・ホールによく似た若い男が歩いてきた。スリムジーンズに白いTシャツの袖を丸め込みノースリーブ風にしたラフな格好だ。身長も一八〇cmは優に超えていた。

声をかけ分かったことは、この人の出身はアメリカのメリーランド州のアナポリス、職業は精神科医《サイカイアトリスト》、今回は二ヶ月の休みを取り、フィリピン、シンガポール、マレーシア、タイ、韓国の五ヵ国を一ヶ月半で回り、日本にたどり着いた、……などなど。

ソウルから大阪に飛んできたのが五日前で、東京には昨日着いたそうだ。文通しないかと言われ、住所交換もした。名前はリチャード・テンプルトン、年齢は二七歳。「アメリカに来ることがあったら、是非家に寄ってくれ。家の近くに今年の一月に大統領に就任したジミー・カーターが卒業した海軍兵学校《ネイバルアカデミー》があるから案内するよ」とも言っている。次から次に機関銃のような早口英語でまくし立ててくる。これまでの経験からアメリカ人にはこのようなタイプの人が多いことは分かっている。日本に着いてから英語でのコミュニケーションがあまり取れなかったことへの反動なのかもしれない。話が進むうちに、日本にガールフレンドが欲しいので協力してくれと言い出した。話の行きがかり上、断れないので協力することになったが、どうなることやら。

二人で洋光前に座り行きかう人々を眺め始めた五分後くらいだろうか、京橋方面からコンパクトグラマータイプの子が、薄紫色のミニスカートを蝶のようにヒラヒラ揺らしながら歩いてきた。リチャードは既にロックオンしており、あの子にアタックしようと言ってきた。僕はまだ心の準備ができておらず、何て声をかけようかと考えていると、彼はやにわに立ち上がり、「ハーイ」と言って右手を挙げその子にウインクした。その積極的行動は見習わねばと感心していると、僕に通訳を促す。

「クスキューズミー、ハバスペァタイム？　ハバラカッポブカフィ？」とリチャードはアメリカ訛りの早口英語をまくしたてた。おいおい、いきなりそれかよ、と僕は呆れた。その女の子もキョトンとしている。「ねぇ、暇ならお茶しない」とストレートに誘っているのだが、さすがにそのままでは伝えられないので、「このアメリカ人の男性が少しの間君とお話ししたいと言っているんだけど、時間あるかなぁ」くらいに訳して彼女に聞いてみた。

彼女はリチャードの顔を見てニコリとし、「いいわよ」と即答した。すぐにどこかへ連れていくのも警戒されると思い、洋光前でリチャードを真ん中に三人で座り、話をすることにした。リチャードは自己紹介を終えると、まず名前、年齢、職業を次々と聞いた。警察官の職質みたいだなぁと思ったが、そのまま聞いて彼に訳して伝えた。

その子の名前はヨトリヤマ・ミカ、二四歳、銀座一丁目のブティックでハウスマヌカンをしているそうだ。次は彼女のホームタウン。生まれ育ちは北海道だが、今は千葉県の市川市に住んでいる。彼は行くつもりなのだろうか。北海道は遠いし、市川は特に見どころもない東京のベッドタウンだぞ。そして、東京のお勧め観光スポット、美味しいレストラン、雰囲気のいいバーなど、次々に聞いている。彼女は一つ一つの質問にトロンとした目つきで答えていたが、要は彼がそれらのところに彼女と一緒に行きたいだけなのだ。リチャードが言うことをミカさんに伝える時、どうしても視線は大きなバストに向かいがちになる。なるべく見ないように話をつないでいると、リチャードは彼女のスタイルを褒《ほ》めだした。特にその魅力的なバストについて。もうそんな通訳はやってらんないと思い始めた頃、ミカさんは身振り手振りでリチャードとコミュニケーションを取るようになった。彼女は勘がいいのだろう。リチャードもそうなのだが。リチャードの英語で話すことにミカさんは日本語で答え、彼女の日本語で言っていることに対しリチャードが英語で答えている。傍《はた》で聞いていると、それで会話が成立しているのが可笑しく感じられた。話が嚙み合っていなかったり、間違って解釈していたりもしたが、七、八割方通じ合っているのが不思議でならない。最後は飲みに行こうということで意気投合したようだ。彼女が踊る仕草をしながら『ムゲン』を勧めていたので、これから赤坂にでも行くのだろう。僕はムゲンというディスコへ行ったことはないが、有名なところらしいので名前くらいは知っている。彼女は僕の方を見て付いてこなくていいよと目で訴えていたので、リチャードとミカさんとはそこで別れた。

二人の毒気に当てられしばらく放心状態に陥ったが、現実にもどるとリチャードが無性に羨ましく思えてならなかった。かわいい女の子があんなに簡単にゲットできたのだ。行動しなければ何も得られない。リチャードがミカさんに話しかける前に放った言葉だが、うん、真理だ。よし、僕もトライしてみようとテンションを上げ、四丁目交差点の人波を見回した。すると松越デパート側から歩いてくる超好みの女の子を発見した。

声をかけると、なんとその子は美しく変身した中学一年の時のクラスメイトだったのだ。

「嶋岡君はよくこんなところできれいなお姉さんに声をかけてるの？」と依田に突かれた。わー、ヤバい。やっぱりナンパだと思われている。まあ、ナンパには違いないが、どう説明したらいいのだろう。取り敢えずは、謝っておいた方がいいのかなぁ……。

「不快に思ったのなら、許して。魔が差したんだ」

依田とは知らずに彼女に声をかけたのは突然の衝動だったので、「魔が差す」という言い訳をした。でも、それに至るまでの状況を説明しておかねばと思った。

「よくここで暇そうな外人さんに声をかけて、英会話の実践トレーニングをしているんだ。ここ外人さん多いでしょ」

「そうね」

「それでさっきまで若いアメリカ人の男の人と話してたんだけど、日本の女の子と友達になりたいんで間を取り持ってくれと頼まれたんだ」

「つまり、外人さんのガールハントのお先棒を担がされたわけね」

「そうなんだ。その人、背も高く金髪で顔もイカしていたんで、軽そうな若い女の子に声をかけたら一発で釣れちゃってね」

「あらやだ〜」

「しばらく間に入って通訳していたんだけど、だんだん女の子の目がギラギラ光りだして、なんか僕がオジャマ虫になっちゃった感じ。その後二人はどこかへ行っちゃった」

「その子、英語しゃべれるの?」

「いや、全然ダメみたいよ。でも、途中からテレパシーみたいな日本語とジェスチャーで会話していたみたい」

「本当に軽い子ね」

「確かに。それでさぁ、そのアメリカ人が何だか羨ましくなってきちゃって……。それと、こんなに簡単に女の子って引っかかるものなのかなぁと思っていた矢先、君が青信号を渡ってきたので、つい……」

依田は僕が声をかけるに至った理由を分かってくれただろうか。普段の自分であれば理性が邪魔をして、見知らぬ女の子には絶対に話しかけない。それにしても、依田は本当に変わったな。もっと話がしたいな。もう一度誘い直そうかと思った矢先のことだった。

「私も軽そうな女に見えたの？」と依田は言った。やっぱ、ダメそうだ。

「そういうわけじゃないけど……。きれいな人だなぁと心奪われたっていうか……。瞬殺された感じっていうか……。だから、嫌な思いをさせたなら許してよ」と僕はその時の思いを正直に話して許しを請うた。

「それって、私がきれいだって褒めてくれているのよね。それなら、許すし……」と依田は言い淀んだ後、「迷惑じゃないわよ」と彼女は僕の誘いに乗ってくれたのだ。

お茶への誘い出しに成功したはいいが、銀座の喫茶店になんか今まで入ったことがない。それで依田の知っているお店に連れていってもらうことになったが、そこは有楽町に向かう道沿いにある『ザナドゥ』という小洒落《こじゃれ》たＤＪ喫茶だった。依田はスピーカーの位置を確認し、比較的静かそうなところに席を取った。テーブルの上にはＤＪに読んでもらいたいメッセージも書き込める曲のリクエストカードが置いてある。ＤＪルームは吹き抜けの二階にあり、ガラス越しによく通るアルトヴォイスの女性ＤＪがしゃべっている様子が見えた。ＤＪは客のメッセージを読み上げ、気の利いたコメントを付け加え、リクエスト曲を流す。この手の店は初めてだったのでなかなか興味深かった。彼女と話している時に、最近家でよく聞いている石川セリの『Moonlight Surfer』や丸山圭子の『あなたにつつまれて』などのニューミュージック系の曲が流れていた。

テーブルを挟み依田と向かい合うとちょっと緊張した。考えてみると、複数の男女で喫茶店に入ったことはたまにあったが、女の子と二人だけというのは初めてだ。

オーダーを済ませると、まずは近況を知らせ合った。依田は中学卒業後豊島区にある白鳳女学園高校に進み、その高校の三年間で自分改造に努めた。高校卒業後、松越百貨店に就職し、現在は銀座店でエレベーターガールをしているそうだ。僕も一浪の末今年の四月に西北大学に進み、今は夏休みでバイトに精を出していることを伝えた。

依田は僕のウェイターのアルバイトの仕事の話を面白そうに聞いてくれた。話をする時は相手の目を見て話す。彼女はいい聞き手だったので、ちょっと恥ずかしかったが、彼女の顔をよく観察できた。目や口元にかすかな面影を感じないではないが、整形手術でもしたのかという変わりようだ。中一の時のクラスの様子や担任や他の教科の先生方の話になると通じ合えるので、クラスメイトだった依田に間違いない。

彼女とは妙に波長が合い、何でも気軽に話せた。それが自分でも不思議でならなかった。久しぶりに会って早々、一番恥ずかしい自分を見せてしまい、彼女に対する羞恥心が失せたからなのかもしれない。それはそれとして、彼女にまた会ってこんな風に話がしたいと心から思った。素直にそう言えばよかったが、「依田さんのエレベーターガールの制服姿を見にいってもいいかなぁ」との一言が僕の口から飛び出した。依田からは困ると即否定されてしまった。変な意味ではなく単にまた会いたいだけだったが、久しぶりに会ったばかりなのに気を許しすぎたと反省した。

依田とは家が同方向なので同じ電車で帰宅の途についた。つり革につかまり並んで立つと若干低いくらいの背丈だった。ハイヒール部分を差っ引くと、彼女の身長は一六〇cmくらいだろう。

茅場町で前に二人分の空席ができたので一緒に座った。もともともとを接して並んで座ると、彼女を女性として意識してしまう。また、むき出しの二の腕どうしも触れないよう変に気を使ってしまう。それでも何度か電車が駅に停車する際のブレーキで、彼女の体は慣性の法則に従い僕の方へ寄せてくるので、彼女の柔らかな二の腕が僕の二の腕に触れる。その度にドキッとするが、その心の動揺を彼女に悟られないようしゃべり続けた。「あいつはどうした」、「あの子は何をしている」など、交流が途絶えた中学の同窓生の現況についてお互い知っている情報を交換し合った。そして、依田は僕の降りる駅の一つ手前で降りていった。

帰宅後お風呂に入りながら、今日の思いもよらぬ出来事を振り返った。今頃リチャードは何をしているのだろう。あれから二人はちゃんと話が通じ合えているのだろうか。どうせもう僕の手を離れたマターなので、これからは彼の努力次第なのだが。なぜか気になる。

今日は実に不思議な日だった。今までの自分の行動パターンでは、街中で女の子に声をかけるなど絶対にありえない。そんな行動が取れたのはリチャードに出会えたからだ。彼には感謝せねばならない。しかし、冷静に考えてみると、声をかけた相手が依田でなかったら、おそらく撃沈していただろう。リチャードとの出会いが偶然なら、依田との邂逅《かいこう》も偶然の産物だったのだ。それにしても、依田はきれいな女になったなぁ。そんなことを思い返しているうちに、湯船に浸かりすぎてボーッとしてきた。遠くに母の声が聞こえた。

「章裕、いつまで入っているの。のぼせるわよ」

風呂から上がり自室にもどると、リチャードが言っていた言葉を大きな白い紙に書いた。そしてそれを壁に貼って今後の僕のモットーにすることにした。

“Nothing to get without action”

それからの数日間は依田の顔が頭から離れなかった。自分が惚れっぽい性格《たち》なのは知っている。男が女を好きになったり女が男を好きになったりすることは自然の摂理なのだが、それが高じて寝ても覚めてもその人を思ってしまうと始末が悪い。それを世間では恋の病と言ったりするのだろうが、僕も過去に二度そのドツボにはまりもがき苦しんだ経験がある。二度とも片想いだったが、一度目は誘ったが断られ玉砕。二度目は断られるのが怖かったのか、告白できず自然消滅。今回もそんな状態になりつつある。そうなるとアルバイトの仕事に支障がでてしまう。恋の病が重症化しないよう、他のことを意識して考えるようにした。しかし、ふとした時にポッと突然依田のことを考えてしまうこともあった。

そんな悶々とした日々を過ごした一週間後、アルバイトを終えた帰宅途中、衝動的に銀座駅で降りた。そして、松越デパート寄りのホームの端へ行き、依田が降りてくるのを待った。この行動は荒井由美が三木聖子に楽曲提供した『まちぶせ』と同じだ。去年初めて『まちぶせ』を聞いた時はいい歌だなと思ったが、何回か聞くうちにこの歌に出てくる女の子は中々あざといなと思うようになった。そんなまちぶせを今自分がしていると思うと、自己嫌悪に陥った。それでまちぶせは一五分で切り上げ、再び電車に飛び乗った。

電車の中でもう一週間様子をみようと、第三者的な目で自分を見た。一週間経っても今と同じような気持ちのままなら、実際に会いに行ってみよう。そして気持ちを伝えて、それでフラれるなら諦めもつく。そう決心したら、気分も落ち着いた。

リチャードに出会った一〇日後、アルバイトを終え帰宅すると、彼から一枚の絵葉書が速達で届いていた。裏面には星型の城郭跡の写真、北海道の五稜郭だ。銀座で彼に予定を聞いた時、松島や平泉の中尊寺へ行くとは言っていたが、その後北海道まで足を伸ばしていたのか。文面を読むと、「八月一八日に成田からアメリカへ帰国する。アキヒロにはミカの件で大変感謝している。そのお礼がしたいので、一七日に夕食に招待したい。ミカも同席するので、アキヒロもガールフレンドと一緒に来て欲しい。一六日から東王プラザホテルに泊まるので連絡されたし」という内容だったが、今日が一六日なので、明日の夜ってことじゃないか。ミカさんの話し相手が必要なのかもしれない。でも、ガールフレンドっていったって、一体どうすればいいんだろう。しばらく思い悩んでいると、突然依田の顔が浮かんだ。

再びリチャードがチャンスをくれた。依田を誘う絶好の口実ができた。今の時刻は九時二〇分、女性に電話をするには微妙な時間だが仕方ない。行動なくして得るものなし。壁に貼ったモットーを三回唱え、家を飛び出し大通りにある電話ボックスへ走った。

受話器を取り依田の家電《いえでん》のダイヤルを回す。三回目のコール音の後、母親らしき女性が出た。夜遅い時間にかけたことへの謝罪と僕が中学の同級生であることを告げ、依田の呼び出しをお願いしたが、入浴中とのこと。用件を聞かれたので、「近々クラス会を行うのですが、至急確認したいことがありまして」と事前に考えていた口実を伝えた。依田の方から折り返すとの申し出に、こちらからお願いする要件なので一五分後にかけ直すことを告げひとまず電話を切った。

僕はガードレールの上に座り、依田をどう口説こうか考えた。丁度一五分後に再度電話すると、一回目のコール音の途中で依田が出た。電話の前で待っていてくれたんだと分かる。この前突然お茶に誘ったことと、夜遅くに電話をしていることを謝った。挨拶代わりに、そして、家族の人が近くにいるかどうか聞いてみた。僕も電話のあるリビングで両親がテレビを見ていたので、話を聞かれたくないので外の公衆電話まで来ている。だから、話を聞かれそうだったら、適当な相槌を打つだけでいいと伝えた。そして本題に入る。

「前にお茶に誘った日なんだけど、リチャードっていうアメリカ人と知り合ったんだ」

「うん、聞いたよ。ガールハントのお手伝いしたんだよね」

「ハントした子はミカさんっていう人でね、彼はその子とまだ続いているみたいなの。今日バイトから帰ったら、リチャードから速達で葉書が届いていてね、明後日アメリカに帰国するんだって。ミカさんと知り合った時、僕が間に入って通訳したでしょ。そのことをすごく感謝しているらしく、明日の夕食に招待されたんだ」

「へー、それで」

「そこにミカさんも来るらしいけど、リチャードの葉書には僕のガールフレンドも連れてこいって書いてあったんだよ。アメリカじゃ、こういう時はカップル単位だからね。あの日僕が依田さんを誘うに至った原因を作った二人だよ。興味あるでしょ」

「嶋岡君、カノジョいないの？」

「いないから今君に頼んでる」

「話の進め方うまいね。行きたくなっちゃうじゃない」

「じゃあ、行こうよ」

「でも、私英語しゃべれないし」

「僕がフォローするから全然心配しないで。それにミカさんもしゃべれないから」

「分かったわ。シフトの調整をすれば五時くらいには上がれると思うわ」

こうして依田は僕の頼みを受けてくれた。一緒に行ってくれるだけでもありがたいのに、カノジョの真似事までしてくれるとのこと。うれしさマックスの気分だ。明日は早めに上がれるよう仕事の調整までしてくれるという。お礼に今度何かおごると伝え受話器を置くと、僕は電話ボックスの中でガッツポーズを取っていた。そして、とても気持ちよく依田と話せたことに驚いた。波長が合うというか、彼女の声には癒されるし普段にはない自分を引き出してくれる。そんな彼女がフリだけとはいえ、僕のガールフレンド役を演じてくれるのだ。ここ一〇日間曇っていた僕の心は晴れ渡り、天にも昇るような気分に浸った。

翌朝リチャードに電話を入れ、招待を喜んで受け今夜二人で行く旨を伝えた。通話中に聞き覚えのあるミカさんの声が聞こえたような気がした。いや、遠くからリチャードを呼んでいるようだったが、あれは確かにミカさんの声だ。こんな時間に仕事に行かず一緒にいるのだろうか。まあ、今夜会えば分かるだろう。

リチャードの決断

遅れないよう家を早めに出たので、銀座駅には四時半頃に着いてしまった。待ち合わせの洋光前に来たが、屋外はかなり暑く約束の時間までそこで待つのは苦痛だった。強い西日はビルの陰で避けられるものの、この日は全くの無風状態で外気温がそのまま肌に伝わる。このままでは汗だくになると思い、向かいの依田の働く松越の店内に一時避難した。

そこは寒いとさえ感じるくらい冷房が効いていた。フロアマップでエレベーターの場所を確認して近くまで来てしまった。この時間依田は担当から外れているようだったが、彼女の同僚たちの仕事ぶりをしばらく観察した。

「上へまいりまーす。ご利用階にお止めして屋上までまいります」といった調子で案内していた。依田もあのユニフォームを身にまとい客と接しているのかと想像していると、火照った体はクールダウンできたが、心の温度が上がってくる。時計を見ると丁度五時になったので待ち合わせ場所へもどった。

それから一〇分後、依田が小走りで横断歩道を渡ってくるのが見えた。黒地に白のポルカドットのミニスカートにレモンイエローのブラウスを着ている。今日の彼女も素敵だ。足元を見るとピンヒールのアンクルストラップサンダルを履いていて、転ばないかと心配になる。ただでさえ歩きにくそうなのに、走ってくるとは。前回彼女に会った同じ場所で再び会えた。しかも、今回は僕のカノジョ役になってもらうのだ。フリだけとはいい、胸が躍らないわけがない。

僕たちは落ち合ってすぐに地下鉄で新宿へ向かった。車内でリチャードとミカさんについて知っていることの全てを依田に伝えた。そして今夜二人に接する際の作戦会議をした。

「私たちの馴れ初めを聞かれた場合、どう答えればいいの？」

「中学のクラスメイトだったことは事実だからそれはそのままで、二年前のクラス会で再会し話をしているうちに惹かれあい、付き合うようになったとでもしておこう」

「二年の付き合いね。呼び方はどうする。嶋岡君に依田さんじゃおかしいわよね」

「依田さんは何て呼ばれたい？」

「カナでいいわ」

「じゃあ、僕はアキでお願い。あとは大体事実に基づいて話せばいいかな。それと僕が君について聞かれて答えに窮した場合、うまく君に話を振るようにするから。同じように君が僕について聞かれ、答えられなかったら僕に振っていいから」

「分かったわ。台本はないけど、自分じゃない嶋岡君のカノジョっていう人格を演じるのね。面白そう」

「実はあと一つお願いがあるんだけど」

「なあに」

依田は舞台に上がる女優のノリになっていて、実に楽しそうだ。それなら受けてくれるかもと思い、もう一つの頼みを口にした。

「リチャードとミカさんは多分ホテルのロビーで僕たちを待っていると思うけど、登場シーンのところだけ手をつないでもらえないかなぁ」

「いいわよ。お安い御用だわ」

依田はうれしいことに受け入れてくれた。これでお膳立ては完了。


リチャードには僕のガールフレンドは仕事をしているので、待ち合わせの時間が前後するかもしれないと伝えてある。今朝交わした約束は六時半で、一五分ほど前後するかも知れないと伝えてある。七時より遅くなる場合は、ロビーをページングしてくれと彼に言われている。

丸ノ内線の新宿駅に着いたのは六時前だった。ここからホテルまで普通に歩けば六時一五分頃には着けるだろう。依田と会った時から歩きにくそうなヒールの高いサンダルが気になっていたので、聞いてみると慣れているから大丈夫とのことだった。それでも時間に余裕があったので、僕は努めてゆっくりと依田のペースに合わせて歩いた。

リチャードが泊まっているホテルの前で、僕は依田に手を差し伸べた。彼女もそれに応えて僕の手を取った。彼女の手を握ると、すごく柔らかな感触だった。僕たちは一緒に大きな回転ドアをくぐってホテル内に入った。

フロント前まで行ってロビーを見渡すと、ラウンジの奥でリチャードが手を振っているのが見えた。左横にはミカさんがいて、彼女の肩を抱いている。僕は二人に依田を紹介した。リチャードはかわいいと英語と日本語で褒めた後、「アキヒロは僕たちの大事な友達だから、君も僕たちの友達として接するよ」と言って、依田を軽くハグした。僕は戸惑っている依田に日本語に訳して伝えると、「サンキュー」と自分で返していた。ミカさんも「よろしくね」と言って依田と握手した。日本人同士の握手はあまり見ないので変な感じがした。リチャードに感化されたのだろう。彼は僕たちに伝えたい大事な話があるのでバーで話そうと言って、ミカさんの手を取り歩き始めた。僕たちも彼らをまねて手をつなぎ後を追った。

バーに入ると、四人掛けの高い丸テーブルを囲んで座った。オーダーを済ませると、僕はリチャードとミカさんがあの後どうなったかがすごく気になっていたので聞いてみた。あの日確か予定では、好きな松尾芭蕉の足跡をたどり東北地方を旅すると言っていたのだが。僕とリチャードの横で依田とミカさんも話をしだしたようだが、リチャードとの英語での会話に集中しているため、彼女たちが何を話しているかは分からない。

リチャードは僕が知らない銀座での出会い以降のことをつれづれに話し出した。

「あれから僕たちはディスコで飲んで踊っているうちに電車がなくなり、タクシーでこのホテルまで彼女を連れてきて僕の部屋に泊めたんだ。彼女は部屋に入るなりすぐにソファで寝ちゃってね。その姿は無防備過ぎて何もできなかった。翌朝ミカはまだ暗いうちに仕事があるんで、一旦家に帰るって言うんだ。着替えとかあるから。僕が『また君に会いたい』って言うと、『明後日から夏休みを取るんで東京の街を案内するわって』答えたが、それはそれでお願いした。『じゃあ、今晩は仕事が終わったら食事でもどう?』って誘うと、それも受けてくれた。だから、その日僕は一人で北の丸公園、東京タワー、泉岳寺などを回った」

センガクジ・テンプルと聞いた時、僕はシブイところへ行くなぁと思った。理由を聞いてみると、忠臣蔵はアメリカでも知る人ぞ知る話で、日本人の物の考え方のいいサンプルでもあるらしい。彼は映画かドラマを子供の頃テレビで見たそうだ。その話がなぜか心に残り、四七人の義士のお墓と博物館がある泉岳寺には、日本に行く機会があった時は必ず行こうと決めていたとか。リチャードは話を続けた。

「その日の夜は築地でミカとお寿司を食べ、またホテルへ連れ帰りこのバーで飲んだんだ。そして、適度に酔った頃合で部屋へ連れていった。今夜は楽しめるかなぁと思い、テレビを見ているミカに『先にシャワー浴びるね』って言って浴室に入った。入れ替わりミカにシャワーしてもらおうと浴室を出ると、前の晩と同じようにソファで寝ているんだ。ミカに初めて会った時、第一印象から尻軽な娘だろうと思ったけど、それは間違いだと気づいたんだ。彼女の寝顔を見るとまるで天使のようだった。だから、ゆっくり休んでもらえるように彼女の体を抱き上げベッドに寝かせ、僕がソファで寝ることにした。彼女を抱き上げた瞬間、彼女の豊満な肉体を自由にしたいという欲望に駆られた。こんなにいい女が目の前にいるのに何もできないなんて、まるで蛇の生殺し（これは僕の意訳）、ご馳走を前にお預けを食らっているという感じだった。一方でこれは神が僕を試しているのかもしれないと感じた」

ここまでリチャードが話したところで、オーダーしたカクテルが運ばれてきた。四人はそれぞれ自分のグラスを手に取ると、リチャードが乾杯の音頭を取った。

「僕たちの素晴らしい出会いに乾杯」

四人はそれぞれのグラスをぶつけ合った。一口飲んだところで、リチャードがぶっ飛んだことを口にした。

「僕はミカと結婚することにした。ミカのお母さんの了承も得た。結婚のセレモニーは来年の四月頃アナポリスで行うけど、アキヒロとカナコには証人《ウイットネス》になって欲しい」

僕はそれをすぐに依田に日本語に訳して伝えた。彼女も驚きを隠せない様子。僕たちはリチャードとミカさんに、「コングラッチュレーションズ」、「おめでとうございます」と祝った。それにしてもリチャードにはいつも驚かされる。出会って今日で一日目、それで結婚を決めてしまうとは。いや、プロポーズしたのはもっと前だろうから、出会いから数日のはずだ。確かに常軌を逸している。でも、時間を超越した愛、なんて素晴らしいんだろう。彼がそう決断するまでに何があったんだろう。とても気になる。それを早く聞きたいと僕は思った。

リチャードは一大発表の後、先ほどの話の続きを始めた。

「出会って三日目の朝、東京案内の前に『着替えたいんで家へ帰る』と彼女は言った。その時、東京にいる間よかったら自分の家に来ないかって誘うんだ。こんな高いホテルに泊まるのはもったいないって。僕はミカに興味を持ち始めていたんで、彼女に付いていったよ。そこは郊外の小さなアパートの一室だったけど、すごく居心地がよかった。彼女のアパートへ向かう途中、今日から一週間夏休みを取るって聞いていたから、東北地方への旅へ同行願えないかと提案した。だけど、ミカは次の日から母親の住む北海道へ帰省するという予定があった。僕は一緒に行ってもいいかと聞くと、ミカは嫌がるそぶりも見せず、いいわよって答えた。だから僕は東北へ行くのを止めた。その日はミカと二人で浜離宮っていうきれいな庭園を歩いた後、川を遡るボートに乗って浅草へ行き、土産物屋が並ぶ賑やかな小道を歩いて大きなお寺にお参りした。

　その日の夜彼女の部屋で手料理をご馳走になった。初めて食べる料理ばかりだったけど、すごく美味しく感じた。食後、彼女と一緒に入浴した。一人で入っている間に寝られちゃ困るからね。小さなバスタブで抱き合うようにして入った。ミカは丁寧に僕の体を洗ってくれたんで、僕も優しく愛撫するように彼女の体を洗った。それはまるでお互いの体を清める儀式の様だった。そして、一つの布団の上で僕たちは結ばれた。僕はこれまで何人もの女性と性的交渉《セクシュアルインターコース》を持っているが、その誰よりも最高のエクスタシーを感じた（聞いているこっちの方が赤面してしまうようなことを、リチャードは恥ずかしげもなく話す）。ミカは僕の快感をマックスレベルまで高めてくれ、僕も彼女にマックスレベルの快感を与えた。それは彼女のとろけそうな顔に涙まで浮かべている様子ではっきりと認識できた。その様子から、彼女は心に何やら闇を抱えているように感じた。それは僕の仕事柄よく分かるんだよ。毎日そんな人たちと接しているからね」

　あの日不思議に感じたことの半分が解けた。ミカさんが話す日本語にリチャードが自然に答えていた。それは一種の精神科医の能力のなせる業《わざ》なのだろう。それなら、リチャードが話す英語に対し日本語で答えるミカさんにも同じような力があるのかもしれない。

僕はミカさんに目を向けると、彼女のすぐ横で依田が涙を流して泣いていた。いったいどうしたのだろう。リチャードも最初は心配そうに見ていたが、ミカさんの表情から何やら読み取ったのだろう。僕は彼女が「大丈夫よ。そっとしてあげて」と言っているように感じた。

リチャードの方に向き直すと、彼はまた話し始めた。

「だからね、僕はそのミカの心の闇から彼女を救いたいと強く思った。四日目は彼女の母親へのお土産の買い物に付き合わされ、夕方『ゆうづる』っていう名前の寝台列車に乗った。翌朝アオモリというところに着くとすぐに、そこから大きなボート（青函連絡船）に乗った。長旅だったけど傍《そば》にミカがいると全然疲れないんだ。日増しにミカに惹かれていくのを自覚し、その大きなボートのデッキで心地よい潮風に吹かれながら大海原を見ている時に、『アメリカに来ないか。僕の妻になって欲しい』ってプロポーズした。ミカは僕の胸でひとしきり泣いた後、『不束者《ふつつかもの》ですが、どうぞ末永くよろしくお願いします』（これも僕の意訳だが、彼はそのようなニュアンスで受け取ったようだ）って言って深く頭を下げた。僕はその姿に深く感動し、一生彼女を大切にしようって神に誓ったよ」

そんな話を聞いているうちに僕の目には涙が溜まっていた。依田に見られたら恥ずかしいので、涙がこぼれ落ちる前に僕は指で目尻をぬぐった。

「ボートはお昼前にハコダテというところに着いた。お腹が空いていた僕たちは、ボートターミナルの近くのレストランで新鮮なサシミや魚の卵がのったライスボウル（海鮮丼のことだろう）を食べたけど、あれは絶品だった。午後星型の城郭跡が残る公園を歩いた後、列車に揺られて彼女の母親が一人で暮らすキコナイという海辺の町に着いた。実家に着くとミカが母親のユカさんに僕をフィアンセとして紹介した。ユカさんはそれを聞いて驚いた様子だったが、僕を温かく迎えてくれた。その日の夜はユカさんの手料理でもてなされた。どれも美味しかったが、ゆでた毛ガニは半端なかった。あんなに美味しいカニはアメリカでは食べられないだろう。

次の日は一日中ミカと二人でのんびりと美しい海を見て過ごした。明治維新《メイジレストレーション》の頃この海の沖合いで、名前忘れちゃったけど、なんとか丸っていう有名な軍艦《バトルシップ》が沈没したそうなんだ。その船はね、嵐の中をアメリカまで航海したってミカが言ってた（それなら咸臨丸のことだろう）。だからね、ミカがその船みたいにアメリカに渡るぞって、海に向かって叫んでいた。その日もユカさんは腕によりをかけた料理を作ってくれた。ユカさんは僕の食べっぷりのよさを褒めるものだから、つい食べ過ぎてしまう。その後お風呂に入り出てきたところ、ミカとユカさんは抱き合って泣いていた。

だから、二人が落ち着くまで僕は廊下で待たざるを得なかった。娘が結婚して幸せになることはうれしいんだろうけど、ユカさんにとっては太平洋をはさんで離ればなれになるということなんだ。簡単に会いにいける距離でもないしね。二人の涙が収まった頃、僕はユカさんの両手を取り必ずミカを幸せにすると誓ったんだ」

そういうことだったのか。僕は目の前の二人に対し感動を覚えていた。

「週末はユカさんも誘って三人でオオヌマというところに行った。景色もよかったし、旅館というジャパニーズスタイルのホテルもよかった。ホットスパも快適だったし、ハコダテの夜景も美しかった。ユカさんに見送られ再び大きなボートでアオモリにもどったが、東京に帰る途中一ヶ所だけ寄りたいところがあったので、センダイから車をチャーターし行ってきた。松島だ。芭蕉がその美しさに言葉を失ったというところ。アメリカによくある大自然の荘厳美とは異なり、日本独自の欠点のない箱庭的な美がそこにはあった。

今回二ヶ月間アジアの六つの国を回ったけど、ミカのことがなかったとしても、日本だけはまた訪れたいと思うよ。またどうして日本だけが急成長を続けているのかも、少し分かったような気がするよ。もちろん他の五ヵ国にもいいところはそれぞれあったけどね」

話が一段落したところで、中国料理のレストラン『白　蘭《ホワイトオーキッド》』に場所を移し夕食を取った。依田もミカさんと自然な会話ができるようになっていた。食べ慣れないフカヒレスープや北京ダックも美味しかったが、白菜のクリーム煮は絶品だった。料理が美味しいと会話も弾む。結婚式まで八ヶ月もあるので、それまであと二回は東京に来たいとか、その時はまた四人で会おうとリチャードは言った。ミカさんを式の前に一度はアメリカを見せるために呼びたいらしく、今度来た時に彼女の都合がつけば一緒に連れていきたいそうだ。僕はアメリカに興味があったので、彼が住むアナポリスについて聞いてみた。アナポリスは首都ワシントンDCの東、車で一時間くらいのところにある歴史のある町だそうで、チェサピーク湾に面したヨットハーバーとしても有名らしい。代々医師家系のリチャードの実家は相当大きいらしく、アナポリスに来た際は彼の家に泊まればいいと言ってくれている。メリーランド州はアメリカ合衆国独立時の一三州の一つで、アナポリスはその州都。同州にはアナポリスの北にボルティモアという大きな都市もあるとか。リチャードの話を聞いていると行ってみたくなる。

リチャードはこの日依田に会ったばかりだが、ミカさんと親しくなって彼女に既に信頼を寄せ、「時々ミカに会ってもらえるとありがたい」と言っている。僕もミカさんと二人で会うわけにはいかないけど、依田を交え三人で会ってミカさんの様子を彼に伝えてあげよう。

食後名残惜しかったが、僕と依田はリチャードとの再会を約束しホテルを後にした。

帰りの電車の中で依田に感謝の意を伝えた。リチャードの帰国前に彼に会えたのも本当によかった。来年四月の結婚式には是非参列したいものだ。それには相当費用もかかるだろうが、アルバイトを増やせばなんとかなるかもしれない。その時依田が僕の隣にいてくれたらどんなに素晴らしいだろう。昔から妄想癖の強い僕はそんなことを想像していた。

「昨日も言ったけど、カノジョ役のお礼がしたいんだけど。食事でもどうかなぁ」

「いいわよ」

「今度の休みはいつ。時間を気にしながらじゃなくて、ゆっくり会いたいし」

「月曜が定休日だから、今度は二二日かな」

「えっ、もうすぐじゃん」

「ダメなら、その次でも、次の次でも……」

「いや、すぐの方がいい。じゃあ、二二日に決定ということで。僕の今のバイトも土、日が忙しいんで、月曜日は休みなんだ」

「ねぇ、今日私うまくやったでしょ。だから、映画も追加して」

「何だ、そんなことか。僕の方から誘っておけばよかったな。でも、食事に映画って、何かデートっぽいよね」

「いいんじゃない。休みなんだし」

できるだけ長い時間一緒にいたいから望むところだった。僕からも彼女に頼みたいことがひらめいたので聞いてみた。

「僕からも一つお願いがあるんだけど、いいかな」

「なあに」

「着ていく服装を指定したいんだけど」

「えっ、何それ。何を着ればいいの」

「高校時代の制服」

「まだあるかどうか分かんないけど」

「それと、制服だからスッピンで」

「制服よりスッピンの方が恥ずかしいかも。嶋岡君の高校は私服だよね。ズルくない？」

「高一の時は黒ズボンと白いワイシャツで通したんで、それでいいでしょ」

「制服なんて、嶋岡君、変な趣味でもあるわけ」

「ははは、そんなんじゃないよ。単に高校時代の依田さんを僕が知らないからだよ」

依田の休みが月曜でよかった。あとは彼女に決まった人がいるのかどうかがめちゃくちゃ気になる。もしいないのなら夏休みの間だけでも、毎月曜に会えないものだろうか。

「依田さんは付き合っている人とかいるの？」と思い切って聞いてみた。

「今はいないわ」と言うと、彼女の表情は曇りうつむいてしまった。

今はいないということは、前にはいたということなのだろう。うれしい反面、彼女を傷つけたのかもと思った。触れられたくない部分に踏み込んでしまったらしい。何があったのだろう。彼女の痛みを共有してあげたいが、今の自分はその立ち位置にはいない。

「ごめんね。無神経にプライベートなことを聞いちゃった」

「ううん、大丈夫よ」と依田は力なく答えた。

話の流れから、その付き合っていた人と何かあったんだろうと想像できた。事情を知らない僕には慰めようがない。下手に触れるともっと傷つけることになるかもしれない。話題を変えなきゃと思った。

「依田さんはどんな映画が好きなの」と聞いてみた。

「胸がキュンとする恋愛モノかな」

「探してみるけど、ロードショーじゃなくてもいいかなぁ。よく行く名画座があるんだけど。安くて二本立てで、しかも空《す》いているからくつろいで見られるよ」

「嶋岡君に任せる」

「うん、分かった。探しておく。ホラー系の映画も観たりするの」

ホラーだと手でも握れるかなという、男にはありがちなスケベ心から聞いてみた。

「怖いのは私ダメなの」

「最近『サスペリア』っていう映画観たけど、結構いいデキだったよ。『決して一人では見ないでください』って宣伝しているヤツ、一人で見ちゃった」

「私はムリ、絶対ムリ」

そんな話をしながら電車に揺られ、依田と別れた。それにしても次に会う算段がつきよかった。それも五日後だなんて。リチャードが絡むと、なぜか運が向く。心の中で彼に改めて感謝した。

告白

約束の日がやってきた。一〇時半に彼女の家の最寄り駅で待ち合わせ。僕は一五分前から改札を入ったところで依田が来るのを待った。約束の時間きっかりに、「嶋岡君、おはよう」と女子高生に真後ろから声をかけられた。依田だった。ここに来てから改札を通る人を一人ひとりチェックしていたのだが、見逃してしまったのだ。何分か前にこの女子高生が改札を通るのを見ていたが、スルーしてしまった。それはヘアスタイルが五日前と全然違うショートヘアだったので、依田とは認識できなかった。彼女もイタズラ心から僕を試そうとしたようで、わざと何食わぬ顔で僕の横を通り過ぎた。その結果、彼女の思惑通りの結果となり、僕はちょっと恥ずかしい思いをした。

依田は約束通りまばゆいばかりの女子高生スタイルで来てくれた。スッピンだと顔の印象もかなり変わり、元気はつらつな高校生にしか見えなかった。女は化けると言われるが、この時はっきりとそれが分かった。カワイイ系のスッピン顔が化粧をするとキレイ系の大人の顔に変わるのだ。

僕が通っていたのは私服の高校だったが、この日は高一の時に通した格好で来た。

黒のスラックス、白いワイシャツにバッシュだ。それにしても依田の制服姿はかわいく、目が釘付けだ。カメラを持ってこなかったことを後悔した。

その日はまずは三ノ輪橋から都電に乗った。子供の頃東京の街のいたるところで走っていた路面電車も、今ではこの一路線しか残っていない。依田も久しぶりに乗ったらしく、車窓風景を楽しんでいた。僕の通う大学のある終点の駅までのんびりと都電に揺られた。

終点駅から少し歩き、大学の正門に出る。その向かい側にはこの大学の象徴である時計塔のある講堂がドーンと構えている。僕の通う文学部はそこからちょっと離れたところなのだが、正門から入るメインキャンパスの雰囲気がこの大学の一番のらしさを感じさせるところで、依田に是非その雰囲気を味わって欲しかった。二人でゆっくりと人影もまばらな広いキャンパスを歩く。この大学の創始者の銅像の前で、「嶋岡君はこういうところで勉強を続けているのね」と依田がつぶやいた。

メインキャンパスを突っ切り西門の方から出ようと向かう途中、同じクラスの鏑《かぶら》木《ぎ》と出くわした。

「よう。嶋岡じゃない。どこ行くの？」

「これから飯《めし》食って映画。そっちは」

「図書館だよ。小関《おぜき》のレポートまだやってねーんだよ」

小関とは一般教養の政治学の教授だが、学生の間では呼び捨てだ。

「夏休みに一般教養で課題出すのは、小関だけだよな。嶋岡はもう終わったの？」

「バイトがあるんで、他のレポートも一応全部終わらせているけど」

鏑木は僕の横にいる依田をちらっと見て、僕を手招きする。そして、僕の耳元に手を立て小声で聞いてきた。

「すごくかわいい子だな。カノジョかよ」

「そうだよ」

「お前、高校生と付き合ってんのかよ」

「別にいいだろ」

「クソうらやましい。ほんじゃな」

鏑木はそう言うと、僕たちに手を振って図書館の方へ走っていった。わざと誤解させてやった。いつも同じクラスの奴らが「カノジョができたよ」とか話しているのを聞いて羨ましかったので、思っていることが態度に出てしまった。これで新学期には僕に女子高生のカノジョがいるとの噂が立つだろう。何か愉快な気持ちになった。

「何話してたの？」と依田が聞いてきた。

「ん、秘密」

「学生同士の会話っていいよね。私も高校時代が懐かしい」

　その後、文学部キャンパスからは離れているが、よく行っている定食屋の『真理亜』へ彼女を連れていった。旨い、安い、量が多いという三拍子揃った学生にはありがたいお店だ。店主の小太りのおばちゃん（真理亜とはこの人の本名だが、顔と名前のギャップがありすぎる）にも名前を覚えてもらい、時々小鉢をサービスしてもらっている。

「あら嶋岡君、いらっしゃい」

「久しぶりっす。元気してました？」

「夏休みはお客さんが少ないんで、干上がっちまうよ。そちらのベッピンさんは初めての顔だね」

「こんにちは」と依田が挨拶する。

「女子高生かい。あんたも中々やるねえ」と言って、僕を見ながらニヤニヤ笑っている。座り慣れた奥のテーブル席に着くと、おばちゃんは依田の制服が白鳳女学園のものだと言い当てた。彼女がなぜ分かったのか聞くと、おばちゃんの娘も白鳳女学園の一年生らしい。依田は三年だと偽《いつわ》った。学年が違えばバレないとでも思ったのだろう。

依田とおばちゃんのやり取りは見ていて面白かった。肝心のオーダーは、僕はミックスフライ定食、依田はハンバーグ定食を選んだ。

「こんなお店でごめんね。でも、味は保証するよ」

「高くて気取ったお店より、こんなくつろげるお店の方が好きよ」

それを聞いて一安心。僕には思うところがあった。今回で三回目だが、これまで彼女のルックスばかりにメロメロになっていた気がする。確かに優しい気配りが言動の随所に感じられるのだが、それは仕事柄デパートの顔として多くの客と接しているからなのだろうか。彼女の見えない内面が知りたい。何を考え、何を欲しているのか。これからはそんなことにもアンテナを張り観察していこう。

「何か考え事でもしているの」と、ちょっと物思いに耽っていた僕に彼女が尋ねてきた。

「ごめん、何でもないよ。制服の力ってスゴイなーって思ってただけ。さっきといい今といい、完全に高校生に見られてるね」

「うん、本当に女子高生にもどったみたい」

彼女がご機嫌なうちに次回会う約束を取っておきたかったが、今が絶好のチャンスかもと思い聞いてみた。

「来週の月曜日は何か予定ある」

「今のところないけど」

「じゃあ、次はそのスタイルで君が高校時代を過ごした池袋の街を案内してよ」

「やだー。こんな格好で行ったら生活指導の先生に捕まっちゃうよ」

「それなら、僕の高校の地元の上野でもいいんだけど、月曜は博物館や美術館が休館なんだよね。動物園も休園だし」

「池袋じゃなきゃ、どこでもいいわよ」

とりあえずは、一週間後の再デートの話に乗ってくれたようだ。

「でも、せっかくの休みを毎週つぶしちゃっていいのかな。僕はバイトだからいいけど、君は立派な本業だからね」

「私なら大丈夫よ。気にしないで」

その話の流れで、「いっそのこと、僕たち付き合っちゃおうか」という言葉が出かかった寸前、おばちゃんが来たので引っ込めた。注文した定食を載せたトレイを運んできたのだ。更にポテトサラダが入った小鉢を二つテーブルに載せ「これサービスね。ごゆっくりどうぞ」と言うと、僕と依田は同時に「ありがとうございます」と返した。その見事なシンクロぶりにおばちゃんは「おっ、ハモった」と言って笑いながらもどっていった。僕たちもおかしかったので、お互い見つめあい目で笑いあった。何かいい感じで脈ありだ。急ぐことはない。今日チャンスがあったら告白してみよう。

依田は目の前のトレイに載った定食を見て、「このハンバーグ、草履みたいに大きい」とそのボリュームにびっくりした様子。「いただきます」と言って食べ始めると、「美味しい」と何度も連呼し平らげていく。その姿はどこから見ても元気のいい女子高生だった。店には客もまばらだったので、おばちゃんは何か面白いものでも見るようにずっと依田を観察していた。女性にとっては明らかに多すぎる量の定食をついには完食してしまった。

その後映画館まで歩いたが、食後の運動には程よい距離だった。依田のリクエストした胸キュン恋愛映画として選んだのは『ジェレミー』と『ダブ』の二本。彼女はどちらも見ていないとのことだったが、気に入ってくれるだろうか。いやそれよりも、こんな場末の映画館で心地よくいてくれるかが気がかりだ。

しかし、それは全くの杞憂に終わった。依田は三時間ほど集中して二本の映画を鑑賞したようだ。『ジェレミー』のラストシーンでは涙をぬぐっていた。そんな彼女の様子が愛《いと》おしくて堪らなかった。

『ジェレミー』は音楽学校でチェロを学ぶジェレミーという一五歳の少年とバレリーナを目指す一六歳のスーザンとの淡い初恋を、ニューヨークを舞台に描いた純愛映画の王道的作品だった。ある日学校でジェレミーはバレエの練習をするスーザンの姿を垣間見て一目惚れするも、彼女がハンサムな少年と一緒に歩いているところを目撃しあきらめる。後日スーザンは学校のコンサートでチェロを演奏するジェレミーに感動し声をかけ、二人は仲よくなった。そして二人の愛が深まっていく様子をカメラは追い、ぎこちない初体験へ。しかし、幸せな時は長くは続かなかった。スーザンが父親の仕事の都合でデトロイトへ引っ越すことになったのだ。ラストの空港での別れのシーンは切ない。抱き合ってキスした後、スーザンは父親が待つゲートへ続く扉へ走り去った。ジェレミーは悲しみに耐え切れず涙を流しながら空港を後にする。

『ダブ』は二年前の夏にロードショーで見ていた。いい映画だったので依田にも見せたかった。グレゴリー・ペック製作の映画としても話題となった作品だ。グレゴリー・ペックと言えば、『ローマの休日』や『白鯨』などで主演した名優である。

ダブという小型ヨットを操る一七歳の高校生、ロビンが世界一周する冒険映画。何度もの苦難や挫折に見舞われるが、航海途中に出会った一九歳の女子大生、パティの支えもあり、それらを乗り越え偉業を達成する。スクリーン上には美しい南太平洋が映し出される。反面大海原という大自然の中で人間がいかに無力かということも実感できる。嵐の中の航海も恐ろしいが、無風状態の中で全く動けないというのも怖いのだ。

二本の映画を続けて見たため依田は少しお疲れモードに入っているように見えたので、高田馬場駅近くの喫茶店で休むことにした。映画の感想を聞くと、二本とも気に入ってくれたようだが、『ジェレミー』には胸キュンしたそうだ。僕は今が攻め時と思い次週も一緒に映画を見ようと誘うと、すんなりと受けてくれた。その流れで一気にコクってしまおうと思った。しかしその瞬間、色々な想いが交錯し、何て切り出していいか言葉を失った。ああ言おう、こう言おうと、事前に考えていたセリフが一切飛んでしまった。拒絶されることも頭にちらついたが、「行動なくして得るものなし」というリチャードの言葉を思い起こし自分自身に活を入れた。

急に黙ってしまった僕を気遣ってか、依田は気分が悪いのか聞いてきた。とりあえず何か言わねばと思い発した言葉は、「依田さんのこと好きみたい」だった。なんと煮え切らない中途半端な表現だろう。だからすぐに「好きなんだ」と言い直した。それが伝えたかった僕の素直な気持ちだったんで、続けて「付き合って欲しい」と一気に言えた。更に口をつぐんでいる彼女に、「もしダメなら、きっぱりと僕を振って欲しい。その方が諦めもつくし」と続けた。

高校生くらいまでなら男女が友達というのはありかもしれないが、また利害関係があれば別だろうが、大人の男女が恋愛感情なくしては付き合えないと思っている。だから一旦気持ちを伝えた以上、もし相手に受け入れてもらえないのなら、潔く諦めようと覚悟していた。依田くらい器量がよければ、過去に付き合っていた男はいただろうし、今はいなくても彼女の相手をする男はいつ現れても不思議ではない。依田は先日の帰宅途中に今は誰とも付き合っていないと言っていたが、その好機に僕は彼女にめぐり会い夢中になったのだ。そうなってしまった以上、前に進むしかない。ダメならダメで、その事実を受け入れて前に進むしかないのだ。

人の気持ちは話さなければ伝わらない。僕が気持ちを言葉にして投げると、依田はしっかりと受け止めてくれた。重い言葉を投げたので、僕の心は軽くなり依田を見つめる余裕ができた。依田はそれをどう返そうか考えているようだが、その表情はとても穏やかだった。そして、僕に視線を合わせ、「私も同じ。嶋岡君が好き。だからこれからも、今日みたいに嶋岡君に会いたいな」と答えてくれた。

僕の緊張は彼女の返事を聞くと一瞬のうちに解けた。銀座で出会ってまだ二週間ちょっとだが、その間ずっと依田のことを思い続けてきたことが報われたのだ。五日前は偽りのカノジョだったのが、今日からは本物のカノジョだ。だから、うれしさ余ってお互いの呼び方もリチャードたちの前みたいに、アキとカナにするようすぐに決めた。

僕の誕生日は今月の八日で既に過ぎてしまったが、カナの記念すべき二〇歳の誕生日は九月三日でもうすぐらしい。そこで、二日遅れだが、九月五日のカナの休みの日に僕にも祝わせてもらうことにした。

その後の予定は特になかったが、思い合っていることが分かったばかりで、そのまま帰るのが惜しくなった僕はカナをボウリングに誘った。喫茶店の向かいのビッグボックスの中に、大学の友達と一度プレイしたボウリング場があるのを思い出したからだ。混んでいてレーンが空くまで一五分ほど待たされた。でも今は二人で待つことも楽しく感じられる。夏休み中ということで私服の若い人たちであふれていたが、制服姿なのは僕らだけで、周りからは高校生カップルに映ったことだろう。カナは高校時代にボウリングにハマった時期があったらしく、「アキにはまけないわよ」と鼻息も荒い。さて、どれほどの腕前やら。

　ゲームを始めて驚かされた。カナの投球フォームはプロボーラーのように美しく、放たれたボールはレーンの右端をゆっくり転がり、ピンの手前で計ったようにフックがかかり一番ピンのやや右に向かっていく。惜しいのはボールに威力がないため、ストライクはでにくい。しかしながら、スプリット残しでない限り器用にスペアを取る。僕の方は年に二、三回プレイするくらいで、それほど上手くはない。それでも女の子相手なら勝てるであろうと思っていたが、それがとんだ間違いであったことを思い知った。カナのようにフックボールを投げようとひねってみても、ボールはまっすぐころがるばかり。そこで戦術を変え、まっすぐでも速くて力強いボールを投げるようにした。そうすると、三、四回に一回くらいの割でストライクが取れるようになった。しかし、ピンを残すとスペアはなかなか取ることができなかった。そんなこんなで二ゲーム続けて大敗した。

　次で最後にしようと臨んだ三ゲーム目に入ると、カナのボールのコースが疲れからか、少しずつブレ始めた。厚めに行ったり薄めに行ったり、はたまたスプリットが続いたりでスコアメイクに苦しんだ。その結果、ラストゲームは僅差で勝つことができた。一勝二敗ということだが、トータルスコアでは完敗だ。でも、想像もしていなかったカナの特技が見られてうれしかったし、どちらがストライクやスペアを取ってもハイタッチで讃え合い、とても楽しいひと時だった。

外に出るとすっかり暗くなっていたので、カナを家まで送ることにした。次の月曜日も今日のように名画座で二本立てを見ようと約束した。帰ったら早速『ぴあ』で何を見るか決めなくては。カナが好きな胸キュン恋愛映画はやっているだろうか。

帰りの電車の中では手をつないだり腕を組んだり、身を寄せ合っていた。傍から見ると、ませた高校生が公衆の面前でいちゃつきやがってと見られただろう。実際そんな視線も感じたが、全く気にならないどころか、もっと見せつけてやりたいとさえ思った。仮に逆の立場なら、そんな光景を目にすれば、不快に感じただろう。人間とは勝手なものだ。

カナと一緒に電車を降り彼女の家に向かって歩く。住所を聞くと大体の場所は分かった。既に交流の途絶えてしまった中学時代の友達が住んでいた地区で、何度か来たこともあり懐かしく感じた。その辺りから歩いて家まで帰っても三〇分もかからないだろう。

僕たちは何気に別れがたく、カナの家の近くの人気のない薄暗い児童公園のベンチに座った。僕がカナの肩を抱き寄せると、彼女は僕の肩に頭を委ねた。そして目を閉じ安らいだ表情を見せた。僕はカナをとても愛おしく感じ、キスしたいという衝動に駆られた。受けとめてくれるかどうか気がかりであったが、思い合っているのは分かっているので大丈夫だろうとの確信があった。僕は突然湧き上がった欲求を抑え切れず、ゆっくりと顔を近づけた。あと数センチで唇と唇が触れるというところで、気配で気づいたカナは目を開いた。その瞬間僕は固まってしまった。カナの様子がどこかおかしい。息が荒く体を縮こまらせ、顔の表情は何かに怯えているようだった。一瞬汚いもので見るような視線を僕に向けた。その後突然立ち上がり、数歩すり足で歩いたかと思うとその場にへたり込んでしまった。

僕はすぐに駆け寄り声をかけたが、カナは僕の顔を見るのを避けている。先日新宿から帰る途中、電車の中で見た表情にどこか似ている。カナはいったいどうしちゃったんだろう。カナに拒絶されたショックも大きいが、彼女の身が心配でならない。呼吸が落ち着きゆっくりと立ち上がったが、公園灯の薄明かりの下で彼女の顔は血の気が引き青白く見えた。

「ごめんなさい。もうここでいいから。今日はどうもありがとう」と言うやいなや、カナは僕の返答も待たずに走り去った。

これって「フラれたのかな」という思いがよぎった。数時間前には「好き」と言い合っていたのに。カナの気持ちも考えず、急ぎすぎてしまったのか。男のあんな行為は女性にとってはある種の暴力と同じなのかもしれない。そう思うと恥ずかしいという気持ちでいっぱいになったが、それにも増して僕のせいでカナを傷つけてしまったと猛省した。

自己嫌悪のループに落ちそんなことを考えながら歩いていると、「やきとり」と書かれた赤提灯が目に入った。こんな時は酒でも飲まなきゃやってられない。とにかく一旦頭を空にしようと思いその店の暖簾《のれん》をくぐりビールを呷《あお》った。

ほろ酔い加減で家に帰ると、母がカナから電話があったと知らせてくれた。さっき見た何ともいえないカナの表情がよみがえる。面と向かって言えないことでもあるのかもと、こんな時はどうしても悪く考えてしまう。すぐに彼女の声が聞きたいと思い電話した。

「カナの気持ちも考えず、一人で急ぎ過ぎちゃったみたいだね。暴走しちゃってゴメンね」とまずはカナに謝った。彼女の方も僕が怒っているのではと気にかけていることが、彼女の言葉の端々から感じられた。よかった、彼女はあまり気にしていないみたいだ。どうやらフラれてはいなかったようだ。次週も予定通り会ってくれることを確認すると安心できたが、あれはいったいなんだったのかという疑問だけが残った。

気まずい別れをした翌週の月曜日も同じ時刻、同じ場所で待ち合わせた。前は制服デートだったけど、今日は大人のデートをしよう。今週末カナは二〇歳になる。

待ち合わせ場所には時間前に着いた。行き先は原宿や渋谷を予定している。先週もそうだったが、カナが現れるまでの間あれこれ色んな思いが交錯し、ドキドキしたりワクワクしたりしている。そんな風に過ごすひと時も悪くはない。

決めていた時間の一〇分ほど前だが、カナの姿が目に入った。今日は淡い暖色系の三つの色が交じり合うような模様のワンピースに身を包んでいる。軽口を交え彼女ではなく服を褒めると、ちょっと怒ったような表情を見せた。僕の冗談と知っていて反応するその表情がかわいくてたまらない。その服はミカさんのお店で買ったらしく、ミカさんと会ったこと、一緒に食事したこと、リチャードとのコミュニケーションのために英会話の勉強を始めたいことなど、電車を待つ間ミカさんのことについて教えてくれた。

「この前アキんちに電話した時ね、お母さんが私のこと知っていたけど、話してくれていたのね。すごくうれしかった」とカナは電車に乗るとすぐに僕にそう話してきた。

「うん、話しているよ。何か言われたの」

「今度寄ってねって言われたわ」

「付き合うことになったと伝えたら、近いうちに連れてこいって僕も言われたよ」

「ウチも同じ。ほら、最初にアキが公衆電話からかけてきた時の話、そっくり聞かれちゃってるの。私のお母さん、すごい心配性なんだ。だからね、付き合うなら一度ウチに連れてきなさいって、その時言われている」

「そうなんだ。親はみんな同じような思考回路なんだね。でも、親公認の仲になれたらいいと思わない」

「そうね。私もそうなりたい」

それから僕はカナのことを母に知られた裏話をした。ことの始まりは、僕のバイト中に届いたリチャードからの絵葉書を母に読まれたことが発端だった。封書なら読まれることはなかったろうけど、葉書なので文面にすぐに目がいってしまう。まして英文だったので珍しく、興味津々で読んだのではと推察できる。僕の母は結婚前まで中学校の英語の教師をしており、あれくらいの英文は簡単に解する。そして翌朝リチャードに電話して、招待を受けガールフレンド同伴で行くと英語で答えているところもばっちり聞かれてしまった。

「へー、章裕、ガールフレンドがいるんだ」と、電話を切った後、母が現れ僕を冷やかした。それで一〇日ほど前にリチャードというアメリカ人と知り合ったこと、彼のガールハントを手伝ったこと、その影響で見知らぬ女の子に声をかけたこと、その子が中一の時のクラスメイトだったことなどを順序立てて説明し、そのかつてのクラスメイトの依田加奈子にガールフレンド役を頼んだと母に話した。すると母は「なーんだ。本当のガールフレンドじゃないんだ」と言って残念がった。「でも、章裕はその依田さんっていう子が好きになっちゃったんじゃない」と鋭い突っ込みを入れられた。「何でそんなこと言うの」って聞いてみたら、「最近の章裕、どこか様子が変だったから」ときた。親は本当にすごい。自分の子供の気持ちが手に取るように分かるみたいだ。

母もそこまで知ったからには、当然リチャードたちのことも聞いてきた。そのリチャードとミカさんが結婚することになったこと、僕とカナがその結婚式の証人を頼まれたこと、そしてガールフレンド役のお礼としてカナを食事と映画に誘ったことなどを話しておいた。その先週の制服デートに出かけるところも見られているので、帰ってからカナと付き合うかもとボカして伝えた。こういうことを母に言うのは小っ恥ずかしいが、事の成り行き上隠すのも不自然なので話している。

カナに何かあるんじゃないかと先週の「キス未遂事件」の真相を知りたかったが、傷口をほじくり返すような行為のようで自分からは聞くまいと決め、僕の心の中にある好奇心という部屋の扉に鍵をかけた。今はそんなネガティブなことはどうでもよく、カナとの電車の中での話題は尽きなかった。僕の母の話の次は、カナが自分の母親のことを話した。彼女の母親はカナのことが心配であるが故に、僕のことに関心があるらしい。いずれにしても二人ともその存在をそれぞれの母親が知っているので、それって既に親公認みたいなものだ。だから、できるだけ早い機会に引き合わせられたらいいのに。そんな話をしている間に電車は目的地に着いた。

　僕たちは表参道で降りて、オシャレなブティックを冷やかしながら原宿まで歩いた。カナと手をつなごうとすると、カナは腕を絡ませ僕に身を寄せた。こうして腕を組んで歩くと、僕の肘はカナのお饅頭のように柔らかな胸に触れ妙な欲望が湧いてくる。触りたい。カナの何もまとわぬ身体に触ってみたい。でもそれはカナも望まなければ叶わぬ願いだ。早くそういうことを許し合える間柄になりたいが、あせりは禁物。二人が思い合って時間を重ねれば、自然にそうなれるだろう。

　昼食は原宿駅近くの喫茶店で取った。カナは何度か来たことがあるらしく、テレビゲームが内蔵されたテーブルが並んでいる。先週はボウリングでボロ負けしたが、この日はブロック崩しで勝負することになった。いざ始めてみると、このゲームでも全くカナには歯が立たなかった。三連敗したところで僕はやる気が失せ、カナのプレイぶりを見ることに徹した。僕もこの手のゲームは何度かやっているが、一打毎行き当たりばったりであるのに対し、カナのラケットさばきには無駄がない。入射角と反射角を瞬時に計算し、どこにボールがもどってくるか分かるようだ。だから余裕をもってラケットを構えられるし、一ヶ所を集中攻撃した後一打でいくつも消したりするコツも知っているみたいだ。やる度にその日のゲーム機のハイスコアをクリアし、カナの名前が連なっていく。ボウリングもゲームも何でそんなに上手いのか聞くと、高校時代の友達グループでボウリング場やゲームセンターに入り浸っていたそうで、一緒に遊んでいるうちにできるようになったのだとか。外見や言動からは全く分からないカナの隠れた特技のようで、こういうのは付き合わないと見えてこないので面白い。

昼食後、一駅だが渋谷へ電車で移動し名画座で映画鑑賞。今日もカナの好きそうな恋愛モノを選んでおいた。『フレンズ』と『純愛日記』の二本立て。カナはスクリーンに向かって後方右端の席に座った。先週と違う位置取りだったが、お手洗いで中座しやすいからかなと思い僕も従った。上映開始を知らせるブザーが鳴り終わり場内が暗くなると、カナは僕の首に腕を回し耳元で、先週の件を謝り大好きだとつぶやき、僕にキスをした。

そして、そのキスの理由《わけ》を話した。カナは自分の非を謝ろうと僕に電話したけど、僕が先に謝ってしまったので何も言えなくなってしまったらしい。そうか、カナはこの一週間ずっとそのことを気にしていてくれたのか。そう思うと、いっそうカナのことが好きになる。女性心理はよく分からないが、キスを女性からするのは相当勇気のいることではないのかと想像した。男だと恥はかき捨て的なところはあるが……。カナの気持ちを考えるとたまらなくなり、僕からもカナにやり直しのキスをした。カナは穏やかな笑みを浮かべると、僕に寄りかかり僕の肩に頭を乗せた。

予告編も終わり本編映像が流れ始めた頃、小さな寝息が聞こえてきた。好きな女の子だと、寝息までかわいく感じる。連日の立ち仕事で疲れも溜まっているだろうに、休日には僕がデートで連れ回している。それでは心身とも休まらないのではないか。それならできるだけ長く休ませてあげようと思った。

映画に集中しようとしたが、じっと動かないで座っているのは結構疲れるもので、台詞《せりふ》があまり頭に入ってこない。仕方ないので字幕を追うことになる。『フレンズ』は僕が中二の頃に封切りされ、性に目覚めたばかりの少年にはショッキングな映画であったのでいつか見たいと思っていた。副題で『ポールとミシェル』とある通り、二人のラブストーリーだ。一四歳のミシェルは南フランスのアルルで画家の父と暮らしていたが、父が亡くなったためパリの従姉《いとこ》を頼り上京。しかし従姉は恋人と狭いアパートに住んでいて、ミシェルには居場所がなかった。一五歳の多感な少年のポールは、裕福なイギリス人の父親の再婚相手とその連れ子とうまくいかない。そんな疎外感を抱く二人が動物園で出会い、ミシェルの故郷へ逃避行。父のアトリエで暮らし始めた二人に愛が芽生えミシェルは妊娠し、病院にもいかず自分たちだけで出産する。そして、シルヴィーという女の子が生まれ、三人で貧しいながらも楽しく暮らす。ミシェルの故郷に二人でやって来て一年ほど経った頃、ポールの父が捜索願を出していたため、警察がポールの働いているところをつきとめる。

見終わってこの映画は現実味に欠けると感じた。一四歳、一五歳といえば、日本だと中三か高一の子供だ。そんな子供が本から得た知識で自分たちだけで出産できるだろうか。犬猫じゃあるまいし。そんなことをすれば、命の危険すらある。また、ポールがくわえタバコで車を運転するシーンもあったが、日本だと大問題だ。ただ、南フランスの美しい風景が見られたのと、ミシェル役のアニセー・アルヴィナがかわいかったのでよしとしよう。

一本目の映画が終わってもカナは眠っていた。やはり相当疲れているのだろう。もしそうだとすると、カナの休みの日にデートに誘うのを控えねばならない。あちこち体を動かしたかったが、もう少し我慢しよう。

『純愛日記』の原題は『スウェーディッシュ・ラブストーリー』で、その名の通りスウェーデン映画だ。この映画も一三歳のアニカという少女と一五歳のペールという少年の恋話《コイバナ》。ストックホルム郊外の病院で初めて出会い、その後もゲーセンやクラブで見かけ合いお互いを意識するも話しかけられない二人。そして、お互いの友達を介して話す場面はその年頃に合った初々しさを感じるも、バイクを乗り回したりタバコをスパスパ吸っていたりで、違和感が半端ない。ある日アニカをめぐり年上の男の子にボコられるが、ペールはアニカをあきらめない。乗っていたバイクを放り出し、横たわるバイクの横で抱き合う二人のシーンはこの映画のキモで、アニカの白いミニスカートの後ろ姿が印象的。アニカの両親が家を留守にする日、アニカの家に遊びに来たペールは彼女と共に朝を迎える。見終わって映画の邦題が内容にそぐわないように感じた。でもアニカ役の子がかわいかったので、こちらもよしとしよう。今日は二本続けて主演女優のかわいさばかりを目で追ってしまった気がした。

純愛日記のエンドロールが流れている時にカナが目覚めた。カナは一本目の映画が終わったものと勘違いしていたが、二本目と知って愕然としている。理由を聞けば、ここ一週間充分な安眠が保てなかったそうだ。カナを悩ませていた原因はやはり僕だったようだ。先週の電話は僕に謝るためにかけたことはさっき聞いたが、僕が先に謝ってしまったため、自分の思いを言いそびれ自己嫌悪に陥ったとか。そのままでは僕との距離がどんどん離れてしまうと思い悩み眠れなくなったそうだ。それを聞いて腑に落ちた。積極的に腕を組んできたり、キスしてきたりした理由が何だったのかを。それを知るとカナを好きというレベルが更に上がった。今はただカナが愛おしくてたまらない。その日はカナの明日からの仕事のことを考慮し、そのまま帰路につくことにした。

帰りの電車の中で、カナが見損なった二本の映画のあらすじを話して聞かせた。

「あー、私も見たかった」とカナはとても残念がっていた。銀座で日比谷線に乗り換えると、席が空いたので二人並んで座った。カナに寄り添いたくなったので、「少し休ませて」といってカナにもたれかかり寝たふりをした。甘くいい香りがして気持ちが安らいだ。映画館では三時間もカナに肩を貸したので、今度は僕の方が少しくらい肩を借りてもいいだろう。

ふりだけのはずであったが、あまりの心地よさに加え快い電車の揺れも手伝い、いつの間にか浅い眠りに入っていった。そして駅に止まった時にぼんやりと気づくのだが、電車が動き出すとまた眠りに引きもどされた。それを数回繰り返した後、僕はゆっくりと夢の世界へと誘《いざな》われた。僕の体はゆりかごに揺られているようで心も安らかだった。遠くから「ゆっくり休んでいていいのよ」と、エコーのかかった女性の声が聞こえた。かすかに目を開けると僕はカナの胸の中に抱かれていた。どうやら僕は赤ん坊になったようだった。目を閉じると気持ちよい揺れだけが体に伝わり続けた。やがて、その揺れは止まった。

北千住駅での長停車の間に僕は覚醒した。

「ごめん。しっかり寝ちゃったみたい」

「うん、ぐっすりだったよ」

「おかげで今はすっきり。でも、カナは肩痛いでしょ」

「少しだけ。起こさないようにじっと我慢していたから。さっきの映画館でのアキみたいにね。だから、アキの気持ちが分かった」

そんなことを言われると、帰したくなくなるが、明日からのカナの仕事のことを考えると我慢せざるを得ない。だから、この日は次回のデートの再確認をして、電車の中から彼女を見送った。

カナの誕生祝いと英会話勉強会

僕がカナの二〇歳の誕生日を祝うと約束した日がやってきた。本当の誕生日は一昨日で、きっと家族に囲まれ祝ってもらったことだろう。いつものようにカナの家の最寄り駅で彼女を待つ。この日の待ち合わせ時刻は午後二時と遅めに設定した。連日の立ち仕事で疲れているだろうに、せっかくの休みの日を二週続けて付き合わせてしまったのだ。今日を含めると三週続けてとなる。だから、午前の時間だけでも休んでもらおうと思ったのだ。

昨日のバイトは遅番だったので、仕事前に渋谷のアクセサリーショップでプレゼントを探した。定番だけど、ネックレスにいい物はないかと見て回ると、カナに似合いそうなシルバーに輝くダビデの星型の、かわいいペンダントヘッドのネックレスに目が留まった。予算オーバーだったが、カナに関することでは、予算なんてあってないようなものだ。だから即決で買ってしまった。その他、食事代もその後の飲み代も祝う側が持たねばならないので学生の身にとってはきついが、それは二の次三の次。バイトをしているので何とかなるだろう。

あまり待つことなくカナは現れた。今日は黒と白のギンガムチェックのシャツに、丈が長めのダークブラウンのスカートをはいていた。少しでも大人になったということをアピールしているのかな。

「ハーイ、カナ」と右手を挙げるアメリカの学生同士の挨拶のノリで声をかけた。するとカナも同じように右手を挙げ、「ハーイ、アキ」と返してきた。いいリアクションだ。前回会った時に教えたアメリカの若い人の挨拶を実践してくれたのだ

「二〇歳の誕生日おめでとう」と早速祝いの言葉を贈った。二日前は丁度カナの単身赴任の父親も家に帰っていて、一緒にお酒も飲んで成人となる誕生日を祝ってくれたそうだ。カナの父親は熱烈な巨人ファンだそうで、王選手が世界の本塁打王になるホームランを打った直後だったので、テンション上がりまくりですごくゴキゲンだったそうだ。

一九七七年九月三日は日本プロ野球史において非常に重要な日となった。巨人軍の王貞治選手が、それまでの世界本塁打記録を持つハンク・アーロンを抜く七五六号ホームランを放ち、日本の王から世界の王になった日なのだ。日本中お祭り騒ぎで、この快挙により王選手は国民栄誉賞を受賞することになる。その後王選手はホームランを八六八号まで打ち、この記録は現在に至るもまだ誰にも破られてはいない。

この日は高校時代の三年間を過ごした上野界隈をカナと歩いた。高二くらいの時か

ら英語が話せるようになりたくて、放課後よく広い上野公園で、通りすがりの外国人に突撃実践英会話練習をしかけていた。外国人に話しかけるのは慣れるまではドキドキしたものだが、慣れてしまえば物怖《ものお》じしなくなったし、色々通じ合えると達成感も得られた。

上野公園を抜けた後、東京芸術大学前を通り母校へ行った。大学の合格報告で春に来ているが、その時はうれしさで舞い上がっていたのか、あまり記憶がない。だからほとんど一年半ぶりという感じで懐かしい。校門は開いており、下校する生徒の姿が散見された。

それから校庭横の道を下り不忍池《しのばずのいけ》に出た。高校何年の時だったか忘れたが、校内駅伝大会で仲のよかった友達とチームを組みこの池の周りを走ったことを思い出す。

ボート乗り場からカナを乗せ一時間ほどボートを漕いだ。ここのボートにも思い出がある。小学生の頃家の近くのバス停から上野広小路行きのバスが走っていた。小五か小六の冬の日曜日の朝早く、何回か複数の友達とそのバスに乗りボート遊びに来た。冬の朝一番に来ると池の表面が凍っているのだ。一人一艘ずつボートに乗り、最初はそれぞれの舳先でバリバリと氷を割りながら漕いだ。それが砕氷船のようで楽しいのだ。氷がなくなると、競走したり鬼ごっこしたりした。七、八人くらいで来た時、盛大に鬼ごっこをしてこっぴどく怒られたことがある。ボートの鬼ごっこのタッチは、鬼のボートの舳先が逃げる側のボートのどこかに当たればタッチ成立となるが、実際にはガンガンぶつけ合う感じだった。だから、ボート乗り場のおじさんから拡声器で呼びもどされ厳重注意を受けたのだ。その時学校名と一人ひとりの名前を聞かれたので、学校へ報告され先生にも怒られると思った。それからの数日間いつ先生に怒られるか不安であったが、いつになっても呼び出されることはなかった。恐らくボート屋のおじさんが学校への報告を控えてくれたのだろう。そんな話をカナにすると、「アキも昔はそんなやんちゃなことしてたんだ」と言って笑ってくれた。

ボートを下りた後はベンチに座ってお互いの高校時代の話をしたり、水鳥を観察したりして過ごした。そして、大きな池の周りを二人でゆっくりと時間をかけて歩いた。その流れで池之端から湯島方面へ向かい、夕食場所と決めていたメキシコ料理のレストラン『カサアスール』へ入った。今一緒にバイトをしている自称グルメの筒美と前に一度来たことがあり、その不思議な味、ハマる美味しさにまた来ようと思いつつ足が遠ざかっていたお店だった。席に着いた直後、昨日買っておいたネックレスをカナの首に着けた。僕のものになって欲しいと訴えたかったのだが、冗談交じりで言ってしまったためあまり伝わらなかったかもしれない。食事はここの人気メニューであるメキシカンコンビネーションを頼んだ。タコス、ブリトー、エンチェラーダ、豆のペーストにメキシカンライスなどがお皿に盛られて一人分。量もさることながらカナの口に合うか心配だったが、美味しいと言って全部食べ切ってしまった。料理と一緒に飲んだマルガリータも彼女の好みのようだ。

僕の夏休みも今週いっぱいで終わり、来週の月曜日から大学にもどらねばならない。大学に通いだすと、カナと会う機会が減ってしまうことは分かっていた。カナは週に一回は夕食をしてはと提案してくれた。会う日は僕の授業が早めに終わる火曜か木曜のどちらかでということに決めた。それとカナに相談されていたミカさんに英会話を教える件だが、バイトを金曜日まで入れているため、やるなら今週末しかなくなった。カナがミカさんの予定を聞いてくれるというので、僕は講義内容と教材の作成にかからねばならない。自分の勉強にもなるので、僕はそういうことは厭わない。

夕食の後はカナと地元のお店で飲むことにした。地元といっても僕の最寄り駅の一つ先の西新井だが、駅前の細い路地の奥にある『ソレイユ』というスナックにカナを連れていった。ここで大学入学前に二週間ほどアルバイトしたことがあり、その後も何度か高校時代の友人と来ておりボトルもキープしている。九時過ぎから客が入り始めるので、客のまだいない八時半頃に着いた。そのくらいの時間に行くと伝えてあったのだ。

この店のママは千夏さんというきれいなお姉さんタイプの人で、明るく竹を割ったような性格でファンも多い。常連客からは「ちなっちゃん」と呼ばれている。普段は彼女の従妹の美鈴《みすず》さんがアシスタントをしているが、現在は大学七年生のカレシと二ヶ月間の世界貧乏旅行中のため不在だ。その間僕の高校のクラスメイトだった親友の鈴本がアルバイトしている。このお店にキープしているボトルも鈴本との連名で入れたものだ。

『ソレイユ』の店内に入ると、ちなっちゃんと鈴本にカナを紹介した。僕らは一番奥の隅のテーブル席に着かされると、鈴本がすぐにボトルやグラスや水割りセットを運んできたので、ちなっちゃんが四人分の水割りを作り始めた。その間に鈴本が今度はバースデーケーキを持ってきた。四人で乾杯しカナの誕生日を祝った後、僕らの出会いから付き合うに至るまでの話をケーキを食べながら聞かれるままに話した。僕らの話が一段落したところで、「準備があるから」と言ってちなっちゃんは席を立ち、カナをカウンター前に置かれたジュークボックスまで連れていった。ＢＧＭをカナに選ばせているようだ。カナが席にもどると、鈴本も準備のためカウンターに入った。

カナと出会ってから定休日以外は休んでいないようだったので、夏休みは取らないのか聞いてみると、二三日から二五日の三日間で申請中とか。月曜の定休日を加えると四連休となる。そこで「一泊旅行に行こうよ」と誘ってみた。するとカナは一瞬固まってしまったみたいだ。早まったと思ったが、もう遅い。今までカナにお願いしたことは大体受けてくれていたので、つい調子に乗ってしまったようだ。嫌われたくないのですぐに謝ると、「ちょっと考えさせてくれる」との実質否定回答が返ってきた。

挽回しなければと思い、その後は自分でも驚くくらいしゃべり続けたようだ。カナと面と向かって話すと、彼女はいい聞き手なので、つい自分の話ばかりしてしまいがちになる。酔うにつれ沈黙が怖いのか、その傾向はより強まるようだ。休みの日や暇な時間は何して過ごしているのとカナに聞かれると、あれやこれやと長々と話してしまった。寺院、仏像、短波放送、橋など、女の子が聞いても面白くないだろうなと自分でも分かっていたが、アキって多趣味なんだねとカナに言われると、ついまた話し過ぎてしまう。熱しやすく冷めにくいという質《たち》なので、興味が湧いたことはとことん突き詰めなければ気がすまないのだ。カナは僕に比べ趣味がないことを嘆いていたが、社会人なのでそれは致し方ないのではないか。ボウリングやゲームじゃかなわないよと持ち上げると、少しは晴れたような表情になった。カナは暇な時は何しているのと聞くと、ニューミュージック系の歌を聴いているそうだ。学生時代にはもっぱら漫画を読んでいたとか。いくつかカナがタイトルをあげると、意外と僕も読んでいたものがあった。実は僕は〈隠れ少女漫画ファン〉でもあるのだ。中学の頃までは少年漫画を読んでいたが、少年漫画の多くがどこか現実離れした話であったり、ナンセンスもの、どたばたギャグ的なものであったりするのでだんだんと読まなくなった。それに代わり高校生の頃から少女漫画を隠れて読みだした。カナの一番好きだという漫画家の作品を僕も読んでいたことに彼女はすごく驚いていた。
一〇時を回った頃ボトルが空いたので、お開きにすることにした。翌日からも続くカナの仕事のことを考えると遅くまでは引っ張れない。僕のカナの誕生日を祝う今日のデートコースは彼女に気に入ってもらえただろうか。

カナを祝った日の翌日の夜遅く、彼女から電話があった。ミカさんの都合を確認するため一緒に食事をしたそうだ。そこで早速ミカさんに聞いてくれたようで、勉強会は土曜日の夜にして欲しいとのことだった。色々なことを話し楽しかったそうだが、時々見せるミカさんの寂しそうな表情が気になったらしい。食後酔い覚ましでお茶を飲んでいる時に、リチャードから送られた十数枚の写真を見せられたそうだ。ミカさんはそれらの写真を常に持ち歩き、リチャードが恋しくなると、彼が写っている写真を見て寂しさを紛らわしているらしい。だから、カナはリチャードも同じ気持ちなんじゃないかと推察した。そこで二四日の土曜日にミカさんも一緒に三人でどこかへ行って、ミカさんの写真をたくさん撮ってリチャードに送ってあげてはどうかと相談された。昨日『ソレイユ』で趣味の話をした時、僕が写真撮影も好きで、カナのポートレートを撮らせて欲しいと言ったことを覚えていたようだ。カナの写真が撮れるなら断る理由はないが、それにもましてリチャードを喜ばせたいという気持ちが勝《まさ》った。

撮影場所も含め前向きな回答を翌日にするということで電話を切った。即答してもよかったのだが、またカナの声を聞ける機会を作っておこうという気持ちが働いた。

　ミカさんのことはリチャードからも、困ったことがあれば助けてあげて欲しいと頼まれていたので気になってはいたが、カナがいい感じでミカさんと接してくれている。カナからミカさんが電話でリチャードとコミュニケーションを取るのに難儀したとの話を聞き、僕も一役買って出ようと勉強会講師を引き受けたのだ。電話では話し相手の顔姿がお互いに見えず、表情を読んだりジェスチャーを使うこともできないので、ミカさんの苦労する様子が容易に想像できた。

　次の日カナが帰っていそうな時間を見計らい返答の電話を入れた。一〇日の勉強会は予定の場所に先乗りしているから、ミカさんを連れてきて欲しいと伝えた。また、二四日の件では、土曜日なので本当は必修のイギリス文学史の授業があるのだが、一般教養科目だけなので休めるよと答えていた。今の僕にはカナに会うことが最優先事項であり、彼女に気を回させないよう嘘をついたのだ。そして、行き先として鎌倉はどうかと提案しておいた。鎌倉ならそう遠くはないし、何度も行っているのでガイドもこなせると思ったからだ。

　勉強会まで三日しかなかったので、使える時間は教材作成に当てた。バイトへの行き帰りの電車の中でも、英会話の本から使えそうな表現を集めた。ピックアップした英語表現はそのまま使えるよう、名前部分などを変えて教材にした。日本語表記は（ワープロが登場する前だったので）手書きでするしかなかったが、英語は全てタイプライターで打った。その作業は当日のお昼過ぎまでかかり、でき上がった教材はA4判の紙五枚になった。

勉強会を行う秋葉原へ向かう前に近くの図書館に寄り、教材のコピーを二部取った。約束の個室喫茶『カノープス』には七時半頃に着き、小ミーティング用の部屋を押さえ二人を待った。二人が来るまで、講義の進め方について再確認した。英語表現を覚えることは重要だが、それと同様にヒヤリングの大切さも教えなければならない。いくら色々な表現を知っていても、相手の言っていることを理解してこそ使えるのだ。

自分の経験から、ヒヤリング力を向上させるにはひたすら聞くしかない。そこで僕はでき得る限り英語漬けの生活環境を作って耳を鍛えた。まずはFEN（Far East Network）をつけっぱなしにし、特にニュースは集中して聞くようにした。また、最近テレビでも増えだした二ヵ国語放送のテレビドラマを英語で聞くため、箱型のチューナーを買い家のテレビにつないだ。『外科医ギャノン』、『刑事スタスキー&ハッチ』、『ラバーン&シャーリー』などを実際に英語で見たが、最初のうちはほとんど分からなかった。しかし、見続けていると、こういう時にこういう言い方をするんだと、少しずつではあるが分かってくる。また、テレビやラジオでやっている英会話番組はでき得る限り見たり聞いたりするようにした。子供がその国の言葉を自然に覚えていくような要領だ。

八時頃、カナがミカさんを連れてきた。ミカさんとは八月半ば以来の再会だが、見惚れてしまうほどのプロポーションは相変わらずだ。カナはあれから二度銀座で夕食を共にしたらしい。

「章裕君、忙しいのに、今日はどうもありがとう」

「いえ、少しでもお役に立てればいいのですが。それに僕自身の勉強にもなりますので、やってみたかったんです」

教材作りで何冊か英会話の本を読んでおり、自分の勉強になったのは確かで嘘ではない。講義を始める前、三人ともお腹がペコペコだったのでまずは腹ごしらえを済ませた。

作成した教材を使って教える前に、僕はヒヤリングの重要性について話した。さっきも考えていたのだが、かき集めた英語表現をいくら覚えたとしても、相手の言っていることが聞き取れなければ、それらを使うことはできない。「話す」前に「聞く」ありきなのだ。耳を鍛えるにはひたすらネイティブの英語を聞き続けなければならず、僕がやっている方法を伝授した。ミカさんは仕事をしているので限度があることは分かっているが、アメリカに渡り四方八方英語の海に浸かって生きていかなければならないので、今からやっておけば絶対に効果があるからと強く勧めた。

電話で使う表現や練習用のダイアローグはそのまま覚えて使えるように、リチャードとかテンプルトン宅とかに変えて作ってある。英語表現は発音やイントネーションにも注意しながら解説し、僕が言った後に続けて二人にも言わせる反復練習を行った。対話練習はA役を僕がやった場合、B役をミカさんかカナにやらせ、次に役柄を入れ替えて練習。A役をミカさん、B役をカナという具合に二人だけでもやってもらった。このようなレッスンを二時間ほど続けた。自分としてもみっちり教えられたと思えたし、二人とも真剣に受けてくれたと感じた。

帰り支度を始めた時、ミカさんがカナを呼んだ。

「章裕君にちょっとリチャードのことで相談したいことがあるから、カナちゃん、悪いけどココの会計済ませといてくれる」と言って、ミカさんは自分の財布をカナに預けた。わざとカナを外させたようにも見えた。カナが部屋を出るとミカさんは話し始めた。

「ねぇ、章裕君。カナちゃんにはね、自分の口からあなたに話せないことがあるみたいなんだけど」

「えっ、何ですか」

「前に男の人に乱暴されたり、つきまとわれたりしたらしいの。だからね、男の人に妙に臆病な態度を取ったりすることがあるみたい。その時のトラウマからかしらね。何か心当たりある」

「ええ。あります」

「キスを拒否った話は聞いているよ。カナちゃんがあなたに取った言動は本心からじゃないことを分かってあげて。彼女はあなたのことを本当に好きみたいよ」

「でも、なぜそんなことをミカさんが……」

「私にもそういう経験があったから、カナちゃんの気持ちがよく分かるの。ほら、前に四人で新宿のホテルで会った時、カナちゃんが涙を流したことがあったでしょ。あれはね、彼女が私のつらい過去に寄り添ってくれたからなのよ。優しい子よね」

「知りませんでした。カナにそんなことがあったなんて。仮にカナが僕を嫌いになったら、僕だったら潔く彼女の前から消えます」

「男の人は女からすると豹変するから怖いのよ。口では甘いことを言っても、一度《ひとたび》心が大きくすれ違うと愛は憎しみに変わるのね。その憎しみも愛の表現の一種なのかもしれないけど。力関係でも男の人の方が圧倒的に強いし」

「カナも僕が変わってしまうのではと思っているのでしょうか」

「私には分からないわ。好きだからそれが怖いのかもしれないし、今のままでいいって気持ちもあるのかもしれない。二人の問題は二人にしか解決できないから。だから、今はカナちゃんを救えるのはあなただけだってことを肝に銘じておいて欲しいの」

「はい。よく分かりました。今の僕にとって、カナは一番大切なものですから絶対に傷つけたりしません」

「私が今あなたに話したこと、カナちゃんには言わないでね」

「はい。でも、なぜ僕に話してくれたんですか」

「私もあの素直なカナちゃんがすごく好きだから、二人にはうまくくっついちゃって欲しいのよ。それにリチャードと引き合わせてくれたあなたへのお礼だと思って」

「ありがとうございます」

「私もリチャードを受け入れて救われたから、あなたも早くカナちゃんをものにするのよ。分かった」

「焚《た》きつけていませんか」

「ええ、そうよ。それが二人のためだと思うから」

「分かりました。僕もそうなりたいし、カナを大事にしながら頑張ります」

ミカさんと話し終えた時丁度カナがもどってきた。

「どうしたの、二人とも。神妙な顔つきだけど」とカナが重々しい空気の中で言った。

「うん。何でもないのよ。リチャードのことでね、ちょっと章裕君に確認してただけ」

「何か、問題でも」

「大丈夫よ。もう解決済み。心配しないで」とミカさんがうまくごまかしてくれた。

この日の第一回勉強会はそれでお開きとなった。僕はミカさんの話を聞いてカナをいっそう好きになった。「好き」に段階や限度はあるのだろうか。それでも、彼女のことについてはまだまだ知らないことがあるんだなぁと再認識した。

時間的にも遅くなってしまった。カナは母親に今日はミカさんと一緒に僕から英会話を教わるんで、遅くなることを伝えていたらしいが、家に着く頃は一一時半を過ぎてしまうので彼女を家まで送ることにした。そして、この先ずっと彼女と一緒にいたいと思っていたので、彼女の母親に挨拶を済ませておいた。

決意の行動

夏休みが終わり、久しぶりに大学にもどってきた。一限目はハイディ矢部先生の英会話の授業だったが、長休み明けの最初のコマのため欠席者が目立った。矢部先生はアメリカ人のネイティブの発音にこだわり、一続きのフレーズを独自のカタカナ表記で表すことで知られている。ラジオの英語番組の講師もしており、僕も彼のファンの一人だ。その先生のナマ授業なので、まだ一度も休んだことはない。

一限目が終わった後の休憩時間、二ヶ月ぶりに会った同じクラスの木本《きもと》と白岩《しらいわ》とで、夏休み中はどうだったかという話になった。長野県の小諸出身の木本は実家で読書三昧。といっても文学作品ではなく、森村誠一の推理小説とか西村寿行のサスペンス物を読み漁ったとか。高校時代の友達とバンドを組んでいる白岩は、昼間はそのバンド仲間とベースの練習、夜は渋谷のライブハウスでアルバイトという生活だったそうだ。そして、白岩は前座ながら、バイト先のライブハウスでベーシストデビューをしたそうだ。

三人で二限の音声学の教室へ移動したが、その途中に白岩が話し出した。

「そういえば、鏑木から聞いたけど、嶋岡は女子高生と付き合っているんだって」

「うん。デートしてるとこあいつに見られちゃって。でも、それいつ聞いたの」

「八月の終わり頃、渋谷でばったり会った時だったかなぁ。あいつも俺も暇だったんでお茶したんだけど、そん時聞いた」

今日鏑木は一限を休んでいたが、予想通り噂のソースとしての役割を果してくれたようだ。悪い気はしなかった。

二限の音声学の授業は、先生の話がほとんど頭に入らなかった。休憩時間にカナの話が出たので、彼女のことばかり考えていた。一限目は興味のある授業だったから集中できたのだろう。大学が始まるとカナと休みの日が異なるので、昼間会える機会が大幅に減ることは頭では分かっていた。いざそうなってみてもう寂しさが実感できたが、この先大丈夫なのか。

先週でウェイターの仕事も終わり、それに代わるバイトとして家庭教師をしようと思っていた。三限目が空いていたので、その時間を利用し大学近くの家庭教師派遣会社に登録に行くと、今週からやって欲しいと強く頼まれた。来春の受験のラストスパートで依頼が多いため、需要に供給が追いついていないらしい。早く始めればそれだけ稼げるので、火曜・木曜の週二日、有名私立中学を受験する小六の女の子に教える仕事をつい受けてしまった。この前カナとこの二日のどちらかで夕食を一緒に食べようと話したばかりだったのに。彼女のことを忘れたわけではないが、目先のニンジンに飛びついてしまった。

大学にもどり掲示板を見ると、五限目の一般教養の宗教学の授業が急遽休講になっていた。四限の授業は心理学だったが、またもや先生の声が耳に入らずカナのことばかり考えてしまった。久しぶりの授業だったためか、夏休みボケが抜けないのか、授業に集中できない。いや、休みのせいではないことはよく分かっている。今日の二限の音声学の授業の時もそうだったから。

一昨日ミカさんから預かったリチャードへの手紙の日本語ドラフトは昨日の内に英訳し、エアメール用のレターペーパーにタイプアップした。ミカさんの住所も聞いていたので、封筒に宛名と差出人住所もタイプで打ち、あとはレターにサインし切手を貼って出すだけの状態にまで仕上げた。あとはこれをカナに託してミカさんに渡してもらうだけだ。

カナのことをもっと僕の中に充電しておかなければと思い立ち、心理学の授業が終わると彼女の家に電話した。今日は定休日でカナは家で休んでいた。ミカさんの手紙の翻訳が終わっているのでこれから渡しに行きたいと伝えると、うれしいことに僕の家の最寄りの梅島駅まで取りに来てくれるとのこと。それなら彼女を家に連れていこうと思った。最近出費続きだったので、お茶代や食事代を浮かせられることもあったが、カナと付き合うようになったのを知った母から、何度も家に連れてこいと言われていたのだ。恥ずかしい、いや、照れくさいという気持ちもあるが、素のままの彼女を見てもらいたいとも思っている。複雑な心境だ。夕食の準備などもあるだろうから、一応母にも連絡は入れておいた。

帰りの電車の中で翻訳した手紙を読み返してみると、二ヶ所タイプミスがあった。よし、それを家で直すという理由で誘ってみよう。一昨日ミカさんから早くカナをものにしろとのプッシュもあったが、自分の部屋で二人きりになることを想像すると邪《よこしま》な妄想が湧いてくる。そんな感情が汚らしく思えると、無性に自分が嫌になるのだ。カナが望まないことは絶対にしない。カナが何にも増して大切だから。でも、もしカナも望むなら……。カナの本心が分からないから、そんなことを考え出すといつも堂々巡りだ。

駅の改札口でカナは待っていた。階段を下りる僕の姿を見つけると、カナは手を振って所在を知らせてくれた。僕も彼女の姿を確認すると、知らぬ間に走り出していた。

「ごめんね。休みの日にわざわざ出てきてもらっちゃって」

「大丈夫よ。家で暇してたから」

「待った」

「そんなに。一〇分くらいかしら」

「これからウチに来る？　電車の中でミカさんの手紙を読み直していたら、二ヶ所タイプミスがあったんだよね。それを直したいんだけど」

「うん。分かった」

「この辺来ることあんまりないでしょ」

「一駅違いだけど、こっちには友達もいないから、ほとんど来ないわね。でも、アキが暮らしている街だから来てみたかったの」

僕の自宅は駅から徒歩一〇分ほど、旧日光街道から小路を少し入ったところにある。家の中に入り、上がりかまちで母とカナを引き合わせた。長々とあいさつのやり取りをしていたので、途中で遮《さえぎ》り彼女を二階の僕の部屋に連れて上がった。母は夕食を食べていくようにうまく誘導していた。その方が彼女により長くいてもらえるので、僕としてもありがたい。

僕の部屋に入ると、カナは中の様子を注意深く観察していた。ドアの横においてある電子オルガンの椅子を引き出して彼女を座らせると、僕は手紙のタイプミスの修正作業にかかった。その間カナが退屈しないよう、彼女の好きな歌のカセットテープを再生した。

数分で手紙を直し終えると、封筒に入れミカさんに渡してもらえるようカナに託した。そして、コーヒー好きの兄の部屋からコーヒーサイフォンを持ってきて、本格コーヒーを作り彼女にふるまった。僕には二人兄がいるが、上の兄は平日はおらず、二番目の兄は年に三回くらいしか帰ってこない。要するに二人ともほとんど家にはいないのだ。好きな歌を聴きながらカナと飲むコーヒーは美味しかった。

二杯目のコーヒーができ上がる頃、母がノックして部屋に入ってきた。クッキーを差し入れてくれたのだが、様子を窺いにきたのは見え見えだ。今の母の興味は初めて息子が連れてきたガールフレンドに絞られている。話し出すと長くなるので、また話の腰を折り母を追い出した。その様子を見ていたカナから、僕は母に冷たいと言われてしまった。

二杯目のコーヒーはベッドに二人で座って飲んだ。その後BGMの歌の歌詞をめぐり、カナとちょっとした言い争いとなった。彼女の意識下に闇が潜んでいるかもということを、一昨日ミカさんから聞いたのを思い出し、やってしまったかもしれないと猛省した。豹変したのではないことを証明するため、僕の心の内をさらけ出すしかないのか。カナを思う時、僕の心の奥から時々湧き起こる邪な妄想に嫌悪することがあると打ち明けた。

その妄想とは、カナともっと激しいキスがしたいとか、裸の姿を見たいとか、その体に触ってみたいとか。そして、カナとしたいとか……。そんな心の内をぶちまけた。

　僕の超恥ずかしい暴露に対し、彼女も同じようなことを考えていると答えてくれ、「アキにならあげられるよ、私の全部を」という言葉を引き出せた。それが彼女の本心ならと考えると、僕の理性の歯止めが解けた。

「やっぱり、カナが大好きだよ」と言うや、肩を抱き寄せ彼女の目を見つめた。カナも僕を見つめ返し、その目から今引き出した彼女の言葉に嘘がないことを確認した。

「私も」という彼女の言葉が引き金となり、僕の体は自然に動き出した。カナにゆっくりとキスをする。今までのキスは唇と唇が触れ合うものだったが、舌でカナの唇をこじ開けカナの舌に絡ませた。するとカナも最初は控えめに舌を僕の口の中に入れ、僕の舌に絡ませてくる。そのカナの舌を強く吸うと、彼女の背中がピクッと震えた。

僕はキスを続けながら、ブラウスの上からカナの胸に触れた。ブラジャーでカバーされているが、柔らかくボリュームがあると分かる。強弱をつけ揉んでみると、時折背中を反らせた。腹部に触れるとそこは緩やかにくぼみ、腰部はカーブを描くようにくびれていた。男のゴツゴツした体とは全く違う。これが女性の身体なんだと実感できた。

　今度はお尻に手を回してみた。しなやかに丸みを帯び、柔らかでありながら弾力もある。ミニスカートから伸びる太ももにも触れる。そのすべすべした質感はなんて触り心地がいいのだろう。そして、僕の右手はスカートの内側を滑り、僕の最も関心のある場所に到達した。そっと触れてみると、薄いパンティー越しに小さなクレバスの存在が確認できた。その端の部分にある小さなでっぱりを指先で撫でると、キスを続けるカナの口から吐息が漏れ息遣いも速くなるのが分かる。物の本によると、女性の最も敏感な性感スポットとあったが、カナの様子はそれを証明しているようだった。今度はそこを押してみると、カナの身体はビクンと痙攣《けいれん》した。カナは顔を横に向け、何かを必死に耐えるような表情を見せ、これ以上は無理とギブアップ宣言。

僕は最後の試みに望んでみた。カナの上に体を合わせ、分身をカナの下腹部に押し当て上下に動いてみた。カナは歯を食いしばって耐え続けていた。僕の怒張した分身もこれ以上続けると噴火しかねなかったので、今日はここまでと限界を感じて動きを止めた。カナにも僕がどんな状態であるのかを知ってもらいたく、カナの手を僕のズボン越しに下腹部の大きく硬くなった部分に導いた。カナはやさしくその部分を包み込むように触れると小さな吐息を漏らした。そこまでしてしまったので、僕は近いうちにカナをもらうからと伝えると、彼女は待っていると受けてくれた。

なんと大胆なことをしたのだろう。かなりヘビーなキスをしながらカナの身体を触りまくった。でも僕の突然の行動をカナは拒まなかったので、彼女の本心を摑んだような気になれたし、これで次の段階への準備はできたという充足感も得られた。しばらく僕たちはベッドの上に並んで放心状態で横になっていた。そんな時、「章裕、加奈子さん、夕食できたわよ」と母の声がした。僕たちはお互いの服装の乱れをチェックし合い一階へ下りた。

リビングルームに入るとカナはその造りを見て、「アキんちってどこも洋風なのね」とちょっと驚いて見せた。今の家は三年前に建て替えたもので、仏壇のある両親の部屋だけが畳で他の部屋は全て洋間だ。カナの家は彼女と弟の部屋を除き、純和風建築だそうだ。

テーブルの上には既に料理がセットされていた。ビーフシチューとブラートカルトフェルンで、最低週一で食卓に上る母の得意料理だ。小さい頃から食べさせられた我が家のソウルフード。カナがビーフシチューを「美味しい」と連呼しながら食べている様子を見て、母はすごくうれしそうだった。あっという間に完食してしまうと、母はカナにお代わりを用意した。カナが母にレシピを聞くと、今度来た時に一緒に作りながら教えると母は答えた。また来なさいと言っているのだが、母とカナが並んでキッチンで料理している姿を想像すると僕もうれしくなる。どうやら母はカナを気に入ってくれたようだ。

母のビーフシチューに対する思い入れは半端ない。今はもう会うことのかなわない学生時代の友達につながる思い出の料理で、それにまつわる昔話を母はカナに感慨深げに話した。当時食べた味を完全に再現できていないと母は言っているが、色々な工夫やアレンジが加えられているので結構美味しいと僕は思うのだが。懐かしい思い出と一緒に、当事の味を母は美化し過ぎているのではないだろうか。

食後ソファに座り紅茶を飲みながら、母はカナと話し込んでいた。間に入って話の腰を折るとカナにまた何か言われそうだし、話好きな母も水を得た魚のように楽しそうに話していたので、しばらくカナの相手は母にまかせた。僕は一人で何もすることもなく、先ほど針を落としたレコードの二曲目のバッハの曲を静かに聴いているしかなかった。

そんなところに父が帰宅した。リビングルームに入ってきた父に、カナは立ち上がり腰を折って深く頭を下げ挨拶をした。その様子は緊張気味。父も挨拶を返すが、どこか照れくさそう。その様子は不自然なことこの上なく、見ていて面白い。前にテレビのドラマで見たシーンを思い出した。息子が連れてきた美しい恋人に対し、父親はほとんど視線も合わせられず恥ずかしそうに挨拶していた。ドラマのようにそこまで極端ではないが、普段見せない父の意外な面を垣間見たような気がした。父が着替えのためリビングを出ていったのを機に、僕たちも部屋にもどるねと言って、母からカナを引き剝がし二階へ上がった。

自分の部屋にもどったはいいが、さっきのカナとの熱いひと時のことが脳裏から離れず何をしていいか分からなかった。何か言おうとしても、言葉が出てこない。そんな気まずい雰囲気をカナが破ってくれた。

「アキ、エレクトーンを聴かせてよ」

僕の部屋の電子オルガンは母のものだったが、家を建て替えた頃から母は弾かなくなり、僕はオルガンを覚えたかったのでここに置くことになったのだ。いくつかのコードを覚えて簡単な循環コードの曲の弾き語りはできるようになった。しかし、フォークソングからニューミュージックの時代に移り、最近の曲は難しくなってきたようだ。そのためコード表を確認しなければならないことが多くなり、最近はあまり弾かなくなっていた。

「それならギターを弾くよ」と言って、僕は部屋の隅のギターケースを引っ張り出した。

チューニングを済ませると、そのまま指慣らしで、高校時代によく歌っていたかぐや姫の歌を一曲披露。僕一人で歌うとカナは退屈するだろうから、歌える曲はないか聞いてみた。カナは歌詞を覚えていないと言うので、最近の歌をほとんど載せている歌集本を見せ選んでもらった。カナはエレベーターガールの研修の時に発声トレーニングを受けたそうで、はっきりとよく通る声をしている。カナは楽しそうに僕のギターをバックに二曲歌ってくれた。その後は数曲二人で一緒に歌った。

九時を回った頃、カナは翌日からの仕事に備え帰宅することになった。もちろん僕は彼女を家までエスコートしたが、電車を使っても歩いても時間的には同じくらいなので、二人で話しながらカナの家まで歩いた。

僕が今日決まった家庭教師のアルバイトのことを話すと、カナはちょっと残念がったが、これからは二人で調整しながら会うことにした。アルバイトはリチャードの結婚式に参列するための資金稼ぎなのでやらないわけにはいかない。それをカナも分かってくれてはいるのだが……。定期的に会えなくなるのはカナも寂しいらしい。

カナの家に近づくにつれ、彼女が何か聞きたそうにしているのが分かったし、何を聞きたいのかその内容も薄々感づいていた。そして予想にたがわず、なぜキスがあんなに上手だったのか、なぜ女性が触られるだけで気持ちよくなるポイントを知っているのかとカナに尋問された。〈上手すぎる〉、〈熟知している〉イコール〈初めてではない〉、〈経験豊富〉というのが彼女の言い分だった。僕は初めてだったと何度も答えるも、カナは半信半疑の様子。初めてだと信じてもらえないということは、それほど感じてくれたということだろうか。

誤解されたままでは嫌だったので、恥ずかしいけれど真実を話すしかなかった。そう、あれは全て本を読んで得た知識であったことを。ちょっと引かれたかもしれないが、納得してくれたみたいだった。カナとあんな行為がしたいと夢想することが何度もあったが、そんなチャンスが到来した時のために、童貞男子のバイブルと言われる

『HOW TO SEX』を熟読しておいたのだ（正に聖書ならぬ〝性書〟だ）。こういう本を客が大勢いる書店では他人の目が気になり買えないが、駅から離れた老夫婦が細々とやっている古本屋で他の客がいない時を狙って、その種の本を数冊買い求め勉強していたのだ。

これで恋愛のB段階のペッティングまでこぎつけた。カナにも心の準備をしておいて欲しいので、今日の行為はあくまで練習で今度は本番だと伝えると驚いた表情でうつむいた。その恥じらいの中に期待してくれている様子も窺えかわいくて堪らなかった。

その日の夜、僕の部屋で一糸まとわぬカナと抱き合っている夢をみた。あまりの快感を覚え目が覚めると、パンツを汚していた。

僕が教えることになった小六女子の家は東中野にあった。名前は植竹愛莉《うえたけあいり》といい、家の近くの区立小学校に通っている。彼女の家は賑やかな商店街の中にあり、通りに面して古めかしい文字で「植竹米穀店」と書いた看板を掲げたお米屋だった。一階は広い店舗で、住居スペースへの入口は店舗横の小路沿いにあった。教え子の部屋は二階にあり、店舗スペースから総二階になっているので、かなり広い家だ。

アイリちゃんに教えるのは主に算数と国語の二教科で、毎週火曜と木曜の二回、午後七時から九時までの二時間という契約だった。二教科に一時間ずつ割いたが、それぞれ最初の二〇分間を学校の教科書を使っての予習、残りの時間は参考書を使っての受験勉強に充てた。それ以外にも、時間を延長して社会や理科の分からないところや宿題も見てあげた。

　アイリちゃんは素直な子だったが、最初のうちはこちらから話しかけない限り、自分から話すことはほとんどなかった。だから、時折冗談を言ったり明るく親しみを込めて話したりして、早く心を開いてもらえるよう努めた。そんな調子だから、教えている間はこちらが一方的に話すだけで、アイリちゃんは答えを言うくらいだった。ちゃんと正解を導き出すことが多いので頭はいいのだろう。毎回一時間ほどするとアイリちゃんのお母さんからお茶と菓子の差し入れが運ばれるので、一〇分程度のブレイクタイムを取る。その間は勉強の話は一切せずに、学校生活、友達のこと、好きなスポーツ、趣味、小学生にも関心がありそうな時事問題、芸能ネタなど、その都度話題を投げかけ自由に何でも答えてもらえるよう誘導した。その甲斐あって、二週目から徐々にではあるが、打ち解けて話すようになった。

　アイリちゃんは学校で鼓笛隊に入っていて、小太鼓を叩いているそうだ。一〇月に運動会があるので、最近は毎日放課後遅くまで練習しているとのこと。また、キャンディーズの大ファンで、二ヶ月前に解散宣言をしたことに大きなショックを受けたとか。引退宣言時の「普通の女の子にもどりたい」という言葉は流行語にもなった。

僕は小学生の家庭教師という仕事をちょっと甘く考えていた。国語はなんとかなるが、算数は自分が習った頃から八年も経っているし、大学受験も文系科目の勉強に集中したため、数学系の思考部分が錆び付いてしまっていた。そのため教える前に自分の予習が必要になったのだ。それは報酬をもらってやるからには、それに見合うしっかりとしたものを提供しなければならないのは当然のことなので、ちゃんと準備したのだ。それに加え大学の授業再開に伴いその予習や課題図書の読み込みなど、やらなければならないことはてんこ盛りだった。カナに会いたくても会えない日々が続いた。


今日は鎌倉でカナとミカさんの写真を撮ると約束した日だ。カナとは自宅に連れてきた日以来一二日間も会えていない。何度か電話では話したが、やはり声だけでは物足りない。昨夜カメラの手入れをしながら天気予報を見ると、一日中曇りとのことだった。雨が降らねば問題ないし、曇りの方が影の写りこまない写真が撮れそうだ。鎌倉へは何度も行っているので土地勘はある。大体のコースプランも考え早めに床についた。

いつものようにカナの家の最寄り駅に早めに行って待っていると、カワイイ系のカジュアルな服装のカナが現れた。その姿を見て撮影意欲が湧いてきた。カナは高校時代の校外学習で一度鎌倉へ行っているそうだが、あまり印象に残っていないらしい。実は僕も高一の時の校外学習で鎌倉へ行っており、その時に忘れられないショッキングな出会いがあったのだ。その学校行事の往路は参加した一年の全生徒が北鎌倉駅で下車し、円覚寺を見学、その後裏手にある山に登らされ広い野原に出たところで昼食。食後グループ単位で自由行動し帰路は各自で帰宅というものだった。僕の属していたグループは山を下り鎌倉駅を目指したが、その途中の近代美術館で開催されていたデ・キリコ展を見ていくことになった。中学生の頃からデ・キリコの描く不思議な絵の世界に惹かれていたが、何作品もの実物を目の当たりにし大いなる興奮と感動を受けたのを思い出す。

東京駅の待ち合わせ場所に来ると、ミカさんは秋らしい服装でベンチに座って待っていた。合流後すぐに入線してきた電車に乗り込み鎌倉を目指した。電車の中でミカさんからリチャードより電話があり、勉強会の成果を早速発揮できたことを告げられた。やった甲斐があったととてもうれしく感じた。はっきりとした日程はまだ決まっていないそうだが、一一月半ば頃リチャードが再来日し、帰りにミカさんをアメリカに連れていき現地を見せると言っているそうだ。リチャードに再会できるのが楽しみだ。

鎌倉駅に到着後、江ノ島電鉄に乗り換え長谷駅で下車した。まずは由比ヶ浜へ向かい、海をバックに最初の撮影を行った。快晴の日に海をバックに撮ると被写体に深い陰影が出たりする。この日は曇っていたが明るさ充分で、いいポートレートが撮れたようだ。

高二の夏、友達と四人でここへ海水浴に来たことがある。色とりどりのパラソルが立ち並び多くの人でごった返していたその時の印象が強いが、今は人影もまばらでトワエモアの〈♪今はもう秋、誰もいない海♪〉という歌のフレーズを口ずさみたくなる。

次の撮影ポイントは長谷寺。この寺の山門をくぐってもメインの伽藍群はなく、それら全ては小高い山の上にあるのだ。長い階段を上りきったところに、僕の鎌倉で一番好きな仏像である、九メートルを超える大きな十一面観音立像を安置する観音堂がある。堂内の荘厳な空間の中でこの観音様に見下ろされると、日常生活で染み付いた不浄が洗い流される気がする。僕はカナとの未来が明るいものであるようにと祈った。

広い境内の各所で撮影し観音様へのお参りを済ませた後、海を見下ろせる露天の休憩所で昼食を取ることになった。カナはサンドイッチ、ミカさんはいなり寿司と海苔巻きをたくさん作ってきてくれ、二人から「食べて」攻勢をかけられついつい食べ過ぎてしまった。

三番目の撮影ポイントは高徳院。鎌倉の大仏様で知られるところだ。この国宝に指定された阿弥陀様のふくよかなお姿と尊顔は僕のお気に入りの一つ。衆生済度《しゅじょうさいど》を願い瞑想するも、万民を極楽へ導ききれない何ともいえない憂いの表情をその尊顔に感じるのは僕だけだろうか。目の前の二人の女性を幸福へ導いていただけるよう祈願しながら、大仏様をバックに僕は何度もシャッターを切った。

次は佐助稲荷神社を目指した。そこまでちょっと距離があったが、秋めいた風を感じながらゆっくり歩いた。目的地に着くと、いくつも続く朱色の鳥居と一緒に二人の写真を撮った。このお稲荷さんといつもセットで回っているのが銭洗弁天だ。正式名称「銭洗弁財天宇賀福神社」、参拝者が硬貨をザルに載せ、それを岩から湧き出る清水で洗い清めることで知られているところ。僕たちは金運アップを願って財布から硬貨を出して霊水で清めた。もちろん二人のその様子も写真に収めた。

銭洗弁天のすぐ横が源氏山で、次に僕たちはその頂上を目指した。山の名前はその昔源一族の屋敷があったことに由来する。後三年の役に出陣の際この山に源氏の白旗を立て戦勝祈願したことから、旗立山とも呼ばれているとか。頂上への道は種々の広葉樹に囲まれたハイキングコースのようだった。その頂上には小さな石の祠があるのみで、眺めも特にいいわけではなかった。そこから北鎌倉へ向かうか鎌倉駅に行くかを女子チームに聞いたところ、グレープが歌った『縁切寺』のある北鎌倉には行きたくないということで、鎌倉へ向かう下山道を歩くことになった。

山を下りた時まだ四時前だったので、最後に鎌倉の顔である鶴岡八幡宮を参拝することになった。中学時代に毎年初詣で初日の出を拝む前後にお詣りしたところで、破魔矢を買って帰っていた。長い石段の上に構えている立派な本殿は写真の背景には最高だった。

今日のコースをカナもミカさんも気に入ってくれたようで、ミカさんは今度来る時はリチャードも連れてきたいと言ってくれた。

東京にもどると新橋駅で下車し、ミカさんは『ユートピア』という英国料理レストランで夕食を振る舞ってくれた。撮影旅行を計画実行した僕とカナへのお礼とのこと。ローストビーフ、フィッシュ＆チップス、ミートパイなど初めて食べる料理ばかりで、いい体験となった。

ミカさんはカナと大分親交を深めているようで、いい相談相手にもなってくれているらしい。一度ミカさんの部屋にも泊まったこともあるそうだ。今日一緒に過ごしミカさんに不思議な魅力があることも分かった。リチャードが惚れ込むのもさもありなんと感じた。

カナの自宅訪問

来春のリチャードとミカさんの結婚式に出席するための旅行資金を貯めるため、先月から家庭教師のアルバイトを始めている。しかし、現時点での貯金とこれからの収入と支出見込みを計算し見積もると、目標額には届かない。加えて、カナとのデート費用も捻出せねばならない。学業関係で使う通学定期、書籍、文房具などの出費はなんとか奨学金でまかなえるが、それらの出費をケチるわけにはいかない。色々と考慮した結果、もうひと働きせねばならないという結論に達した。そこで、一〇月の一ヶ月間限定で、週三日夜のパチンコ店でのアルバイトをすることにした。その結果、月・水・金がパチンコ店、火・木が家庭教師と平日の夜全てがアルバイトで埋まった。

実際に始めてみると、想像以上に過酷だった。学業に影響がでないようにすると、睡眠不足に陥るし、日曜日は昼過ぎまで寝る羽目になる。アルバイトなんか辞めてしまおうかと心の折れる時もあったが、ひと月の辛抱だと自分に言い聞かせ耐えた。カナと一緒にアメリカへ行くんだと思うと頑張れた。

そんな体力ばかり消耗する地獄のような一〇月であったが、土曜か日曜の夜にカナに会わないではいられなかった。また一〇月一〇日の体育の日はカナの定休の月曜日と重なっていたので、あらかじめこの日だけはシフトから外しておいた。そして久しぶりにカナと二人だけでの昼間デートを楽しんだ。ユネスコ村と西武園へ行き終日カナと癒しの一日を過ごし、体いっぱいにカナを充電した。

一一月の最初の土日は大学の学園祭だった。カナを誘うと、土曜日に休みを取り一緒に回ることになった。その際僕のリクエストに応え、再び高校の制服姿で来てくれた。夏服は前に見ているが、この日はブレザーの冬季の制服だった。見たいと思っていた姿が見られたし、クラスメイトの間で僕には女子高生のカノジョがいるということになっているので、話を合わせるためにも助かった。

出会う友達のカナに対する反応は予想通りだった。カナのかわいさもあるが、制服効果は絶大で、若い男にとって女子高生の制服は一つの憧れ的なものなのかもしれない。僕は羨望の眼《まなこ》でカナを見る友人たちに対して優越感を感じた。カナも初めのうちは大学祭の雰囲気を楽しんでいるようだった。

しかし、お昼過ぎになるといたるところ人で溢れかえり、カナは会いたくない高校の同級生に出くわしたり同じ高校の後輩に睨まれたりと、制服を着てきたことが裏目に出てしまった。僕のわがままでカナに嫌な思いをさせてしまったのだ。仕事を休んでまで来てくれているので、何とか挽回したかった。食べ物の模擬店回りでお腹はいっぱいだったので、ひとまずキャンパスを出た。近くで気分の晴れそうな場所はないかと考えたところ、新宿御苑が思い当たった。菊の品評会をやっている時期で、花好きのカナは喜ぶはずだ。

菊というと仏壇に供える黄色い花というイメージだが、実際は様々な色形がある。カナも熱心に観賞していたので、先ほどの嫌なことは忘れてくれただろう。その後も熱帯植物を集めた大温室や園内各所を二人いい感じで散策した。

お茶でも飲みに行こうかと園を出たところで、カナから家に来ないかと切り出された。単身赴任中の父親も帰っており、また結婚して家を出たお兄さんも奥さんと子供を連れてきているとのこと。お母さんが夕食を作って待っているから僕を連れてくるよう朝出がけに言われたそうだが、これから学園祭を楽しもうという時に言い出しにくかったのと、僕なら断らないだろうと思っていたので提案が今になってしまったらしい。カナの母親にはちゃんと挨拶しているし、その後も彼女を家に送る度に何度も会っている。だから僕がいかに彼女を大切にしているかは分かってもらえているはずだ。

カナは家族の皆に僕を紹介したいと言っているが、そうまで言われれば行くしかない。カナは父親にとっては愛する一人娘だし、年の離れたお兄さんにはかわいい妹だ。

彼らからすれば僕は憎き敵《かたき》として映るのではと心配になる。しかし、彼女とずっといたいのならいずれは越えなければならない壁なので、ぶつかっていくしかないと覚悟を決めた。

カナに導かれ依田家の居間へ通された。八畳の和室の中央の食卓を挟みカナのお父さんとお兄さんが座っていた。二人の膝にはそれぞれ四歳と二歳のカナの甥っ子が座っていた。緊張気味の僕はその場に座るや、「初めまして。嶋岡章裕と申します。お嬢さんとお付き合いさせていただいております。本日はお招きいただきありがとうございます」と挨拶し頭を深く下げた。

その後、お父さんから来てくれたことへのねぎらいから始まり、お兄さんも加わって質問攻めに遭った。まあ、ある程度想定の範囲内であったが、二人が質問疲れを見せた頃カナに助けられた。自分の部屋に連れていくからと、二人から解放してくれた。彼女の部屋は階段を上って二階の最初に目に入ったドアの部屋だった。

「どうぞ」と言って、カナは僕の手を取り部屋の中へ引き入れた。初めて見る彼女の部屋は僕の部屋より五平米くらい広めで、すごくオシャレな部屋だった。壁紙は薄いピンク色、窓のカーテンは濃いピンク色、床には二畳分くらいのアラベスク模様のペルシャ絨毯が敷かれていた。いかにも〈女の子の部屋〉というところだった。

奥の窓際に小さなティーテーブルと椅子が一脚、左の壁にベッド、右の壁際壁には窓の方からライティングデスク、本棚、サイドボードと並んでいた。サイドボードの中に違ったポーズを取る三体のかわいい少女の磁器の人形が飾ってあった。カナに聞くとリヤドロという有名ブランドらしい。本棚は少女漫画の単行本でいっぱいだった。

カナはサイドボードの上のミニコンポからBGMを流した。お兄さんが選曲した洋楽のベストテープだそうだ。イーグルス、ビリー・ジョエルの名曲に次いで三曲目は去年ヒットした僕の好きなクイーンの『ボヘミアン・ラプソディ』で、ベッドを背もたれにして絨毯の上に座って聴いた。その後はちょっと懐かしいドゥービー・ブラザーズの『リッスン・トゥ・ザ・ミュージック』と続いた。

ドアの近くの化粧台の横のラックにアルバムが並んでいるのを見つけた。許可を得てページを繰り始めると、カナは恥ずかしいのか、飲み物を持ってくると言って階下へ向かった。

話には聞いていたが、小さい頃の写真には病院で撮られたものが何枚もあった。オレンジジュースを持ってカナがもどってきた。既に病気は完治しているのは聞いているし、今は話題にしたくなかったので、高校の卒アルに手を伸ばした。クラスの集合写真のページのカナは今とほとんど変わらない。カナは四人の子を順に指差し仲がよくて一緒に遊んでいたのよと話してくれた。今日大学のキャンパスで見た女の子も一緒に写っており、カナはその子に呼び止められた時咄嗟に妹だと嘘をついた。その理由を聞くと、昼間あった子は高二の二学期に退学した一番の親友のライバルだそうだ。そのため二人が属するグループ同士も何かにつけ張り合っていたそうだ。それを聞くとどこかほほえましく、カワイイなぁと感じた。

次にカナは夕食までの時間つぶしにオセロをやろうと言ってきた。ボウリングとブロック崩しでは完敗しているので、何としても連敗を食い止めねばならない。一ゲーム目はポンポンと打ってくる彼女のペースに乗せられ、簡単に負けてしまった。二ゲーム目は彼女のペースを崩すため長く間を取るようにし、先を読みながら石を置くと圧勝できた。三ゲーム目に臨もうかという時に、「何か、疲れちゃった」と言ってカナはベッドに横になった。ゲームを投げたなと思ったが、その姿を見たらキスしたくなり素直にそう口にした。

僕がベッドの端に座るとカナも横に寄り添ってきた。二人の唇が触れ合った時、階段を上がってくる足音が聞こえた。僕たちは素早く距離を取って座り直すと、カナの弟が部屋の扉を開け夕食ができたことを知らせてくれた。

夕食にはスキヤキが用意されていた。僕はお父さんとお兄さんの前にカナと並んで座らされた。彼女の小さな甥っ子の二人はお母さんと義理のお姉さんの膝の上に納まっていた。僕を含めれば九人、こんな大勢で夕食を一緒に食べることはすごく新鮮だった。僕のグラスの中が減るたびに、お父さんとお兄さんからはビールを注ぎ足される。飲むだけでは酔ってしまうので、たくさん食べろとお母さんやカナが取り皿を満たす。僕に対し気を使ってくれていることが痛いほど分かった。こんな調子だったのでビールの空瓶は増え、スキヤキの鍋も第二ラウンドとなった。

ある程度食べたところで、お父さんとお兄さんからまた僕への質問攻勢となった。来年の四月二日に決まったリチャードとミカさんの結婚式参列に際してのカナとのアメリカ旅行について、二人から色々と聞かれた。結婚する二人がどんな人たちで、僕とカナとどんな関係なのかの説明を初めからせねばならなかった。次に僕が大学卒業後はどうするのか、どんな仕事を希望しているのかを突っ込んで聞かれた。まだ僕が学生なので、結婚という言葉は発しないものの、それを意識しての質問であることは確かだった。卒業後の就職については、英語力を生かせる仕事をしたいと漠然と答えておいた。本当は海外に出て仕事がしたいと考えているが、それはまだカナにも話していないし、具体的なヴィジョンもまだないので黙っておいた。

僕はたくさん飲まされたが、気が張っていたためかそれほど酔うことはなかった。僕だけの話に偏ってはいけないし、お父さんに個人的なことを聞くのはまだ早いし、何か別の話題はないか考えた。カナが以前ジャイアンツファンだと言ったことを思い出し、二年連続でのセ・リーグを連覇したことを切り出してみた。するとお父さんはその話に乗ってくれ、ヤクルトに一五ゲーム差という圧倒的な強さでのセ・リーグ優勝について、そしてカナの誕生日に王選手が放った世界記録を塗り替えたホームランについて熱く語りだした。それに伴いお父さんのビールを飲むペースが上がった。

しかし、先月の阪急ブレーブスとの日本シリーズの話になると、話のトーンが下がってしまった。下馬評ではジャイアンツが圧倒的に有利と見る向きが多かったが、攻守安定したブレーブスの強さが目立ち、四勝一敗で三年連続日本一となった。ジャイアンツの一勝二敗で迎えた第四戦がシリーズの流れを決めたようだ。二対一でリードしていたジャイアンツが九回に逆転され、ブレーブスに王手をかけられた。この試合でも第一戦で勝利投手となったアンダースローの山田投手が好投し、シリーズＭＶＰとなった。第五戦はお父さんお気に入りの新浦投手が打たれ負けてしまったので、ショックが大きかったようだ。

食後テーブルの上が片付けられると、お父さんは「飲み過ぎたようなので失礼するよ」と言って席を立ったままもどらなかった。その後はお兄さんがウイスキーを持ってきて僕の相手をしてくれた。お兄さんが中学に上がった頃、カナは原因不明の血流障害の病気で近くの病院に入退院を繰り返したそうだ。両親が「あの子は長く生きられないかもしれない」と話しているのを聞くと無性に悲しくなり、生きている間はできるだけ一緒にいようと決めたそうだ。発病した翌年文京区の大学病院を紹介され転院したが、膠着状態は続いた。この先は体力をつけ自然治癒するようもっていこうという方針になり、小中学校の九年間は一進一退の状態が続いたが、高校に行きだした頃ようやく体の変調はなくなったそうだ。今は完全な健康体だから「妹をよろしく」と、お兄さんに言われた。僕を認めてくれたのだろうか。そう思うとうれしさが込み上げてきた。

お兄さんは電気工事士の資格を持ち電設関係の会社に勤めているそうだ。そんなお兄さんと酒を酌み交わしながら、昔の共通の話題を探りあった。例えばグループサウンズ全盛期はどのグループが好きだったとか、深夜放送はどの局の放送を聴きパーソナリティーは誰が好きだったとか、そんな他愛もない話になぜか盛り上がった。そんな昔話で一番熱く語り合ったのがローラーゲームだ。僕も一時期東京ボンバーズの試合をテレビにかじりついて見ていた。そこで僕はお兄さんの前で実況中継でもするように語ってしまった。

「この試合に敗れるとボンバーズの名前をニューヨークチーフスに返上しなければなりません。第四ピリオドの終了間際一八点ビハインドという場面で、東京ボンバーズはミッキー角田《つのだ》とリッキー遠藤のダブルジャマーを最終ジャムに送り出しました。ミッキー、リッキーの二人は相手ジャマーを潰すと快調に飛ばし早くもパックの最後尾につきました。おっと、相手ブロッカー二人を河野がビンゴバット（頭突きのこと）連発で潰しました。その隙にまずは二人で五人抜き。更にキャプテン、タイガー森と最強助っ人のヴァラディアスが二人のジャマーを大車輪ホイップで二週目に送り出す。再びパックの後ろにつくと、河野と森が相手ブロッカーの動きを内と外で封じ真ん中にスペースを作った。そこをミッキー、リッキーの二人が中央突破の五人抜き。そして悠々と腰に両手をあてコールオフ。ボンバーズに二〇点が追加され、絵に描いたような大逆転勝ちで〜す！」

　こんな具合に僕が臨場感たっぷりに一気に語りきると、お兄さんには大ウケで楽しそうに笑ってくれた。お兄さんも東京ボンバーズ結成前から、ＬＡサンダーバードの試合を見ているコアなローラーゲームファンだそうだ。カナは何の話をしているんだろうというような目を僕らに向けていた。こんな調子でお兄さんとはつい時を忘れ話し込んでしまった。

　ふと時計を見ると、一一時を回っていたのでおいとますることにした。お兄さんとお母さんに深くお礼を申し上げカナの家を後にした。結構な量のお酒を飲んではいたが、気分がよく軽い足取りで家に帰った。翌日ひどい二日酔いが待っているとも知らずに。

リチャードの再来日

リチャードの再来日の日程が決まった。そのことをミカさんから聞いたカナを通じて知ったが、後でリチャードから届いた手紙にも詳細が記されていた。カナの家に招かれた翌週の土曜日、カナと食事しながら、一緒にウエルカムディナーをやろうと話し合った。もちろんミカさんとの婚約のお祝いも兼ねているので、僕らがホストとなり二人を招待するという形を取る。カナは大賛成してくれた。ステーキの国から来るので焼肉はどうだろうかと提案すると、カナも同意してくれた。上野に何度か行っている店があるので、場所はそこに決めた。二次会も含めると銀座は高いので、出費を抑えるためでもあった。

僕たちが計画した歓迎会をリチャードが受けてくれたと前日にカナから知らされた。ミカさんから電話連絡があったそうだ。早朝無事に到着したが、時差ボケが酷かったので午後少し昼寝をしたら夕方には大分よくなったとのこと。翌日はカナを迎えに行き、一緒にリチャードのホテルへ行こうと話し合い電話を切った。

歓迎会当日四限の授業が休講となったので、その授業の空き教室で翌日の家庭教師の算数の準備をした。どのように教えようかと、教師にも予習が必要だ。一時間ほどで終え、なおも時間を持て余したので、リチャードに電話を入れてみた。久しぶりに聞く彼の声はミカさんに会えたからなのか、うれしさ余ってテンション高めだった。時間があるならこれから来られないかと言われたので、すぐに向かうことにした。

ホテルに着くと、一時間ほどミカさんも交え三人で話した。ミカさんとは九月の鎌倉へ行った日以来だが、カナからよく彼女の話がでるので、一ヶ月半ぶりという感じがしなかった。かなり英語も上達していたのにはビックリした。それなりに努力を重ねたのだろう。

上野に地下鉄で出るなら松越からの方が近いから、カナが仕事をしているところを見に行こうとミカさんが言った。以前カナのユニフォーム姿を見たいと言ったら困った顔をされたが、カナとは付き合うようになったのでもう許されるだろう。デパートに行けば時間も潰せ、カナの終業を待って皆で一緒に行けばいいと思った。

一階のエレベーター前で待つこと僅か、地下から上がってくる二号機エレベーターにカナの姿があった。僕たち三人は躊躇《ちゅうちょ》なく乗り込んだ。カナの表情に若干の緊張が見られた。何の予告もなく現れた僕たちにさぞ驚いたことだろうし、やりにくかったのではないか。僕はカナのユニフォーム姿に目を奪われっぱなしだった。屋上で客が降りきったところで、ミカさんとリチャードがカナに声をかけた。この後適当に時間を潰し、閉店後正面玄関前で待っている旨、メモでカナに伝えた。

カナと合流して四人で向かったのは、上野広小路駅から徒歩一〇分ほど、高校時代の友達と何度か行っている美味しくお財布にもやさしい焼肉店だ。今日はその店の個室を予約しておいた。リチャードとミカさんを奥の席に座らせると、ほどなくビールも運ばれてきた。

「リチャードさんとこうして再び会えたことをとてもうれしく思います。ミカさんにとっても待ちに待ったリチャードさんとの再会、僕たち二人も喜んでいます。今回のリチャードさんの日本滞在が楽しいものになりますよう、またミカさんの訪米が有意義なものになりますよう僕たちは心より願っております。ささやかながら今晩は僕と加奈子からのおもてなしです。楽しんでいただければ何よりの幸せです。それではまずは乾杯しましょう。僕たちの奇跡の出会いに」とホストとしての挨拶を英語と日本語でして乾杯した。

リチャードは僕の挨拶に対して、そしてカナにはミカさんと頻繁に会って寄り添ってくれたことに対し謝意を述べた。カナによると、逆にミカさんに色々と助けられていたらしいが……。

思った通り、日本スタイルの焼肉はリチャードにウケたようだ。バクバクと面白いほど食べてくれた。とろけるような上カルビは特にお気に入りの様子。食事中僕の送った写真の話になり、リチャードも行ってみたいと言い出した。日本の歴史の勉強をしている彼も、鎌倉についてはあまり知識を持ち合わせていなかったようだ。僕は日曜日なら案内できると言ったところ、ミカさんもカナも参加することになった。それから、日本とアメリカの歴史の比較の話になった。

「ナラやキョウトが古い都市だっていうのは知っていたけど、カマクラもその二都市に準じて古いところなんだね。日本と比べると、アメリカの歴史がいかに浅いってことがよく分かるよ。ピルグリム・ファーザーズがメイフラワー号でアメリカに渡ったのが一六二〇年、国としての独立が一七七六年だからね」

「去年が独立二〇〇年だったんですね」

「そうだよ。国を挙げて独立二〇〇年を祝ったよ。先の大戦後多くの独立国が生まれたけど、そういう国々と比べればちょっとは歴史があるかもしれないけど、日本とは比べられないよね。だから、僕は古いものへの憧れが強いんだ」

「二年前に天皇陛下がアメリカを訪問されましたが、その時最初に訪れたのがウィリアムズバーグというところで、植民地時代の古式ゆかしい服装をした人々に迎えられ、馬車でパレードした様子を衛星中継で見ました。画面で見た街からも歴史を感じましたが、それでも三五〇年くらいなんですね」

「天皇を迎えるには賛否両論あったけど、米日戦争終結から三〇年の長い月日が経っているからね。経済的にも安全保障の観点からも、今やアメリカと日本は良好な関係だよ」

リチャードが太平洋戦争のことに言及したので、原爆投下や東京大空襲についてどう思っているか聞きたかったが、彼の生まれる前のことだし、不毛な意見の言い合いになるだけと思ったので止めた。僕の顔も知らない伯父さんにあたる人は、硫黄島で戦死している。

僕は日米親善を考慮し鎌倉の話にもどした。今は紅葉の見頃で四日後には素晴らしい風景を見せてあげるからと確約した。ちょっと頼み過ぎで残すかなと思ったオーダーも全て食べつくし、ビールも相当量飲んだ。

この後コンパで飲み直すかディスコで踊るかどちらがいいか聞いたところ、食べ過ぎたので踊ろうということになった。通っているとは言えないが、何度か行ったことのある上野唯一のディスコ『テンミニッツ』に三人を連れていった。一時間半ほど楽しく踊った後、店の前でタクシーに乗りホテルへ帰る二人を見送った。

リチャードから要望のあった鎌倉行きだが、事前に調べてみると紅葉ポイントは北鎌倉に多いので、北鎌倉スタートで前回写真を撮った場所を逆に回る計画を立てた。

鎌倉時代の歴史や訪問予定の寺院の英語での説明も必要になるので、一通り勉強し直した。

待ち合わせ場所にゲストより遅れて着くのは失礼になると思い、カナとも早めに落ち合い東京駅へ向かった。カナはバスケットを持ち、水筒を入れたバッグを肩に掛けていた。今日もカナは昼食を用意してくれたようだ。

東京駅横須賀線ホームに着いたのは約束の三〇分前だったが、その五分後にリチャードたちも来たので、既にホームに入線していた電車に乗った。昨日、一昨日は何をしたかリチャードに聞くと、昨日は歓迎会の日に僕が勧めておいた上野の国立博物館と西洋美術館に行ったそうだ。一昨日はミカさんのお店にドレスを作りに行ったとのこと。

リチャードには驚かされることが多いが、またしても車中でビックリ発言があった。僕とカナの結婚式参列のためのチケットを送ってくれるというのだ。その際ミカさんのお母さんと一緒に来て欲しいという条件付きだが。ミカさんは準備のため早めに渡米するらしい。今やミカさんはカナの大事な友達なので、お母さんをお連れすることは全然厭わないし、逆にこちらからお母さんの力になりたいくらいだ。リチャードだけでなく、彼の家族や親戚に医者が多いとは聞いていたが、彼の一族は大富豪に違いないと思い始めた。

鎌倉の紅葉狩りといえば北鎌倉のスポットは絶対に外せないので、前回よりも歩く距離は長くなるが、この日のスタート地点の北鎌倉駅で僕たちは下車した。

最初に訪れたのは駅のすぐ近くの円覚寺。美しく色づいた紅葉が境内の随所で見られた。大きな木造の伽藍群にリチャードは驚きを隠せなかったようだ。その昔モンゴル族の王朝の大軍が日本に攻めてきて大きな戦争があった。多くの戦死者が出たので、時の執権北条時宗が敵味方問わずその慰霊のためにこの寺を建立したんだと、リチャードに伝えた。

次に訪れたのは〈あじさい寺〉の通称で知られる明月院。広大な規模の円覚寺とは対照的で、こぢんまりと落ち着いた雰囲気が漂うお寺。庭のきれいな紅葉には息を呑んだ。

三番目のスポットは浄智寺。ここも境内の木々は見事に色づいていた。本堂前には銀杏の落ち葉の黄色い絨毯ができていた。堂内にはしぶい三体の木造仏像が安置されていた。阿弥陀如来、釈迦如来、弥勒如来で、それぞれ過去・現在・未来を表しているそうだ。

浄智寺を出た後、僕たちは源氏山へ通じるハイキングコースに入った。途中見事な紅葉美だけでなく、ススキの穂が揺れる野原やドングリが転がる小道ありで、色々な鎌倉の秋に出会えた。乾燥して丸まった広葉樹の落ち葉で敷き詰められた山道もあり、サクサクと音を立てながら歩くと、視覚だけでなく聴覚からも秋を感じられた。源氏山の頂上近くの真っ赤に染まった椛《もみじ》の木の下にレジャーシートを敷き、昼食を取ることにした。午後一時を回っていたので、皆お腹ペコペコだった。僕もリチャードもミカさんとカナの作ってきたお寿司とサンドイッチをたくさん食べた。

その後は前回の逆コースを辿《たど》った。銭洗弁天でのお約束の小銭洗いと佐助稲荷での鳥居くぐりを経て、リチャードが見たがっていた大仏様の下に到達した。彼のテンションは上がり、「オー、スゴイ」と連発しているので、大仏様との写真を何枚も撮ってあげた。興奮が収まると、日本文化への造詣も深いリチャードは大仏様に向かって深く頭を下げた後、両手を合わせ目を閉じた。外国人がそのような所作を取るのを初めて見たので感動した。

リチャードに大仏様を堪能してもらった後、今度は観音様の長谷寺に着いた。この寺の紅葉は僕の中では鎌倉ナンバーワンだ。楓の赤色と銀杏の黄色のコントラストは見事だ。「なんて美しいんだ」とリチャードも感嘆しっぱなし。更に本尊の観音像の信仰の対象でありながら、芸術的レベルの高さにも驚いているようだった。

長谷寺を出る頃には暗くなりかけていたので、寺の前の停留所からバスで鎌倉駅に向かい、最後に行くと決めていた鶴岡八幡宮を目指し参道を歩いた。道々これから訪れるところは、鎌倉時代に君臨した源氏というサムライ・ファミリーの守護神が祀られたこの時代を代表する神社で、その源氏はクーデターにより三代で途絶え、源氏を補佐していた一族が、その後の政権の実質的トップになったことなどをリチャードに説明した。

この神社の象徴である長い石段脇の大銀杏は黄金色に染まっていた。朱色の堂々たる社殿の構えと暗くなっても絶えない多くの参拝客を見て、リチャードはここが鎌倉一の観光と信仰のスポットであることを理解したようだ。僕たち四人は横並びで柏手を打った。

この後駅近くで夕食を済ませ帰路についた。別れ際リチャードより明後日の夕食へ招待したいとの話があった。その次の日が帰国日なので、僕とカナは喜んでその申し出を受けた。

今回のリチャードの来日で多分この日が彼に会える最後の日になるだろう。カナとは彼女の仕事終了後に落ち合い、一緒に東洋ルネッサンスホテルへ向かった。一昨日の別れ際リチャードにジャケットを着てこいと言われたので、今日はブレザーを着て大学へ行った。カナも初めて見るビジネススーツ姿だ。想像するに、入場に際して服装制限のあるレストランに招待されるのだろう。

ホテルのロビーに入ると多くの人がいたが、ひときわ目立つカップルが目に入った。ダークスーツを着た長身で金髪のリチャードと、エンジ色のロングドレスを身にまとったミカさんだった。二人のいでたちからこれからどんなところで食事するんだろうかと気になる。

今日の招待の礼を述べた後、リチャードにエスカレーターで三階にあるレストランに連れてこられた。そこは何とこのホテルのメインダイニング『マ・メゾン』だった。テレビで見たことがあるが、ドレスコードも厳しい高級フレンチのレストランだ。店内に入るとメートルドテールが窓際のテーブルまで案内してくれた。既にそのテーブルの近くにボトルクーラーで冷やされている白ワインと、デキャンタージュされた赤ワインが載せられたワゴンがあった。リチャードの気配りが窺える。

席に着くとこのレストランの高級感がひしひしと伝わってくる。今年の夏に虎ノ門にあるホテル・ベルエポックでウェイターのアルバイトをしたが、研修中にそのホテルの『レナンフェア』というフランス料理レストランを見学した。その時にも感じた重々しい雰囲気がここにもある。レストランと宴会場の違いはあるが、フランス料理の給仕をしていたので、このレストランでどのようなサービスを受けるのか興味が湧いた。

リチャードが言うには、今回の来日で何度かこのレストランに来ているが、自分の気に入ったものでコースを作ってみたので楽しんでもらいたいとのこと。一回でも相当の予算がかかるだろうに、何回も来たとはどういうことだろう。それだけでも彼が只者じゃないことが分かる。スープは甲殻類を食材にしたものを用意しているが、僕とカナに食べられるか（アレルギーはないか）と聞いてきた。カナとも確認の上食べられると答えると、リチャードはメートルドテールに予定通りの料理を出してくれと伝えた。

ほどなくソムリエがテーブルに来て、用意されていた白ワインをリチャードのグラスに少量注いだ。グラスを持ち色と香りを確認しただけでソムリエにオーケーを出した。ソムリエはカナ、僕、ミカさん、リチャードの順でワインを注いでいった。今日の主賓が僕とカナであるということが、ちゃんと伝わっているようだ。白ワインで乾杯を済ませると、コースがスタートした。

前菜はスモークサーモン。脂が乗ってとろける美味しさだった。次がシンプルなグリーンサラダ。サーモンを食べた口の中をリフレッシュしてくれた。そしてリチャードが最初に食べられるかどうか確認したスープのロブスタービスク。独特な匂いがする複雑な旨みが濃縮されたクリームスープ。クセになりそうな美味しさだった。その後に口直しのレモンのソルベ。

メインディッシュの前にリチャードが赤ワインのテイスティングを行った。色、香り、味の確認をする完璧な模範手順を見せられ、非常に勉強になった。今夜リチャードが選んだ赤ワインはシャンベルタンだった。商社勤務の父はヨーロッパからの食品輸入の仕事を長くしているが、その中にはもちろんワインも含まれている。家でもワインを好んで飲んでいるので、ワインについての講釈を何度も聞かされている。だから、このワインの名前も聞いたことはある。味が分かることとは別だが。カナにもワインの名前を聞かれ教えてあげたが、教えてあげられるのは名前だけだ。これからは家で父がワインを飲んでいる時、飲ませてもらって勉強する必要があると思った。シャンベルタンなるワインは深い渋みの中に濃厚で芳醇な味わいが感じられた。

そして、タイミングよく運ばれてきたメインの肉料理はとてつもない美味しさだった。リチャードに聞くとシャトーブリアンという最上部位のステーキだそうだ。柔らかくジューシーで肉の旨みが口いっぱいに広がった。シャンベルタンもこのステーキとの相性がよく、飲みながら食べるとステーキはより美味しくワインはより味わい深く感じた。

リチャードが自ら作った料理のコースとワインの選択は完全無欠、これ以上のものはないと思わせた。食後のデザートだけは好きなものをということで、四人はデザートメニューから思い思いのものを頼んだ。僕とカナは今日の夕食をリチャードが言うように、先週の歓迎会と鎌倉案内の返礼とばかり思っていた。しかし、それではあまりにもバランスが悪く、食事の途中から何か変だと思い始めた。

カナとミカさんがデザートを食べ始めたのを見て、リチャードが本心を明かしてくれた。彼がアジア旅行に出る二ヶ月前に、一年間付き合った一つ年下のガールフレンドのひどい裏切りに遭ったそうだ。彼女の名前はシンシアといい、製薬会社勤務のトップセールスレディー。医局で初めて彼女に出会った瞬間、リチャードは恋に落ちた。その美貌に目を奪われた彼は、上司と話す彼女の様子をしばらく窺った。話のツボを突く速さ、難題に対する切り返し、その巧みな話術に高いIQ値を感じた。この華のあるパーフェクトな女性に同僚を介して近づくことができた。お茶から始まりランチになり夕食へ、会う時間も徐々に長くなった。それから、夕食後バーやディスコでお酒を飲むようにもなった。その先中々距離が縮まらなかったが、彼女はどんな話題にもついてくるので話していて楽しかった。付き合い始めて半年後、ホームパーティーへ誘ったのを機にようやく体の関係へと進んだ。心身とも彼女から離れ難くなった彼は結婚準備を始めた。しかし、今年の三月の初め頃プロポーズの決意をした彼の前から、彼女は突然姿を消した。恐らく彼女はリチャードの言動から求婚は近いと察し取ったのだろう。お互い愛の言葉も交わし、想い合っていると確信していたリチャードのショックは大きかった。彼女は住んでいた部屋も引き払い、オフィスに電話しても既に退社しており、その後どうしたのかの情報も得られなかった。何の痕跡も残さないその様はスパイを思わせたとか。その後あらゆるツテを頼って彼女を捜したが、手がかりの〈て〉の字も得られなかった。

　四月の半ばフィラデルフィアの名の知れた若手脳神経外科医が、ハリウッド女優のような女性と婚約したとの噂を耳にした。調べてみると、相手の名はシンシア・カベンディッシュ。捜していた彼女だった。それを知るとリチャードはしばらくの間腑抜け状態になったのだそうだ。

　それから二ヶ月ほど仕事以外は何も手につかなかった。精神科医がこれじゃいけないと思い、六月半ばに傷心を癒す旅に出た。日本に来る前の五ヵ国を回っても心の傷は癒えず、最後の日本で出会ったミカさんに救われたのだそうだ。出会ったその瞬間から彼女に不思議な魅力を感じ、その行動に興味を持った。人の取る行動には必ず原因があるので、ミカさんと過ごすうちにつらい過去があるのだろうと医師の経験から分かった。しかし、彼女からはうらみつらみは一切感じられず、牧師や僧侶のように物欲もない。そして見かけによらず、思いやり深いピュアな心を持っている。そんなミカさんを見ていると、どんどん彼女に惹かれていくのが分かった。そして青函連絡船の十和田丸の甲板デッキで、「この女《ひと》を幸せにすることがお前の幸せだ」との天の声のようなものを聞いたらしい。

　リチャードにとってミカさんがどのような存在なのか、その話を聞いてよく分かった。このことはまだ彼女には話していないので、カナにも伏せておいてくれと頼まれた。そこまで話したところで、リチャードはデザートのクレームブリュレを食べ始めた。そこでカナから何の話をしていたのと聞かれたので、先週の夕食と今日の高級フレンチとを比べると過分のおつりが来てしまうので、恐縮している旨をリチャードに伝えたんだと答えておいた。更に「リチャードにとってミカさんを得たことは何物にも代え難い僥倖《ぎょうこう》で、僕たちにはまだまだ感謝し足りないらしいんだよ」と補足した。

リチャードはデザートを食べ終えると、カナにも分かるようにゆっくりと話し始めた。

「実はもう一つアキヒロとカナコにプレゼントがあるんだけど、受け取ってくれるかな。二人にとって何が一番いいのかなと、ミカとも色々話し合って決めたんだ」と言って、リチャードは上着のポケットからホテルのロゴの入った封筒を取り出し僕の前に置いた。ミカさんが中のものを見てと言うので、カナの前で掌に中身を出した。このホテルのルームキーとスキンの箱だった。ミカさんは僕とカナの胸の内を見抜いていたようだ。カナにとっての一番のプレゼントは僕、僕にとってはカナだということを。ここまで背中を押されたら、もう前へ進むしかないと腹を括った。

僕はカナに向かって、「カナ、愛しています。このホテルで僕と一晩過ごしてください。お願いします」と言って手を差し伸べ、頭を下げた。カナは「はい。喜んで。

私もアキを愛しています」と返し、僕の手を取った。その瞬間リチャードとミカさんの拍手を受けた。

リチャードたちが僕とカナのために用意してくれた部屋は彼らより高いフロアにあり、キングサイズベッドのデラックスルームというカテゴリーの部屋だった。カナをもらうと本人の前で宣言してから二ヶ月以上経ってしまった。自分にそういう経験がないこと、カナを大切にしたかったなど、いくつか理由はあったが、グズグズと先延ばしにしていたのは情けない。お互いの気持ちも知り合えるようになり、既に機は熟している。僕はこれからカナを自分のものにするんだと決意しバスルームを出た。先にシャワーを済ませたカナはバスローブ姿で窓の外の夜景を眺めていたが、振り向くと潤んだ瞳で僕をじっと見つめた。「私もこの時を待っていたのよ」との彼女の意志が何も言わずとも伝わってきた。こういうことは男の方から行かねばと思い、僕は腰に巻いたバスタオルをデスクチェアの背もたれにかけ裸体をさらけ出すと、カナも自分でバスローブをその場に脱ぎ落とした。

僕たちはゆっくりと歩み寄り抱き合った。そして、お互いの体温を感じながら、僕はカナを激しく求めた。それは僕が待ち望んだ至福のひと時で忘れられない夜になった。

翌日僕はリチャードと再会を約束し、羽田空港で彼とミカさんを見送った。

一二月最初の土曜日の夜、銀座の『ザナドゥ』でカナと会った。昨夜遅く電話があり、一昨日アメリカから帰国したミカさんから僕へのお土産を預かっているとのこと。カナとは彼女を抱いた翌朝別れてから一〇日ぶりになる。別にカナを避けていたわけではないのだが、毎日あの熱い夜のことを思い出しまたあんな風にカナとしたいと、悶々とした日が続いていたのだ。そんなことを考えている自分をカナに見られるのが嫌で、なんとなくこっちから連絡するのをためらっていたのかも。本当はすごく会いたかったのに。

待ち合わせ時間より早めに着いたので店内でカナが来るのを待った。初めて来た五ヶ月前のように、女性ＤＪの上手な語り口は今日も耳に心地よい。まもなく発売される丸山圭子のニューアルバムのプロモテープが届いたそうで、その中から『SEA-SIDE HOTEL』という曲が流れた。カナの好みそうな歌で、つい聴き入ってしまった。

入口にカナの姿が見えたので、手を振って居所を知らせた。僕に気づくとテーブルに歩み寄り、「ごめん、待った」と聞いて僕の前に座る。「ううん、全然」と言った後、「ここ最近、試験勉強やレポートで忙しく電話できなかった」とこちらから連絡しなかったことへの言い訳をした。試験があったりレポート作成で忙しかったことは事実だが、めちゃくちゃ後ろめたい気持ちを感じる。

カナは袋に入ったミカさんのお土産を僕に手渡した。中には小箱とマカダミアンナッツチョコレートが入っていた。箱の中身は黒いダンヒルの財布だった。すごく高いものであることは知っている。カナも高価なスカーフをもらったらしいので、二人でミカさんに何かお返しをしようと相談した。クリスマスか正月に食事会をホストし何か贈り物をしようとか、その時に二回目の英会話の勉強会にするのもいいねとか。リチャードがアメリカへのチケットを送ってくれることになり、金銭的な余裕も出てきたので、カナに何でも協力するよと伝えた。ミカさんは今のカナにとってよき理解者でありベストフレンドでもあるらしいので、これからもその親交が続くよう僕も最大限の協力をすると決めている。

その後カナを通して一週間のミカさんのアメリカでの体験談を聞いた。その話からリチャードの生活環境やアナポリスの町の様子がイメージできた。そんな話を聞いていると、将来僕もアメリカで生活したいと思えてくる。もしもアメリカで仕事ができるなら、カナは一緒に来てくれるだろうか。アメリカ行きは就職活動の時期になったら、一つの選択肢になるだろう。その時までにカナにも受け入れてもらえるよう少しずつ慣らしていかねば。

リチャードの住まいとファミリーの話は予想通りというか、否、それをはるかに上回っていた。広大な敷地の豪邸に住んでいるのもすごいが、家族や親戚のほとんどがドクターという華麗なる一族で、その専門分野も多岐にわたり総合病院ができてしまうほどだそうだ。八月に銀座で会った時はどこかバックパッカーの貧乏旅行を思わせる雰囲気があり、新宿の高級ホテルに泊まっているのを知った時は、医者なのでそれくらいの余裕があるのだろうとしか考えていなかった。日本のような一億総中流階級というのが世界では珍しいのであって、金持ちは超絶金持ちで、貧乏人はひたすら貧乏なのがインターナショナルスタンダードなのだ。

それほどすごいリチャードの実家の様子を見てしまったミカさんは、結婚した後うまくやっていけるのだろうかと悩んでいるらしい。でも、カナはミカさんなら絶対大丈夫と確信しているみたいだ。僕もミカさんのコミュニケーション能力の高さを目の当たりにし驚かされたし、先月のリチャードとのやり取りを見て、英語を話し言葉として使えるセンスの持ち主であることも分かっている。リチャードのミカさんを思う気持ち、ミカさんのリチャードを思う気持ちがそれぞれ本物であることを知っているのは、間違いなく結婚式の証人に指名された僕とカナなのだ。だから二人はアメリカで幸せな家庭を築けるだろう。

カナからミカさんのアメリカ体験談を聞いていると、小腹が空いてきた。今日は午前の授業を終えると、九段下から古本を漁りながら御茶の水まで歩き、その後遅めの昼食を取ったので中々お腹が空かなかったのだ。カナおすすめのピロシキとボルシチを食べてみたが、これが結構美味しかった。

「リチャードたちの結婚式のために何日くらい休めるの」とカナに聞いてみた。

「一週間くらいかな」

「せっかくアメリカまで行くんだから、できるだけ長くいたいよね。僕の方は春休みだからいいけど、カナは仕事だからしょうがないね」

「三月と四月は年度の切り替わりなんで、それぞれの年度の有給休暇を合わせれば一〇日くらい休めるかもしれない」

「行き帰りの飛行機のスケジュールを、ミカさんのお母さんにも合わせなければならないんで、早く都合を聞いて計画立てなきゃね。アナポリス、ワシントンＤＣ、ニューヨークの他に行きたいところあるかい。あまり離れたところは行けないだろうけど」

「日本の国内にも詳しくないのに、ましてアメリカのことなんて分からないわ。全部アキに任せる」

「グランドキャニオンは無理かもしれないけど、ニューヨークのエンパイアステートビルの展望台へ登ってみたいし、ナイヤガラの滝も是非見ておきたいんだよね。いいかな」

「わー、私も見たい」

「ミカさんのお母さんも見られたいならご一緒してもらえればいいし、残られるんであれば僕らだけで別行動させてもらおう」

「ミカさんから早めにお母さんの意向を聞いておくね。北海道で一人暮らしされているそうで、喜んでもらえることは何でもしたいの。ミカさんには色々と助けられたから」

「分かった。僕もできるだけのことをするから」

そんな話をしながら時計を見ると、一時間以上話し込んだようだ。カナと一緒にいると時間の経過が早く感じるのはいつものことだった。さっきカナが言っていたが、年末の繁忙期に突入し今の時期はすごく忙しいらしい。明日の彼女の仕事を考慮し、そろそろ帰った方がよさそうだと思い始めた。その前に手洗いを済ませておこうと僕は席を立った。

用を足し終えトイレを出ると、黒いコートを羽織った背の高い男がカナに声をかけている様子が遠目に見えた。男が何やらカナに話しているのは分かるが、離れているため聞き取れない。カナはうつむいて男と顔を合わせないようにしている。ナンパされているのだろうか。それとも……。僕はいつかミカさんが言っていたことを思い出した。カナにつきまとい精神的に苦しめたのはあの男だろうか。カナの待つ席に近づくと、何を言っているのか聞こえ始めた。

「カナちゃんにまた連絡してもいいかなぁ」とその男はカナに迫っている。

「困ります。もうそういうのはやめてください」と、カナはうつむいたまま言い返す。

「カナ、お待たせ。こちらはどなた。会社の方?」と、僕は二人の会話に割って入った。

「ええ、まあ」とカナが歯切れ悪そうに答えた。

そこに連れらしい別の男が、「おー、ニゴウ、俺会計済ませとくから」と言って、僕たちの席の横を通り過ぎていった。

「私は今この人とお付き合いしていますから」と、カナは顔を上げ何かを断ち切るようにキッパリと言い放った。その目は〈私の相手はもうあなたじゃない!〉と訴えかけているように見えた。黒コートの男はちらっと僕に視線を移したので、彼に軽く会釈した。

「そうなんだ。じゃあ、もう行くね。元気でね」と言って男は立ち去った。

「さようなら」とでも言うようにカナの口が動いた。声にならない声でカナは男に別れを告げたようだった。カナの顔は幽霊でも見たかのように血の気が引いていた。

「私、今年の一月まであの人と付き合っていたの。アキ、ごめんなさい」と、今にも泣き出しそうな顔でカナは言った。

「何で謝るの。僕と知り合う前のことだし、カナみたいにかわいい子、周りが放っておかないでしょ。付き合ってた人の一人や二人いたって不思議じゃないよ」

「初めてちゃんとお付き合いした人だったけど、ひどい裏切りを受けたの。本店外商部のエリートだったのよ、あの人。でも、社内で複数の女性と関係を持っていたらしく、それを知って私は別れようとしたわ。そうしたら、しつこくつきまとわれるようになり、精神的におかしくなっちゃって。その後あの人は別の付き合っていた女性の告発を受け札幌店に転勤したの。でも先月退社して、東京にもどってきて再就職したんですって」

「またつきまとわれないか、心配だよね」

「大丈夫だと思うわ。今も誘われたけどはっきりと断ったし、アキと付き合っているのも分かったと思うから」

「それならいいんだけど……」

「あの時は本当につらかったんだ。何も食べられなくなるし、夜は眠れなくなっちゃうしで……。仕事復帰できた後も、男性を見ると怖くてたまらなかった。アキを好きになって、そのこと忘れられたのに」と絞り出すように言うと、ひと雫の涙が頬を走った。

「ねぇ、カナ、言い方は変かもしれないけど、物は考えようじゃないかなぁ。もしもカナがあの人とまだ付き合っていたら、僕たちは今こうして一緒にいないよね」

「そうかもしれないわね」

「だからカナが苦しんだのは、僕らを出会わせるための試練だったって考えればいいんじゃないかな」

「やっぱりアキは頭がいいのね。私の気持ちを楽にしてくれる天才だよ」

「テイキッイーズィー。気楽にいこうよ。またそのつらかったことを思い出してカナを苦しめるようなら、僕が忘れさせてあげるから心配しないで。それと、僕はカナを絶対に傷つけないと約束する。だからもし僕を嫌いなったらはっきり言ってね。その時はカナの前から黙って消えるから」

「ありがとう。でも、アキを嫌いになんかなれないよ。私が立ち直れたのは本当にアキのおかげなんだから。それと……、どうやって忘れさせてくれるの」

「泊まりで旅行にでも行かない？」

「えっ、どこへ」

「温泉なんかどうかなぁ」

「私たち、まだ二〇歳よ。温泉ってお年寄りが行くところでしょ」

「そんなことないと思うけど。でも泊まりで旅行ができればどこでもいいよ」

「なんで泊まりにこだわるの」

「旅は心の洗濯っていうでしょ。身も心もリフレッシュできる。それに……」と言った後、わざと少し間を置いてカナが前に使った表現をパクってみた。

「カナにならあげられるよ。僕の全部を」

「もうアキったら、やめてよね」と笑いながら言った後、

「じゃあ、近いうちにアキをもらうから覚悟しといて。なーんてね。旅行のことは前向きに考えておくね。アキとなら、私も行きたいから」とカナも以前の僕のセリフを真似て返してきた。カナに笑顔がもどってよかった。

店を出て駅への道すがら、カナの肩を抱いて華やかな夜の銀座を歩いた。カナの身体ってこんなに細いんだと感じた瞬間、何者かの囁《ささや》きが聞こえたような気がした。

「お前はこれからずっとこの娘《こ》を守っていかなければならない。それができるか」

神の啓示だろうか。それとも、僕の本心からの叫びなのだろうか。得も言われぬ不思議な感覚が全身を駆け巡る。それと共に止めどなく湧き出てくるカナが愛しいという感情。以前リチャードが津軽海峡の船上で天の声を聞いたと言っていたけれど、同種のものなのだろうか。超自然的《スーパーナチュラル》なものはこれまで信じたことはなかったが、こういうことってあるんだなと受け入れざるを得なかった。

僕はその姿見えざる者の声に答えていた。

「どんなことがあっても、全力で守りぬきます」と。

カナのいない日常なんて考えられないほど、既に彼女は僕にとって身近な存在に

なっている。この先もカナと四季折々の風景を見たい、一緒に美味しいものを食べたい、何事に対しても共に泣いたり笑ったり感動したりして、常に僕の隣で時を刻んでいって欲しい。いつだったか、〈なぜ何の取り柄もない私なんかを好きになったの〉って聞かれたけど、すごく惹かれるものがあったし、何より一緒にいると僕が癒されるし幸せになれるからなんだ。だから、カナにはいつも僕の傍にいて欲しいと願っている。カナが自分の意志で僕から離れていかない限り、これからもずっと彼女を慈しみ愛し続けようと固く誓った。

了

エレベーターガール

派手やかな制服を身にまとい優雅に客を案内するデパートのエレベーターガールは、一昔前までは少女たちの憧れの職業でした。しかし時代は移り変わり、エレベーターガールという職業はなくなりつつあります。デパート業界が抱える慢性的な利益率低下によるコスト削減のためでもありますが、昨今のエレベーター自体の大幅な機能の向上により、操作するスタッフが必要なくなったことが一番の理由のようです。かつて〈デパートの顔〉とまで称された華やかな女性ならではの職業が消えてしまうのは残念な限りです。

著者プロフィール

栗文 雄田（くるぶみ ゆうでん）

1957年、東京生まれ。早稲田大学教育学部卒業。

東南アジア旅行の地上手配を行うランドオペレーターに長年勤務。うち20年間現地駐在員としてタイ、フィリピン、シンガポール、香港などで多くの日本からの旅行客をケアーした。

旅行業界を離れた現在、第二の人生のライフワークとして小説の執筆を始める。デビュー作はマルコス政権末期のフィリピンを舞台にした日本人駐在員の物語『サンパギータの残り香』（2021年、幻冬舎）。

それぞれの純愛

2023年５月15日　初版第１刷発行

著　者　栗文 雄田
発行者　瓜谷 綱延
発行所　株式会社文芸社
〒160-0022　東京都新宿区新宿１－10－１
電話　03-5369-3060（代表）
03-5369-2299（販売）

印　刷　株式会社文芸社
製本所　株式会社MOTOMURA

ISBN978-4-286-24118-0　JASRAC　出2301011－301